창의력 사전

창의력 사전

발행일	2022년 7월 15일		
지은이	이서빈		
펴낸이	손형국		
펴낸곳	(주)북랩		
편집인	선일영	편집	정두철, 배진용, 김현아, 박준, 장하영
디자인	이현수, 김민하, 김영주, 안유경, 신혜림	제작	박기성, 황동현, 구성우, 권태련
마케팅	김회란, 박진관		
출판등록	2004. 12. 1(제2012-000051호)		
주소	서울특별시 금천구 가산디지털 1로 168, 우림라이온스밸리 B동 B113~114호, C동 B101호		
홈페이지	www.book.co.kr		
전화번호	(02)2026-5777	팩스	(02)2026-5747

ISBN 979-11-6836-361-8 03800 (종이책)   979-11-6836-362-5 05800 (전자책)

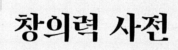

창의력 사전

이서빈 지음

북랩

창의력이 없는 것들은 낡은 것이다.

시인들에게는 창의적인 조어(造語)를 허락했다.

새롭고 신선한 글

남들이 쓰지 않은 조어

남과 다른 시를 써 보고 싶다면

기존의 틀을 버리고 새로운 시도를 해야 한다.

습관처럼 쓰고 있는 낡은 관념을 망치로 깨버리고

새로운 시각으로

관찰하고 통찰하고 물구나무서기를 해보는

계기가 된다면 더 이상 바랄 것이 없다.

처음 보는 것들은 모두 낯설다.
이 세상에 없는 것이
태어났을 때 낯선 창조가 된다.

창의력이 없는 인류는 미래가 없다.
인류는 창조에서 진화하는 것이다.

2022년 저자 **이서빈**

ㄱ

❶

가두다, 가려내다, 가로놓다, 가로막다, 가로채다, 가르다,
가져가다, 간질이다, 간추리다, 갈겨쓰다, 갈다, 감다, 감싸다,
감추다, 갖다, 개다, 거두다, 거슬러주다, 건너가다, 건너오다,
건조시키다, 꾀다, 구기다, 구독하다, 구부리다, 굴리다, 굵다,
그리다, 긁다, 급파하다, 기각하다, 기념하다, 기르다, 기부하다,
기소하다, 기울이다, 기증하다, 기획하다, 길들이다, 깁다,
까발리다, 꺾꽂이하다, 꺾다, 꼬다, 꼬불치다, 꼬집다, 꽂다,
꾸짖다, 끄다, 끊다, 끌다, 끓인다, 끼다 …

❷

④ ㄱ + ㄱ = 가뭄을 (가두다, 가려내다, 가로놓다, 가로막다 …)

· **ㄴ + ㄱ = 닉원을** (가로채다, 가르다, 가져가다, 간질이다 …)

· **ㄷ + ㄱ = 단청을** (간추리다, 갈겨쓰다, 갈다, 감다 …)

· **ㄹ + ㄱ = 라온(즐거움)을** (감싸다, 감추다, 갖다, 개다 …)

· **ㅁ + ㄱ = 대응을** (거두다, 거슬러주다, 건너가다, 건너오다 …)

· **ㅂ + ㄱ = 바람을** (건조시키다, 꾀다, 구기다, 구독하다 …)

· **ㅅ + ㄱ = 사랑을** (구부리다, 굴리다, 굵다, 그리다 …)

· **ㅇ + ㄱ = 아침을** (긁다, 급파하다, 기각하다, 기념하다 …)

· **ㅈ + ㄱ = 자랑을** (기르다, 기부하다, 기소하다, 기울이다 …)

· **ㅊ + ㄱ = 착각을** (기증하다, 기획하다, 길들이다, 깁다 …)

· **ㅋ + ㄱ = 카네이션을** (까발리다, 꺾꽂이하다, 꺾다, 꼬다 …)

· **ㅌ + ㄱ = 타협을** (꼬불치다, 꼬집다, 꽂다, 꾸짖다 …)

· **ㅍ + ㄱ = 파업을** (끄다, 끊다, 끌다, 끼다 …)

· **ㅎ + ㄱ = 하늘을** (가두다, 가려내다, 가로놓다, 가로막다 …)

❸

가을을, 갈등을, 갈증을, 감동을, 거짓말을, 거품을, 걱정을,
거울을, 결혼을, 겸손을, 계절을, 고독을, 고립을, 고백을, 구름을,
권력을, 그늘을, 극락을, 기다림을, 기쁨을, 기억력을, 기적을,
꽃을, 꿈을, 낙원을, 낭만을, 낯을, 노동을, 노력을, 노을을,
뇌물을, 늙음을, 능력을, 단점을, 달빛을, 도덕을, 도박을, 도전을,
독립을, 두통을, 디지털을, 라온을, 마음을, 만족을, 땅상을,

❶ 제1부~6부에 따라 (동사, 단위, 동물 몸 부위, 식물, 의성어·의태어, 동사·형용사)
단어가 나열되어 있으니 참고하세요.

❷ 단어와 결합한 예시를 보며 학습하세요.

❸ 참고할만한 어휘를 확인하세요.

『창의력 사전』을 학습한 후 시 쓰기 ✏️

예 제2부 단위 중에서

찬바람 불어오는 저녁
가난 한 가마니 짊어지고 포장마차 문을 연다

달빛 한 파람 포장마차 문틈으로 스며들고
남루 한 냄비 김을 펄펄 끓이고 있다

슬픔 한 숟갈 입에 떠 넣자
맑았던 밤하늘에 갑자기
빗소리 한 바구니 쏟아진다

빗소리에 **욕심 한 이랑** 두 **이랑** 씻어내고
맑은 **종소리 한 접시** 담는다

뎅그랑 뎅그랑
종소리 한 접시 다 비우고 나니
내 몸을 지배하던 **가난 한 켤레** 밀어내고
향기 한 홉이 피어나고 있다

몸속에 살던 **한숨 한 타래** 하관한다

달빛이 환하게 웃으며 **칭찬 한 초롱** 건넨다
게을러진 **핑계 한 평** 밀어낸 자리
무지개 한 묶음 피어난다

차례

제1부 ----- **동사**

제5부 ----- 의성어·의태어

제6부 ----- 동사·형용사 1

제7부 ----- 동사·형용사 2

제1부

동사

ㄱ

가두다, 가려내다, 가로놓다, 가로막다, 가로채다, 가르다, 가져가다, 간질이다, 간추리다, 갈겨쓰다, 갚다, 감다, 감싸다, 감추다, 갖다, 개다, 거두다, 거슬러주다, 건너가다, 건너오다, 건조시키다, 괴다, 구기다, 구독하다, 구부리다, 굴리다, 굽다, 그리다, 긁다, 급파하다, 기각하다, 기념하다, 기르다, 기부하다, 기소하다, 기울이다, 기증하다, 기획하다, 길들이다, 깁다, 까발리다, 꺾꽂이하다, 꺾다, 꼬다, 꼬불치다, 꼬집다, 꽂다, 꾸짖다, 끄다, 끊다, 끌다, 끓인다, 끼다 …

🅴 ㄱ + ㄱ = 가뭄을 (가두다, 가려내다, 가로놓다, 가로막다 …)

· ㄴ + ㄱ = 낙원을 (가로채다, 가르다, 가져가다, 간질이다 …)

· ㄷ + ㄱ = 단점을 (간추리다, 갈겨쓰다, 갚다, 감다 …)

- ㄹ + ㄱ = 라온(즐거움)을 (감싸다, 감추다, 갖다, 개다 …)

- ㅁ + ㄱ = 마음을 (거두다, 거슬러주다, 건너가다, 건너오다 …)

- ㅂ + ㄱ = 바람을 (건조시키다, 괴다, 구기다, 구독하다 …)

- ㅅ + ㄱ = 사랑을 (구부리다, 굴리다, 굽다, 그리다 …)

- ㅇ + ㄱ = 아침을 (긁다, 급파하다, 기각하다, 기념하다 …)

- ㅈ + ㄱ = 자랑을 (기르다, 기부하다, 기소하다, 기울이다 …)

- ㅊ + ㄱ = 착각을 (기증하다, 기획하다, 길들이다, 깁다 …)

- ㅋ + ㄱ = 카네이션을 (까발리다, 꺾꽂이하다, 꺾다, 꼬다 …)

- ㅌ + ㄱ = 타협을 (꼬불치다, 꼬집다, 꽂다, 꾸짖다 …)

- ㅍ + ㄱ = 파업을 (끄다, 끊다, 끓인다, 끼다 …)

- ㅎ + ㄱ = 하늘을 (가두다, 가려내다, 가로놓다, 가로막다 …)

가을을, 갈등을, 갈증을, 감동을, 거짓말을, 거품을, 걱정을,
겨울을, 결혼을, 겸손을, 계절을, 고독을, 고립을, 고백을, 구름을,
권력을, 그늘을, 극락을, 기다림을, 기쁨을, 기억력을, 기적을,
꽃을, 꿈을, 낙원을, 낭만을, 낮을, 노동을, 노력을, 노을을,
뇌물을, 늙음을, 능력을, 단점을, 달빛을, 도덕을, 도박을, 도전을,
독립을, 두통을, 디지털을, 라온을, 마음을, 만족을, 망상을,

맞춤법을, 매력을, 멋을, 명중을, 모순을, 몸부림을, 문장을,
문학을, 물결을, 미련을, 미신을, 미움을, 믿음을, 밀물을, 바람을,
바람결을, 반성을, 반올림을, 밝음을, 밤을, 방심을, 방황을,
배웅을, 법을, 별빛을, 봄을, 부작용을, 부탁을, 불면증을, 불발을,
불시착을, 불신을, 불안을, 불운을, 불충분을, 불침범을, 불편을,
불평을, 불행을, 비관을, 비극을, 비밀을, 빈곤을, 사랑을, 사망을,
사직을, 상식을, 상징을, 생각을, 생명을, 생활을, 성장을, 세월을,
소문을, 소질을, 수명을, 순간을, 슬픔을, 습관을, 시간을, 실력을,
썰물을, 가난을, 아침을, 아픔을, 악연을, 안녕을, 안심을, 안전을,
안정을, 알람을, 알림을, 애국을, 약속을, 약혼을, 양반을, 양심을,
어둠을, 여름을, 여백을, 연장전을, 열정을, 영원을, 예술을,
오만을, 오전을, 외로움을, 외면을, 요약을, 욕심을, 우정을,
운명을, 울음을, 웃음을, 유행을, 융합을, 의견을, 이별을, 이승을,
이혼을, 인생을, 인연을, 자랑을, 자살을, 자연을, 자화상을, 잠을,
장점을, 저녁을, 저승을, 저장을, 저축을, 저항을, 절망을, 젊음을,
점심을, 존경을, 주름살을, 중독을, 지식을, 지옥을, 집착을,
짜증을, 짝사랑을, 착각을, 채찍을, 천국을, 천당을, 청춘을,
춤을, 충분을, 침묵을, 칭찬을, 카네이션을, 카드를, 칸나향을,
칼라를, 칼슘을, 커피향을, 코너를, 코딱지를, 코피를, 콧물을,

콩향기를, 키를, 타협을, 탈선을, 탈옥을, 탈출을, 토론을, 특종을, 파업을, 편견을, 평균을, 평등을, 포옹을, 포용을, 폭력을, 하늘을, 하품을, 한숨을, 함성을, 행복을, 행운을, 허공을, 현실을, 확신을, 휘파람을, 희망을 …

ㅇㅇㅇㅇㅇㅇㅇㅇㅇ

나꾸다, 나누다, 나눗셈하다, 나란히하다, 나르다, 나무라다,
낚시하다, 낚아채다, 날리다, 남겨두다, 남기다, 납작하게하다,
납치하다, 낫잡다, 낮추다, 낳다, 내놓다, 내다보다, 내던지다,
내동댕이치다, 내려놓다, 내려다보다, 내몰다, 내밀다, 내버리다,
내보내다, 내쉬다, 내쏟다, 내주다, 내쫓다, 내치다, 내팽개치다,
냉각하다, 넓히다, 넘겨받다, 넘겨주다, 넘기다, 넘보다, 녹이다,
놀리다, 농익히다, 높이다, 놓다, 놓아두다, 놓치다, 누르다,
누리다, 눕히다, 늘리다, 늘어뜨리다, 늙히다, 녹슬게하다 …

예 ㄴ + ㄴ = **낭만을** (나꾸다, 나누다, 나눗셈하다, 나란히하다 …)

· ㄱ + ㄴ = **가을을** (나르다, 나무라다, 낚시하다, 낚아채다 …)

· ㄷ + ㄴ = **달빛을** (날리다, 남겨두다, 남기다, 납작하게하다 …)

· ㄹ + ㄴ = 라온(즐거움)을 (납치하다, 낮잡다, 낮추다, 낳다 …)

· ㅁ + ㄴ = 만족을 (내놓다, 내다보다, 내던지다, 내동댕이치다 …)

· ㅂ + ㄴ = 바람결을 (내려놓다, 내려다보다, 내몰다, 내밀다 …)

· ㅅ + ㄴ = 사망을 (내버리다, 내보내다, 내쉬다, 내쏟다 …)

· ㅇ + ㄴ = 아픔을 (내주다, 내쫓다, 내치다, 내팽개치다 …)

· ㅈ + ㄴ = 자살을 (냉각하다, 넓히다, 넘겨받다, 넘겨주다 …)

· ㅊ + ㄴ = 채찍을 (넘기다, 넘보다, 녹이다, 놀리다 …)

· ㅋ + ㄴ = 카드를 (농익히다, 높이다, 놓다, 놓아두다 …)

· ㅌ + ㄴ = 탈선을 (놓치다, 누르다, 누리다, 눕히다 …)

· ㅍ + ㄴ = 편견을 (늘리다, 늘어뜨리다, 늙히다, 녹슬게하다 …)

· ㅎ + ㄴ = 하품을 (나꾸다, 나누다, 나눗셈하다, 나란히하다 …)

가을을, 갈등을, 갈증을, 감동을, 거짓말을, 거품을, 걱정을,
겨울을, 결혼을, 겸손을, 계절을, 고독을, 고립을, 고백을, 구름을,
권력을, 그늘을, 극락을, 기다림을, 기쁨을, 기억력을, 기적을,
꽃을, 꿈을, 낙원을, 낭만을, 낮을, 노동을, 노력을, 노을을,
뇌물을, 늙음을, 능력을, 단점을, 달빛을, 도덕을, 도박을, 도전을,
독립을, 두통을, 디지털을, 라온을, 마음을, 만족을, 망상을,

맞춤법을, 매력을, 멋을, 명중을, 모순을, 몸부림을, 문장을, 문학을, 물결을, 미련을, 미신을, 미움을, 믿음을, 밀물을, 바람을, 바람결을, 반성을, 반올림을, 밝음을, 밤을, 방심을, 방황을, 배웅을, 법을, 별빛을, 봄을, 부작용을, 부탁을, 불면증을, 불발을, 불시착을, 불신을, 불안을, 불운을, 불충분을, 불침범을, 불편을, 불평을, 불행을, 비관을, 비극을, 비밀을, 빈곤을, 사랑을, 사망을, 사직을, 상식을, 상징을, 생각을, 생명을, 생활을, 성장을, 세월을, 소문을, 소질을, 수명을, 순간을, 슬픔을, 습관을, 시간을, 실력을, 썰물을, 가난을, 아침을, 아픔을, 악연을, 안녕을, 안심을, 안전을, 안정을, 알람을, 알림을, 애국을, 약속을, 약혼을, 양반을, 양심을, 어둠을, 여름을, 여백을, 연장전을, 열정을, 영원을, 예술을, 오만을, 오전을, 외로움을, 외면을, 요약을, 욕심을, 우정을, 운명을, 울음을, 웃음을, 유행을, 융합을, 의견을, 이별을, 이승을, 이혼을, 인생을, 인연을, 자랑을, 자살을, 자연을, 자화상을, 잠을, 장점을, 저녁을, 저승을, 저장을, 저축을, 저항을, 절망을, 젊음을, 점심을, 존경을, 주름살을, 중독을, 지식을, 지옥을, 집착을, 짜증을, 짝사랑을, 착각을, 채찍을, 천국을, 천당을, 청춘을, 춤을, 충분을, 침묵을, 칭찬을, 카네이션을, 카드를, 칸나향을, 칼라를, 칼슘을, 커피향을, 코너를, 코딱지를, 코피를, 콧물을,

콩향기를, 키를, 타협을, 탈선을, 탈옥을, 탈출을, 토론을, 특종을, 파업을, 편견을, 평균을, 평등을, 포옹을, 포용을, 폭력을, 하늘을, 하품을, 한숨을, 함성을, 행복을, 행운을, 허공을, 현실을, 확신을, 휘파람을, 희망을 …

ㄷ

다그치다, 다듬다, 다잡다, 다지다, 단장하다, 닫다, 달래다,
달이다, 담그다, 담다, 대물리다, 대보다, 대작하다, 대죄하다,
대질하다, 대출하다, 대피시키다, 대필하다, 대행하다, 덜다,
덧붙이다, 덧셈하다, 덮다, 데려오다, 독식하다, 독점하다,
독파하다, 독해하다, 돌격하다, 돌리다, 돌보다, 돕다, 동면시키다,
동요하다, 되살리다, 두드리다, 둔갑시키다, 둥글리다, 뒤집다,
드높이다, 듣다, 들추다, 딛다, 따라가다, 따르다, 따먹다, 떠밀다,
떠받치다, 뛰어넘다, 뜨다, 뜯다, 뜸뜨다 …

예 ㄷ + ㄷ = 달빛을 (다그치다, 다듬다, 다잡다, 다지다 …)

· ㄱ + ㄷ = 갈등을 (단장하다, 닫다, 달래다, 달이다 …)

· ㄴ + ㄷ = 낮을 (담그다, 담다, 대물리다, 대보다 …)

- ㄹ + ㄷ = 라온(즐거움)을 (대작하다, 대죄하다, 대질하다, 대출하다 …)

- ㅁ + ㄷ = 망상을 (대피시키다, 대필하다, 대행하다, 덜다 …)

- ㅂ + ㄷ = 반성을 (덧붙이다, 덧셈하다, 덮다, 데려오다 …)

- ㅅ + ㄷ = 사직을 (독식하다, 독점하다, 독파하다, 독해하다 …)

- ㅇ + ㄷ = 악연을 (돌격하다, 돌리다, 돌보다, 돕다 …)

- ㅈ + ㄷ = 자연을 (동면시키다, 동요하다, 되살리다, 두드리다 …)

- ㅊ + ㄷ = 천국을 (둔갑시키다, 둥글리다, 뒤집다, 드높이다 …)

- ㅋ + ㄷ = 칸나향을 (듣다, 들추다, 딛다, 따라가다 …)

- ㅌ + ㄷ = 탈옥을 (따르다, 따먹다, 떠밀다, 떠받치다 …)

- ㅍ + ㄷ = 평균을 (뛰어넘다, 뜨다, 뜯다, 뜸뜨다 …)

- ㅎ + ㄷ = 한숨을 (다그치다, 다듬다, 다잡다, 다지다 …)

가을을, 갈등을, 갈증을, 감동을, 거짓말을, 거품을, 걱정을, 겨울을, 결혼을, 겸손을, 계절을, 고독을, 고립을, 고백을, 구름을, 권력을, 그늘을, 극락을, 기다림을, 기쁨을, 기억력을, 기적을, 꽃을, 꿈을, 낙원을, 낭만을, 낮을, 노동을, 노력을, 노을을, 뇌물을, 늙음을, 능력을, 단점을, 달빛을, 도덕을, 도박을, 도전을, 독립을, 두통을, 디지털을, 라온을, 마음을, 만족을, 망상을,

맞춤법을, 매력을, 멋을, 명중을, 모순을, 몸부림을, 문장을,

문학을, 물결을, 미련을, 미신을, 미움을, 믿음을, 밀물을, 바람을,

바람결을, 반성을, 반올림을, 밝음을, 밤을, 방심을, 방황을,

배웅을, 법을, 별빛을, 봄을, 부작용을, 부탁을, 불면증을, 불발을,

불시착을, 불신을, 불안을, 불운을, 불충분을, 불침범을, 불편을,

불평을, 불행을, 비관을, 비극을, 비밀을, 빈곤을, 사랑을, 사망을,

사직을, 상식을, 상징을, 생각을, 생명을, 생활을, 성장을, 세월을,

소문을, 소질을, 수명을, 순간을, 슬픔을, 습관을, 시간을, 실력을,

썰물을, 가난을, 아침을, 아픔을, 악연을, 안녕을, 안심을, 안전을,

안정을, 알람을, 알림을, 애국을, 약속을, 약혼을, 양반을, 양심을,

어둠을, 여름을, 여백을, 연장전을, 열정을, 영원을, 예술을,

오만을, 오전을, 외로움을, 외면을, 요약을, 욕심을, 우정을,

운명을, 울음을, 웃음을, 유행을, 융합을, 의견을, 이별을, 이승을,

이혼을, 인생을, 인연을, 자랑을, 자살을, 자연을, 자화상을, 잠을,

장점을, 저녁을, 저승을, 저장을, 저축을, 저항을, 절망을, 젊음을,

점심을, 존경을, 주름살을, 중독을, 지식을, 지옥을, 집착을,

짜증을, 짝사랑을, 착각을, 채찍을, 천국을, 천당을, 청춘을,

춤을, 충분을, 침묵을, 칭찬을, 카네이션을, 카드를, 칸나향을,

칼라를, 칼슘을, 커피향을, 코너를, 코딱지를, 코피를, 콧물을,

콩향기를, 키를, 타협을, 탈선을, 탈옥을, 탈출을, 토론을, 특종을, 파업을, 편견을, 평균을, 평등을, 포옹을, 포용을, 폭력을, 하늘을, 하품을, 한숨을, 함성을, 행복을, 행운을, 허공을, 현실을, 확신을, 휘파람을, 희망을 …

마시다, 마취하다, 만들다, 만지다, 말리다, 맛보다, 망가뜨리다, 망치질하다, 맞이하다, 맞추다, 맡기다, 맡다, 매달다, 매도하다, 매립하다, 매복하다, 매수하다, 매질하다, 매표하다, 맴돌다, 먹칠하다, 멍때리다, 메우다, 면도하다, 면접보다, 멸종하다, 명중하다, 모시다, 모으다, 몰다, 몰살하다, 몰아내다, 못박다, 무너뜨리다, 무찌르다, 무치다, 묶다, 문병하다, 문상하다, 문안하다, 문지르다, 문책하다, 문초하다, 묻다, 물다, 물들이다, 물리다, 물색하다, 미납하다, 밀다, 밀어내다, 밑줄긋다 …

예 ㅁ + ㅁ = **매력을** (마시다, 마취하다, 만들다, 만지다 …)

· ㄱ + ㅁ = **갈증을** (말리다, 맛보다, 망가뜨리다, 망치질하다 …)

· ㄴ + ㅁ = **노동을** (맞이하다, 맞추다, 맡기다, 맡다 …)

· ㄷ + ㅁ = 도덕을 (매달다, 매도하다, 매립하다, 매복하다 …)

· ㄹ + ㅁ = 라온(즐거움)을 (매수하다, 매질하다, 매표하다, 맴돌다 …)

· ㅂ + ㅁ = 반올림을 (먹칠하다, 멍때리다, 메우다, 면도하다 …)

· ㅅ + ㅁ = 상식을 (면접보다, 멸종하다, 명중하다, 모시다 …)

· ㅇ + ㅁ = 안녕을 (모으다, 몰다, 몰살하다, 몰아내다 …)

· ㅈ + ㅁ = 자화상을 (못박다, 무너뜨리다, 무찌르다, 무치다 …)

· ㅊ + ㅁ = 천당을 (묽다, 문병하다, 문상하다, 문안하다 …)

· ㅋ + ㅁ = 칼라를 (문지르다, 문책하다, 문초하다, 묻다 …)

· ㅌ + ㅁ = 탈출을 (물다, 물들이다, 물리다, 물색하다 …)

· ㅍ + ㅁ = 평등을 (미납하다, 밀다, 밀어내다, 밑줄긋다 …)

· ㅎ + ㅁ = 함성을 (마시다, 마취하다, 만들다, 만지다 …)

가을을, 갈등을, 갈증을, 감동을, 거짓말을, 거품을, 걱정을,
겨울을, 결혼을, 겸손을, 계절을, 고독을, 고립을, 고백을, 구름을,
권력을, 그늘을, 극락을, 기다림을, 기쁨을, 기억력을, 기적을,
꽃을, 꿈을, 낙원을, 낭만을, 낮을, 노동을, 노력을, 노을을,
뇌물을, 늙음을, 능력을, 단점을, 달빛을, 도덕을, 도박을, 도전을,
독립을, 두통을, 디지털을, 라온을, 마음을, 만족을, 망상을,

맞춤법을, 매력을, 멋을, 명중을, 모순을, 몸부림을, 문장을,
문학을, 물결을, 미련을, 미신을, 미움을, 믿음을, 밀물을, 바람을,
바람결을, 반성을, 반올림을, 밝음을, 밤을, 방심을, 방황을,
배웅을, 법을, 별빛을, 봄을, 부작용을, 부탁을, 불면증을, 불발을,
불시착을, 불신을, 불안을, 불운을, 불충분을, 불침범을, 불편을,
불평을, 불행을, 비관을, 비극을, 비밀을, 빈곤을, 사랑을, 사망을,
사직을, 상식을, 상징을, 생각을, 생명을, 생활을, 성장을, 세월을,
소문을, 소질을, 수명을, 순간을, 슬픔을, 습관을, 시간을, 실력을,
썰물을, 가난을, 아침을, 아픔을, 악연을, 안녕을, 안심을, 안전을,
안정을, 알람을, 알림을, 애국을, 약속을, 약혼을, 양반을, 양심을,
어둠을, 여름을, 여백을, 연장전을, 열정을, 영원을, 예술을,
오만을, 오전을, 외로움을, 외면을, 요약을, 욕심을, 우정을,
운명을, 울음을, 웃음을, 유행을, 융합을, 의견을, 이별을, 이승을,
이혼을, 인생을, 인연을, 자랑을, 자살을, 자연을, 자화상을, 잠을,
장점을, 저녁을, 저승을, 저장을, 저축을, 저항을, 절망을, 젊음을,
점심을, 존경을, 주름살을, 중독을, 지식을, 지옥을, 집착을,
짜증을, 짝사랑을, 착각을, 채찍을, 천국을, 천당을, 청춘을,
춤을, 충분을, 침묵을, 칭찬을, 카네이션을, 카드를, 칸나향을,
칼라를, 칼슘을, 커피향을, 코너를, 코딱지를, 코피를, 콧물을,

콩향기를, 키를, 타협을, 탈선을, 탈옥을, 탈출을, 토론을, 특종을, 파업을, 편견을, 평균을, 평등을, 포옹을, 포용을, 폭력을, 하늘을, 하품을, 한숨을, 함성을, 행복을, 행운을, 허공을, 현실을, 확신을, 휘파람을, 희망을 …

ㅂ

바라보다, 바래다주다, 바로잡다, 박차다, 반송하다, 반올림하다,

반입하다, 반출하다, 발가벗기다, 발간하다, 발령내다, 발송하다,

발신하다, 발주하다, 발탁하다, 발행하다, 발효하다, 밟다,

방류하다, 방면하다, 방문하다, 방생하다, 방수하다, 방어하다,

방영하다, 방음하다, 방임하다, 배달하다, 배부하다, 배분하다,

배송하다, 배알하다, 배양하다, 배접하다, 배출하다, 배포하다,

버리다, 베끼다, 베다, 변상하다, 변통하다, 변형하다, 변호하다,

변환하다, 보내다, 보다, 보유하다, 보조하다, 보존하다, 보증하다,

복구하다, 복용하다, 볶다, 본뜨다, 본받다, 봉납하다, 봉안하다,

봉합하다, 봉헌하다, 부둥켜안다, 부르다, 부리다, 부수다,

부양하다, 부여잡다, 부착하다, 부추기다, 부축하다, 부치다,

부풀리다, 분가시키다, 분납하다, 분실하다, 분장하다, 분출하다,

분향하다, 붙들다, 비비다, 비평하다, 빌려주다, 빌리다, 빨다,

빼앗다, 뽑다, 뿌리다 …

㉠ ㅂ + ㅂ = 바람을 (바라보다, 바래다주다, 바로잡다, 박차다, 반송하다 …)

· ㄱ + ㅂ = 감동을 (반올림하다, 반입하다, 반출하다, 발가벗기다, 발간하다 …)

· ㄴ + ㅂ = 노력을 (발령내다, 발송하다, 발신하다, 발주하다, 발탁하다 …)

· ㄷ + ㅂ = 도박을 (발행하다, 발효하다, 밟다, 방류하다, 방면하다 …)

· ㄹ + ㅂ = 라온(즐거움)을 (방문하다, 방생하다, 방수하다, 방어하다, 방영하다 …)

· ㅁ + ㅂ = 맞춤법을 (방음하다, 방임하다, 배달하다, 배부하다, 배분하다 …)

· ㅅ + ㅂ = 상징을 (배송하다, 배알하다, 배양하다, 배접하다, 배출하다 …)

· ㅇ + ㅂ = 안심을 (배포하다, 버리다, 베끼다, 베다, 변상하다 …)

· ㅈ + ㅂ = 잠을 (변통하다, 변형하다, 변호하다, 변환하다, 보내다 …)

· ㅊ + ㅂ = 청춘을 (보다, 보유하다, 보조하다, 보존하다, 보증하다 …)

· ㅋ + ㅂ = 칼슘을 (복구하다, 복용하다, 볶다, 본뜨다, 본받다 …)

· ㅌ + ㅂ = 토론을 (봉납하다, 봉안하다, 봉합하다, 봉헌하다, 부둥켜안다 …)

· ㅍ + ㅂ = 포옹을 (부르다, 부리다, 부수다, 부양하다, 부여잡다 …)

· ㅎ + ㅂ = 행복을 (바라보다, 바래다주다, 바로잡다, 박차다, 반송하다 …)

가을을, 갈등을, 갈증을, 감동을, 거짓말을, 거품을, 걱정을,

겨울을, 결혼을, 겸손을, 계절을, 고독을, 고립을, 고백을, 구름을,

권력을, 그늘을, 극락을, 기다림을, 기쁨을, 기억력을, 기적을,

꽃을, 꿈을, 낙원을, 낭만을, 낮을, 노동을, 노력을, 노을을,

뇌물을, 늙음을, 능력을, 단점을, 달빛을, 도덕을, 도박을, 도전을,

독립을, 두통을, 디지털을, 라온을, 마음을, 만족을, 망상을,

맞춤법을, 매력을, 멋을, 명중을, 모순을, 몸부림을, 문장을,

문학을, 물결을, 미련을, 미신을, 미움을, 믿음을, 밀물을, 바람을,

바람결을, 반성을, 반올림을, 밝음을, 밤을, 방심을, 방황을,

배웅을, 법을, 별빛을, 봄을, 부작용을, 부탁을, 불면증을, 불발을,

불시착을, 불신을, 불안을, 불운을, 불충분을, 불침범을, 불편을,

불평을, 불행을, 비관을, 비극을, 비밀을, 빈곤을, 사랑을, 사망을,

사직을, 상식을, 상징을, 생각을, 생명을, 생활을, 성장을, 세월을,

소문을, 소질을, 수명을, 순간을, 슬픔을, 습관을, 시간을, 실력을,

썰물을, 가난을, 아침을, 아픔을, 악연을, 안녕을, 안심을, 안전을,

안정을, 알람을, 알림을, 애국을, 약속을, 약혼을, 양반을, 양심을,

어둠을, 여름을, 여백을, 연장전을, 열정을, 영원을, 예술을,

오만을, 오전을, 외로움을, 외면을, 요약을, 욕심을, 우정을,

운명을, 울음을, 웃음을, 유행을, 융합을, 의견을, 이별을, 이승을,

이혼을, 인생을, 인연을, 자랑을, 자살을, 자연을, 자화상을, 잠을, 장점을, 저녁을, 저승을, 저장을, 저축을, 저항을, 절망을, 젊음을, 점심을, 존경을, 주름살을, 중독을, 지식을, 지옥을, 집착을, 짜증을, 짝사랑을, 착각을, 채찍을, 천국을, 천당을, 청춘을, 춤을, 충분을, 침묵을, 칭찬을, 카네이션을, 카드를, 칸나향을, 칼라를, 칼슘을, 커피향을, 코너를, 코딱지를, 코피를, 콧물을, 콩향기를, 키를, 타협을, 탈선을, 탈옥을, 탈출을, 토론을, 특종을, 파업을, 편견을, 평균을, 평등을, 포옹을, 포용을, 폭력을, 하늘을, 하품을, 한숨을, 함성을, 행복을, 행운을, 허공을, 현실을, 확신을, 휘파람을, 희망을 …

사격하다, 사귀다, 사들이다, 사로잡다, 사르다, 사면하다,
사살하다, 사수하다, 사육하다, 사주하다, 사칭하다, 삭이다,
살포하다, 삶다, 삼키다, 상영하다, 새기다, 서술하다, 석권하다,
석방하다, 섞다, 선도하다, 선동하다, 선발하다, 선별하다,
선임하다, 설득하다, 설립하다, 설법하다, 설정하다, 설파하다,
섬멸하다, 섭외하다, 섭취하다, 세다, 세우다, 소비하다, 소작하다,
소장하다, 소지하다, 소환하다, 솎아내다, 손질하다, 수립하다,
수색하다, 수술하다, 수입하다, 수정하다, 수행하다, 숙청하다,
순회하다, 숨기다, 습격하다, 습득하다, 습작하다, 승계하다,
승인하다, 시술하다, 시식하다, 시찰하다, 시청하다, 신문하다,
신임하다, 신청하다, 신축하다, 싣다, 실험하다, 심다, 심문하다,
심사하다, 심판하다, 싸매다, 쌓다, 썰다, 쏟다, 쐬다, 쓰다, 쓸다,
씹다, 씻다 …

예 ㅅ + ㅅ = **사랑을** (사격하다, 사귀다, 사들이다, 사로잡다, 사르다 …)

· ㄱ + ㅅ = 거짓말을 (사면하다, 사살하다, 사수하다, 사육하다 …)

· ㄴ + ㅅ = 노을을 (사주하다, 사칭하다, 삭이다, 살포하다, 삶다 …)

· ㄷ + ㅅ = 도전을 (삼키다, 상영하다, 새기다, 서술하다, 석권하다 …)

· ㄹ + ㅅ = 라온(즐거움)을 (석방하다, 섞다, 선도하다, 선동하다, 선발하다 …)

· ㅁ + ㅅ = 매력을 (선별하다, 신임하다, 설득하다, 설립하다, 설법하다 …)

· ㅂ + ㅅ = 밝음을 (설정하다, 설파하다, 섬멸하다, 섭외하다, 섭취하다 …)

· ㅇ + ㅅ = 안전을 (세다, 세우다, 소비하다, 소작하다, 소장하다 …)

· ㅈ + ㅅ = 장점을 (소지하다, 소환하다, 솎아내다, 손질하다, 수립하다 …)

· ㅊ + ㅅ = 춤을 (수색하다, 수술하다, 수입하다, 수정하다, 수행하다 …)

· ㅋ + ㅅ = 커피향을 (습작하다, 승계하다, 승인하다, 시술하다, 시식하다 …)

· ㅌ + ㅅ = 특종을 (숙청하다, 순회하다, 숨기다, 습격하다, 습득하다 …)

· ㅍ + ㅅ = 포용을 (시찰하다, 시청하다, 신문하다, 신임하다, 신청하다 …)

· ㅎ + ㅅ = 행운을 (신축하다, 싣다, 실험하다, 심다, 심문하다 …)

가을을, 갈등을, 갈증을, 감동을, 거짓말을, 거품을, 걱정을,
겨울을, 결혼을, 겸손을, 계절을, 고독을, 고립을, 고백을, 구름을,
권력을, 그늘을, 극락을, 기다림을, 기쁨을, 기억력을, 기적을,

꽃을, 꿈을, 낙원을, 낭만을, 낮을, 노동을, 노력을, 노을을,

뇌물을, 늙음을, 능력을, 단점을, 달빛을, 도덕을, 도박을, 도전을,

독립을, 두통을, 디지털을, 라온을, 마음을, 만족을, 망상을,

맞춤법을, 매력을, 멋을, 명중을, 모순을, 몸부림을, 문장을,

문학을, 물결을, 미련을, 미신을, 미움을, 믿음을, 밀물을, 바람을,

바람결을, 반성을, 반올림을, 밝음을, 밤을, 방심을, 방황을,

배웅을, 법을, 별빛을, 봄을, 부작용을, 부탁을, 불면증을, 불발을,

불시착을, 불신을, 불안을, 불운을, 불충분을, 불침범을, 불편을,

불평을, 불행을, 비관을, 비극을, 비밀을, 빈곤을, 사랑을, 사망을,

사직을, 상식을, 상징을, 생각을, 생명을, 생활을, 성장을, 세월을,

소문을, 소질을, 수명을, 순간을, 슬픔을, 습관을, 시간을, 실력을,

썰물을, 가난을, 아침을, 아픔을, 악연을, 안녕을, 안심을, 안전을,

안정을, 알람을, 알림을, 애국을, 약속을, 약혼을, 양반을, 양심을,

어둠을, 여름을, 여백을, 연장전을, 열정을, 영원을, 예술을,

오만을, 오전을, 외로움을, 외면을, 요약을, 욕심을, 우정을,

운명을, 울음을, 웃음을, 유행을, 융합을, 의견을, 이별을, 이승을,

이혼을, 인생을, 인연을, 자랑을, 자살을, 자연을, 자화상을, 잠을,

장점을, 저녁을, 저승을, 저장을, 저축을, 저항을, 절망을, 젊음을,

점심을, 존경을, 주름살을, 중독을, 지식을, 지옥을, 집착을,

짜증을, 짝사랑을, 착각을, 채찍을, 천국을, 천당을, 청춘을, 춤을, 충분을, 침묵을, 칭찬을, 카네이션을, 카드를, 칸나향을, 칼라를, 칼슘을, 커피향을, 코너를, 코딱지를, 코피를, 콧물을, 콩향기를, 키를, 타협을, 탈선을, 탈옥을, 탈출을, 토론을, 특종을, 파업을, 편견을, 평균을, 평등을, 포옹을, 포용을, 폭력을, 하늘을, 하품을, 한숨을, 함성을, 행복을, 행운을, 허공을, 현실을, 확신을, 휘파람을, 희망을 …

아로새기다, 아물리다, 아우르다, 악용하다, 안마하다, 안수하다,
안장하다, 안정하다, 안착하다, 안치다, 앉히다, 알현하다,
암살하다, 암송하다, 암장하다, 암호화하다, 압도하다, 압류하다,
압송하다, 앞당기다, 앞세우다, 애도하다, 애독하다, 애무하다,
애용하다, 애장하다, 애창하다, 애호하다, 야단치다, 약탈하다,
양도하다, 양보하다, 어루만지다, 어르다, 어지럽히다, 억류하다,
얼리다, 얼싸안다, 엄벌하다, 엄선하다, 업다, 엉클다, 엮다, 열다,
염색하다, 예금하다, 예매하다, 예약하다, 오므리다, 올려놓다,
옮기다, 옹그리다, 외우다, 우그리다, 운전하다, 울리다, 움켜잡다,
음역하다, 음유하다, 음해하다, 의뢰하다, 이끌다, 익히다,
일독하다, 일으키다, 읽다, 입다 …

예 ㅇ + ㅇ = 어둠을 (아우르다, 아로새기다, 아물리다, 아우르다, 악용하다 …)

· ㄱ + ㅇ = 거품을 (안마하다, 안수하다, 안장하다, 안정하다, 안착하다 …)

· ㄴ + ㅇ = 뇌물을 (안치다, 앉히다, 알현하다, 암살하다, 암송하다 …)

· ㄷ + ㅇ = 독립을 (암장하다, 암호화하다, 압도하다, 압류하다, 압송하다 …)

· ㄹ + ㅇ = 라온(즐거움)을 (앞당기다, 앞세우다, 애도하다, 애독하다, 애무하다 …)

· ㅁ + ㅇ = 멋을 (애용하다, 애장하다, 애창하다, 애호하다, 야단치다 …)

· ㅂ + ㅇ = 밤을 (약탈하다, 양도하다, 양보하다, 어루만지다, 어르다 …)

· ㅅ + ㅇ = 생각을 (어지럽히다, 억류하다, 얼리다, 얼싸안다, 엄벌하다 …)

· ㅈ + ㅇ = 저녁을 (엄선하다, 업다, 엉클다, 엮다, 열다 …)

· ㅊ + ㅇ = 충분을 (염색하다, 예금하다, 예매하다, 예약하다, 오므리다 …)

· ㅋ + ㅇ = 코너를 (올려놓다, 옮기다, 옹그리다, 외우다, 우그리다 …)

· ㅌ + ㅇ = 타협을 (운전하다, 울리다, 움켜잡다, 으릐하다, 음역하다 …)

· ㅍ + ㅇ = 폭력을 (음유하다, 음해하다, 이끌다, 익히다, 일독하다, 일으키다 …)

· ㅎ + ㅇ = 허공을 (읽다, 입다, 아로새기다, 아물리다 …)

가을을, 갈등을, 갈증을, 감동을, 거짓말을, 거품을, 걱정을, 겨울을, 결혼을, 겸손을, 계절을, 고독을, 고립을, 고백을, 구름을, 권력을, 그늘을, 극락을, 기다림을, 기쁨을, 기억력을, 기적을,

꽃을, 꿈을, 낙원을, 낭만을, 낮을, 노동을, 노력을, 노을을,

뇌물을, 늙음을, 능력을, 단점을, 달빛을, 도덕을, 도박을, 도전을,

독립을, 두통을, 디지털을, 라온을, 마음을, 만족을, 망상을,

맞춤법을, 매력을, 멋을, 명중을, 모순을, 몸부림을, 문장을,

문학을, 물결을, 미련을, 미신을, 미움을, 믿음을, 밀물을, 바람을,

바람결을, 반성을, 반올림을, 밝음을, 밤을, 방심을, 방황을,

배웅을, 법을, 별빛을, 봄을, 부작용을, 부탁을, 불면증을, 불발을,

불시착을, 불신을, 불안을, 불운을, 불충분을, 불침범을, 불편을,

불평을, 불행을, 비관을, 비극을, 비밀을, 빈곤을, 사랑을, 사망을,

사직을, 상식을, 상징을, 생각을, 생명을, 생활을, 성장을, 세월을,

소문을, 소질을, 수명을, 순간을, 슬픔을, 습관을, 시간을, 실력을,

썰물을, 가난을, 아침을, 아픔을, 악연을, 안녕을, 안심을, 안전을,

안정을, 알람을, 알림을, 애국을, 약속을, 약혼을, 양반을, 양심을,

어둠을, 여름을, 여백을, 연장전을, 열정을, 영원을, 예술을,

오만을, 오전을, 외로움을, 외면을, 요약을, 욕심을, 우정을,

운명을, 울음을, 웃음을, 유행을, 융합을, 의견을, 이별을, 이승을,

이혼을, 인생을, 인연을, 자랑을, 자살을, 자연을, 자화상을, 잠을,

장점을, 저녁을, 저승을, 저장을, 저축을, 저항을, 절망을, 젊음을,

점심을, 존경을, 주름살을, 중독을, 지식을, 지옥을, 집착을,

짜증을, 짝사랑을, 착각을, 채찍을, 천국을, 천당을, 청춘을,
춤을, 충분을, 침묵을, 칭찬을, 카네이션을, 카드를, 칸나향을,
칼라를, 칼슘을, 커피향을, 코너를, 코딱지를, 코피를, 콧물을,
콩향기를, 키를, 타협을, 탈선을, 탈옥을, 탈출을, 토론을, 특종을,
파업을, 편견을, 평균을, 평등을, 포옹을, 포용을, 폭력을, 하늘을,
하품을, 한숨을, 함성을, 행복을, 행운을, 허공을, 현실을, 확신을,
휘파람을, 희망을 …

자르다, 작곡하다, 작성하다, 잘라먹다, 잠그다, 잡다, 잡아매다,
잡아채다, 장악하다, 재건하다, 재다, 재우다, 재판하다, 쟁탈하다,
저격하다, 저금하다, 적다, 적시다, 접다, 젓다, 정벌하다,
제명하다, 제본하다, 제습하다, 제압하다, 제약하다, 제어하다,
제재하다, 제적하다, 제정하다, 제조하다, 제출하다, 제패하다,
조르다, 조립하다, 조성하다, 조정하다, 조직하다, 족치다,
종용하다, 죄다, 주차하다, 줍다, 쥐다, 쥐어박다, 지다, 지우다,
지원하다, 지적하다, 지정하다, 지출하다, 지피다, 진격하다,
진단하다, 진압하다, 진열하다, 질책하다, 집계하다, 집다,
징벌하다, 짚다, 짜깁다, 짜다, 쪽지다, 찌다, 찍다, 찧다 …

㉖ ㅈ + ㅈ = 젊음을 (자르다, 작곡하다, 작성하다, 잘라먹다, 잠그다 …)

· ㄱ + ㅈ = 걱정을 (잡다, 잡아매다, 잡아채다, 장악하다, 재건하다 …)

· ㄴ + ㅈ = 늙음을 (재다, 재우다, 재판하다, 쟁탈하다, 저격하다 …)

· ㄷ + ㅈ = 두통을 (저금하다, 적다, 적시다, 접다, 젓다 …)

· ㄹ + ㅈ = 라온(즐거움)을 (정벌하다, 제명하다, 제본하다, 제습하다, 제압하다 …)

· ㅁ + ㅈ = 명중을 (제약하다, 제어하다, 제재하다, 제적하다, 제정하다 …)

· ㅂ + ㅈ = 방심을 (제조하다, 제출하다, 제패하다, 조르다, 조립하다 …)

· ㅅ + ㅈ = 생명을 (조성하다, 조정하다, 조직하다, 족치다, 종용하다 …)

· ㅇ + ㅅ = 안정을 (죄다, 주차하다, 줍다, 쥐다, 쥐어박다 …)

· ㅊ + ㅈ = 침묵을 (지다, 지우다, 지원하다, 지적하다, 지정하다 …)

· ㅋ + ㅈ = 코딱지를 (지출하다, 지피다, 진격하다, 진단하다, 진압하다 …)

· ㅌ + ㅈ = 탈선을 (진열하다, 질책하다, 집계하다, 집다, 징벌하다 …)

· ㅍ + ㅈ = 파업을 (짊다, 짜깁다, 짜다, 쪽지다, 찌다 …)

· ㅎ + ㅈ = 현실을 (찍다, 찧다, 자르다, 작곡하다, 작성하다 …)

가을을, 갈등을, 갈증을, 감동을, 거짓말을, 거품을, 걱정을, 겨울을, 결혼을, 겸손을, 계절을, 고독을, 고립을, 고백을, 구름을, 권력을, 그늘을, 극락을, 기다림을, 기쁨을, 기억력을, 기적을,

꽃을, 꿈을, 낙원을, 낭만을, 낮을, 노동을, 노력을, 노을을,

뇌물을, 늙음을, 능력을, 단점을, 달빛을, 도덕을, 도박을, 도전을,

독립을, 두통을, 디지털을, 라온을, 마음을, 만족을, 망상을,

맞춤법을, 매력을, 멋을, 명중을, 모순을, 몸부림을, 문장을,

문학을, 물결을, 미련을, 미신을, 미움을, 믿음을, 밀물을, 바람을,

바람결을, 반성을, 반올림을, 밝음을, 밤을, 방심을, 방황을,

배웅을, 법을, 별빛을, 봄을, 부작용을, 부탁을, 불면증을, 불발을,

불시착을, 불신을, 불안을, 불운을, 불충분을, 불침범을, 불편을,

불평을, 불행을, 비관을, 비극을, 비밀을, 빈곤을, 사랑을, 사망을,

사직을, 상식을, 상징을, 생각을, 생명을, 생활을, 성장을, 세월을,

소문을, 소질을, 수명을, 순간을, 슬픔을, 습관을, 시간을, 실력을,

썰물을, 가난을, 아침을, 아픔을, 악연을, 안녕을, 안심을, 안전을,

안정을, 알람을, 알림을, 애국을, 약속을, 약혼을, 양반을, 양심을,

어둠을, 여름을, 여백을, 연장전을, 열정을, 영원을, 예술을,

오만을, 오전을, 외로움을, 외면을, 요약을, 욕심을, 우정을,

운명을, 울음을, 웃음을, 유행을, 융합을, 의견을, 이별을, 이승을,

이혼을, 인생을, 인연을, 자랑을, 자살을, 자연을, 자화상을, 잠을,

장점을, 저녁을, 저승을, 저장을, 저축을, 저항을, 절망을, 젊음을,

점심을, 존경을, 주름살을, 중독을, 지식을, 지옥을, 집착을,

짜증을, 짝사랑을, 착각을, 채찍을, 천국을, 천당을, 청춘을, 춤을, 충분을, 침묵을, 칭찬을, 카네이션을, 카드를, 칸나향을, 칼라를, 칼슘을, 커피향을, 코너를, 코딱지를, 코피를, 콧물을, 콩향기를, 키를, 타협을, 탈선을, 탈옥을, 탈출을, 토론을, 특종을, 파업을, 편견을, 평균을, 평등을, 포옹을, 포용을, 폭력을, 하늘을, 하품을, 한숨을, 함성을, 행복을, 행운을, 허공을, 현실을, 확신을, 휘파람을, 희망을 …

차감하다, 차고앉다, 차다, 차단하다, 차압하다, 차올리다,

차입하다, 차출하다, 착공하다, 착상하다, 착지시키다, 찬송하다,

찬조하다, 참고하다, 참관하다, 참배하다, 참수하다, 창간하다,

창립하다, 창시하다, 창안하다, 창제하다, 창조하다, 창출하다,

찾아내다, 채택하다, 책임지다, 처단하다, 처방하다, 처치하다,

척결하다, 척살하다, 척출하다, 첨부하다, 체납하다, 체념하다,

체득하다, 체벌하다, 체험하다, 추가하다, 추도하다, 추방하다,

축약하다, 축적하다, 축조하다, 축출하다, 측정하다, 치대다,

치우다, 치켜놓다, 치켜들다, 치켜세우다 …

예 ㅊ + ㅊ = 채찍을 (차단하다, 차고앉다, 차다, 차단하다 …)

· ㄱ + ㅊ = 겨울을 (차압하다, 차올리다, 차입하다, 차출하다 …)

- ㄴ + ㅊ = 능력을 (착공하다, 착상하다, 착지시키다, 찬송하다 …)

- ㄷ + ㅊ = 디지털을 (찬조하다, 참고하다, 참관하다, 참배하다 …)

- ㄹ + ㅊ = 라온(즐거움)을 (참수하다, 창간하다, 창립하다, 창시하다 …)

- ㅁ + ㅊ = 모순을 (창안하다, 창제하다, 창조하다, 창출하다 …)

- ㅂ + ㅊ = 방황을 (찾아내다, 채택하다, 책임지다, 처단하다 …)

- ㅅ + ㅊ = 생활을 (처방하다, 처치하다, 척결하다, 척살하다 …)

- ㅇ + ㅊ = 알람을 (척출하다, 첨부하다, 체납하다, 체념하다 …)

- ㅈ + ㅊ = 저승을 (체득하다, 체벌하다, 체험하다, 추가하다 …)

- ㅋ + ㅊ = 코피를 (추도하다, 추방하다, 축약하다, 축적하다 …)

- ㅌ + ㅊ = 탈옥을 (축조하다, 축출하다, 측정하다, 치대다 …)

- ㅍ + ㅊ = 편견을 (치우다, 치켜놓다, 치켜들다, 치켜세우다 …)

- ㅎ + ㅊ = 확신을 (차감하다, 차고앉다, 차다, 차단하다 …)

가을을, 갈등을, 갈증을, 감동을, 거짓말을, 거품을, 걱정을, 겨울을, 결혼을, 겸손을, 계절을, 고독을, 고립을, 고백을, 구름을, 권력을, 그늘을, 극락을, 기다림을, 기쁨을, 기억력을, 기적을, 꽃을, 꿈을, 낙원을, 낭만을, 낮을, 노동을, 노력을, 노을을, 뇌물을, 늙음을, 능력을, 단점을, 달빛을, 도덕을, 도박을, 도전을,

독립을, 두통을, 디지털을, 라온을, 마음을, 만족을, 망상을,
맞춤법을, 매력을, 멋을, 명중을, 모순을, 몸부림을, 문장을,
문학을, 물결을, 미련을, 미신을, 미움을, 믿음을, 밀물을, 바람을,
바람결을, 반성을, 반올림을, 밝음을, 밤을, 방심을, 방황을,
배웅을, 법을, 별빛을, 봄을, 부작용을, 부탁을, 불면증을, 불발을,
불시착을, 불신을, 불안을, 불운을, 불충분을, 불침범을, 불편을,
불평을, 불행을, 비관을, 비극을, 비밀을, 빈곤을, 사랑을, 사망을,
사직을, 상식을, 상징을, 생각을, 생명을, 생활을, 성장을, 세월을,
소문을, 소질을, 수명을, 순간을, 슬픔을, 습관을, 시간을, 실력을,
썰물을, 가난을, 아침을, 아픔을, 악연을, 안녕을, 안심을, 안전을,
안정을, 알람을, 알림을, 애국을, 약속을, 약혼을, 양반을, 양심을,
어둠을, 여름을, 여백을, 연장전을, 열정을, 영원을, 예술을,
오만을, 오전을, 외로움을, 외면을, 요약을, 욕심을, 우정을,
운명을, 울음을, 웃음을, 유행을, 융합을, 의견을, 이별을, 이승을,
이혼을, 인생을, 인연을, 자랑을, 자살을, 자연을, 자화상을, 잠을,
장점을, 저녁을, 저승을, 저장을, 저축을, 저항을, 절망을, 젊음을,
점심을, 존경을, 주름살을, 중독을, 지식을, 지옥을, 집착을,
짜증을, 짝사랑을, 착각을, 채찍을, 천국을, 천당을, 청춘을,
춤을, 충분을, 침묵을, 칭찬을, 카네이션을, 카드를, 칸나향을,

칼라를, 칼슘을, 커피향을, 코너를, 코딱지를, 코피를, 콧물을,

콩향기를, 키를, 타협을, 탈선을, 탈옥을, 탈출을, 토론을, 특종을,

파업을, 편견을, 평균을, 평등을, 포옹을, 포용을, 폭력을, 하늘을,

하품을, 한숨을, 함성을, 행복을, 행운을, 허공을, 현실을, 확신을,

휘파람을, 희망을 …

탄압하다, 탄원하다, 탈출시키다, 터트리다, 토설하다, 토의하다,
토착화하다, 통역하다, 토혈하다, 퇴각하다, 퇴거하다,
퇴화시키다, 트다, 특채하다, 틀어박다, 틀어쥐다, 틀다,
퇴장시키다, 퇴행시키다, 투항시키다, 퇴학시키다, 퇴청시키다,
퇴보시키다, 탈곡하다, 탈탈털다, 탈수하다, 탐문하다, 튕기다,
타다, 투고하다, 통보하다, 투석하다, 투기하다, 투영하다,
탄주시키다, 택하다, 토로하다, 토론하다, 톱질하다, 투시하다,
털다, 토벌하다, 퇴고하다, 퇴장시키다, 퉁기다, 튀기다, 틀다,
틀어막다, 틀어박다, 틀어쥐다, 틀어짜다 …

㉝ ㅌ + ㅌ = **타협을** (퇴고하다, 탄압하다, 탄원하다, 탈출시키다…)

· ㄱ + ㅌ = **결혼을** (터트리다, 토설하다, 토의하다, 토착화하다 …)

- ㄴ + ㅌ = 낙원을 (통역하다, 토혈하다, 퇴각하다, 퇴거하다 …)

- ㄷ + ㅌ = 단점을 (퇴화시키다, 트다, 특채하다, 틀어박다 …)

- ㄹ + ㅌ = 라온(즐거움)을 (틀어쥐다, 틀다, 퇴장시키다, 퇴행시키다 …)

- ㅁ + ㅌ = 몸부림을 (투항시키다, 퇴학시키다, 퇴청시키다, 퇴보시키다 …)

- ㅂ + ㅌ = 배웅을 (탈곡하다, 탈탈털다, 탈수하다, 탐문하다 …)

- ㅅ + ㅌ = 성장을 (튕기다, 타다, 투고하다, 통보하다 …)

- ㅇ + ㅌ = 알림을 (투석하다, 투기하다, 투영하다, 탄주시키다 …)

- ㅈ + ㅌ = 저장을 (택하다, 토로하다, 토론하다, 톱질하다 …)

- ㅊ + ㅌ = 칭찬을 (투시하다, 털다, 토벌하다, 퇴고하다 …)

- ㅋ + ㅌ = 콧물을 (퇴장시키다, 퉁기다, 튀기다, 틀다 …)

- ㅍ + ㅌ = 평균을 (틀어막다, 틀어박다, 틀어쥐다, 틀어짜다 …)

- ㅎ + ㅌ = 휘파람을 (탄압하다, 탄원하다, 탈출시키다, 터트리다 …)

가을을, 갈등을, 갈증을, 감동을, 거짓말을, 거품을, 걱정을,
겨울을, 결혼을, 겸손을, 계절을, 고독을, 고립을, 고백을, 구름을,
권력을, 그늘을, 극락을, 기다림을, 기쁨을, 기억력을, 기적을,
꽃을, 꿈을, 낙원을, 낭만을, 낮을, 노동을, 노력을, 노을을,
뇌물을, 늙음을, 능력을, 단점을, 달빛을, 도덕을, 도박을, 도전을,

독립을, 두통을, 디지털을, 라온을, 마음을, 만족을, 망상을, 맞춤법을, 매력을, 멋을, 명중을, 모순을, 몸부림을, 문장을, 문학을, 물결을, 미련을, 미신을, 미움을, 믿음을, 밀물을, 바람을, 바람결을, 반성을, 반올림을, 밝음을, 밤을, 방심을, 방황을, 배웅을, 법을, 별빛을, 봄을, 부작용을, 부탁을, 불면증을, 불발을, 불시착을, 불신을, 불안을, 불운을, 불충분을, 불침범을, 불편을, 불평을, 불행을, 비관을, 비극을, 비밀을, 빈곤을, 사랑을, 사망을, 사직을, 상식을, 상징을, 생각을, 생명을, 생활을, 성장을, 세월을, 소문을, 소질을, 수명을, 순간을, 슬픔을, 습관을, 시간을, 실력을, 썰물을, 가난을, 아침을, 아픔을, 악연을, 안녕을, 안심을, 안전을, 안정을, 알람을, 알림을, 애국을, 약속을, 약혼을, 양반을, 양심을, 어둠을, 여름을, 여백을, 연장전을, 열정을, 영원을, 예술을, 오만을, 오전을, 외로움을, 외면을, 요약을, 욕심을, 우정을, 운명을, 울음을, 웃음을, 유행을, 융합을, 의견을, 이별을, 이승을, 이혼을, 인생을, 인연을, 자랑을, 자살을, 자연을, 자화상을, 잠을, 장점을, 저녁을, 저승을, 저장을, 저축을, 저항을, 절망을, 젊음을, 점심을, 존경을, 주름살을, 중독을, 지식을, 지옥을, 집착을, 짜증을, 짝사랑을, 착각을, 채찍을, 천국을, 천당을, 청춘을, 춤을, 충분을, 침묵을, 칭찬을, 카네이션을, 카드를, 칸나향을,

칼라를, 칼슘을, 커피향을, 코너를, 코딱지를, 코피를, 콧물을, 콩향기를, 키를, 타협을, 탈선을, 탈옥을, 탈출을, 토론을, 특종을, 파업을, 편견을, 평균을, 평등을, 포옹을, 포용을, 폭력을, 하늘을, 하품을, 한숨을, 함성을, 행복을, 행운을, 허공을, 현실을, 확신을, 휘파람을, 희망을 …

ㅍ

파기하다, 파내다, 파다, 파먹다, 파묻다, 파산하다, 파종하다,
파직시키다, 파헤치다, 판결하다, 판독하다, 판매하다, 판정하다,
패다, 팽시키다, 퍼나르다, 퍼내다, 퍼주다, 펄럭이다, 펄펄끓이다,
편가르다, 편애하다, 편집하다, 펼치다, 폄하하다, 폐지하다,
포개다, 포기하다, 포섭하다, 포식하다, 포옹하다, 포용하다,
포위하다, 포장하다, 포획하다, 폭격하다, 폭파하다, 표시하다,
표절하다, 표현하다, 푸다, 푸대에넣다, 푸대접하다, 풀다,
풀어내다, 풀어주다, 품다, 피살하다, 피하다, 필사하다 …

예 ㅍ + ㅍ = 평등을 (파산하다, 파기하다, 파내다, 파먹다 …)

· ㄱ + ㅍ = 겸손을 (파묻다, 파산하다, 파종하다, 파직시키다 …)

· ㄴ + ㅍ = 낭만을 (파헤치다, 판결하다, 판독하다, 판매하다 …)

· ㄷ + ㅍ = 달빛을 (판정하다, 패다, 팽시키다, 퍼나르다 …)

· ㄹ + ㅍ = 라온(즐거움)을 (퍼내다, 퍼주다, 펄럭이다, 펄펄끓이다 …)

· ㅁ + ㅍ = 문장을 (편가르다, 편애하다, 편집하다, 펼치다 …)

· ㅂ + ㅍ = 법을 (폄하하다, 폐지하다, 포개다, 포기하다 …)

· ㅅ + ㅍ = 세월을 (포섭하다, 포식하다, 포용하다, 포용하다 …)

· ㅇ + ㅍ = 애국을 (포획하다, 폭격하다, 폭파하다, 표시하다 …)

· ㅈ + ㅍ = 저축을 (포위하다, 포장하다, 포획하다, 폭격하다 …)

· ㅊ + ㅍ = 착각을 (파하다, 표시하다, 표절하다, 표현하다 …)

· ㅋ + ㅍ = 콩향기를 (푸다, 푸대에 넣다, 푸대접하다, 풀다 …)

· ㅌ + ㅍ = 탈출을 (풀어내다, 풀어주다, 품다, 피살하다 …)

· ㅎ + ㅍ = 하늘을 (피하다, 필사하다, 파기하다, 파내다 …)

가을을, 갈등을, 갈증을, 감동을, 거짓말을, 거품을, 걱정을, 겨울을, 결혼을, 겸손을, 계절을, 고독을, 고립을, 고백을, 구름을, 권력을, 그늘을, 극락을, 기다림을, 기쁨을, 기억력을, 기적을, 꽃을, 꿈을, 낙원을, 낭만을, 낮을, 노동을, 노력을, 노을을, 뇌물을, 늙음을, 능력을, 단점을, 달빛을, 도덕을, 도박을, 도전을, 독립을, 두통을, 디지털을, 라온을, 마음을, 만족을, 망상을,

맞춤법을, 매력을, 멋을, 명중을, 모순을, 몸부림을, 문장을,

문학을, 물결을, 미련을, 미신을, 미움을, 믿음을, 밀물을, 바람을,

바람결을, 반성을, 반올림을, 밝음을, 밤을, 방심을, 방황을,

배웅을, 법을, 별빛을, 봄을, 부작용을, 부탁을, 불면증을, 불발을,

불시착을, 불신을, 불안을, 불운을, 불충분을, 불침범을, 불편을,

불평을, 불행을, 비관을, 비극을, 비밀을, 빈곤을, 사랑을, 사망을,

사직을, 상식을, 상징을, 생각을, 생명을, 생활을, 성장을, 세월을,

소문을, 소질을, 수명을, 순간을, 슬픔을, 습관을, 시간을, 실력을,

썰물을, 가난을, 아침을, 아픔을, 악연을, 안녕을, 안심을, 안전을,

안정을, 알람을, 알림을, 애국을, 약속을, 약혼을, 양반을, 양심을,

어둠을, 여름을, 여백을, 연장전을, 열정을, 영원을, 예술을,

오만을, 오전을, 외로움을, 외면을, 요약을, 욕심을, 우정을,

운명을, 울음을, 웃음을, 유행을, 융합을, 의견을, 이별을, 이승을,

이혼을, 인생을, 인연을, 자랑을, 자살을, 자연을, 자화상을, 잠을,

장점을, 저녁을, 저승을, 저장을, 저축을, 저항을, 절망을, 젊음을,

점심을, 존경을, 주름살을, 중독을, 지식을, 지옥을, 집착을,

짜증을, 짝사랑을, 착각을, 채찍을, 천국을, 천당을, 청춘을,

춤을, 충분을, 침묵을, 칭찬을, 카네이션을, 카드를, 칸나향을,

칼라를, 칼슘을, 커피향을, 코너를, 코딱지를, 코피를, 콧물을,

콩향기를, 키를, 타협을, 탈선을, 탈옥을, 탈출을, 토론을, 특종을, 파업을, 편견을, 평균을, 평등을, 포옹을, 포용을, 폭력을, 하늘을, 하품을, 한숨을, 함성을, 행복을, 행운을, 허공을, 현실을, 확신을, 휘파람을, 희망을 …

ㅎ

하관하다, 하역하다, 하열하다, 하직하다, 학대하다, 학살하다,

할인하다, 핥다, 항의하다, 항해하다, 해석하다, 해제하다,

해코지하다, 허물다, 허비하다, 험담하다, 헤엄치다, 헤치다,

호령하다, 호리다, 호비다, 호위하다, 홀대하다, 홀리다, 홀짝이다,

화장하다, 환기하다, 환불하다, 환송하다, 환원하다, 활용하다,

회수하다, 횡단하다, 후려치다, 후비다, 후송하다, 후원하다,

훈계하다, 훈련시키다, 훈수하다, 훈시하다, 훑다, 훔치다,

움켜잡다, 휘날리다, 휘젓다, 휴간하다, 휴대하다, 흉보다,

흔들다, 흘리다, 희석하다 …

예 **ㅎ + ㅎ = 한숨을** (하관하다, 하역하다, 하열하다, 하직하다 …)

· ㄱ + ㅎ = 계절을 (학대하다, 학살하다, 할인하다, 핥다 …)

· ㄴ + ㅎ = 낮을 (항의하다, 항해하다, 해석하다, 해제하다 …)

· ㄷ + ㅎ = 도덕을 (해코지하다, 허물다, 허비하다, 험담하다 …)

· ㄹ + ㅎ = 라온(즐거움)을 (헤엄치다, 헤치다, 호령하다, 호리다 …)

· ㅁ + ㅎ = 문학을 (호비다, 호위하다, 홀대하다, 홀리다 …)

· ㅂ + ㅎ = 별빛을 (홀싹이다, 화장하다, 환기하다, 환불하다 …)

· ㅅ + ㅎ = 소문을 (환송하다, 환원하다, 활용하다, 회수하다 …)

· ㅇ + ㅎ = 약속을 (횡단하다, 후려치다, 후비다, 후송하다 …)

· ㅈ + ㅎ = 저항을 (후원하다, 훈계하다, 훈령시키다, 훈수하다 …)

· ㅊ + ㅎ = 채찍을 (훈시하다, 훑다, 훔치다, 훔켜잡다 …)

· ㅋ + ㅎ = 키를 (휘날리다, 휘젓다, 휴간하다, 휴대하다 …)

· ㅌ + ㅎ = 토론을 (흉보다, 흔들다, 흘리다, 희석하다 …)

· ㅍ + ㅎ = 포옹을 (하관하다, 하역하다, 하열하다, 하직하다 …)

가을을, 갈등을, 갈증을, 감동을, 거짓말을, 거품을, 걱정을, 겨울을, 결혼을, 겸손을, 계절을, 고독을, 고립을, 고백을, 구름을, 권력을, 그늘을, 극락을, 기다림을, 기쁨을, 기억력을, 기적을, 꽃을, 꿈을, 낙원을, 낭만을, 낮을, 노동을, 노력을, 노을을, 뇌물을, 늙음을, 능력을, 단점을, 달빛을, 도덕을, 도박을, 도전을,

독립을, 두통을, 디지털을, 라온을, 마음을, 만족을, 망상을, 맞춤법을, 매력을, 멋을, 명중을, 모순을, 몸부림을, 문장을, 문학을, 물결을, 미련을, 미신을, 미움을, 믿음을, 밀물을, 바람을, 바람결을, 반성을, 반올림을, 밝음을, 밤을, 방심을, 방황을, 배웅을, 법을, 별빛을, 봄을, 부작용을, 부탁을, 불면증을, 불발을, 불시착을, 불신을, 불안을, 불운을, 불충분을, 불침범을, 불편을, 불평을, 불행을, 비관을, 비극을, 비밀을, 빈곤을, 사랑을, 사망을, 사직을, 상식을, 상징을, 생각을, 생명을, 생활을, 성장을, 세월을, 소문을, 소질을, 수명을, 순간을, 슬픔을, 습관을, 시간을, 실력을, 썰물을, 가난을, 아침을, 아픔을, 악연을, 안녕을, 안심을, 안전을, 안정을, 알람을, 알림을, 애국을, 약속을, 약혼을, 양반을, 양심을, 어둠을, 여름을, 여백을, 연장전을, 열정을, 영원을, 예술을, 오만을, 오전을, 외로움을, 외면을, 요약을, 욕심을, 우정을, 운명을, 울음을, 웃음을, 유행을, 융합을, 의견을, 이별을, 이승을, 이혼을, 인생을, 인연을, 자랑을, 자살을, 자연을, 자화상을, 잠을, 장점을, 저녁을, 저승을, 저장을, 저축을, 저항을, 절망을, 젊음을, 점심을, 존경을, 주름살을, 중독을, 지식을, 지옥을, 집착을, 짜증을, 짝사랑을, 착각을, 채찍을, 천국을, 천당을, 청춘을, 춤을, 충분을, 침묵을, 칭찬을, 카네이션을, 카드를, 칸나향을,

칼라를, 칼슘을, 커피향을, 코너를, 코딱지를, 코피를, 콧물을, 콩향기를, 키를, 타협을, 탈선을, 탈옥을, 탈출을, 토론을, 특종을, 파업을, 편견을, 평균을, 평등을, 포옹을, 포용을, 폭력을, 하늘을, 하품을, 한숨을, 함성을, 행복을, 행운을, 허공을, 현실을, 확신을, 휘파람을, 희망을 …

제2부
단위

가닥, 가락, 가리, 가마, 갈래, 갑, 갓, 강다리, 개, 개비, 거리,
겹, 고개, 고랑, 고리, 곡, 곡조, 골, 공기, 곽, 관, 괴, 구비, 국자,
권, 그램, 그루, 근, 꼭지, 꾸러미, 꿰미, 끗, 끼 …

🅔 ㄱ+ㄱ = **가난 한** (가마니, 가닥, 가락 …)

· ㄴ + ㄱ = **나이 한** (가리, 가마, 갈래 …)

· ㄷ + ㄱ = **단점 한** (갑, 갓, 강다리 …)

· ㅁ + ㄱ = **마음 한** (개, 개비, 거리 …)

· ㅂ + ㄱ = **바람 한** (거리, 겹, 고개 …)

· ㅅ + ㄱ = **사랑 한** (고랑, 고리, 곡 …)

· ㅇ + ㄱ = **아날로그 한** (곡조, 골, 공기 …)

· ㅈ + ㄱ = **자랑 한** (곽, 관, 괴 …)

- ㅊ + ㄱ = 착각 한 (구비, 국자, 권 …)

- ㅋ + ㄱ = 카드 한 (그루, 근, 꼭지 …)

- ㅌ + ㄱ = 타협 한 (꾸러미, 꿰미, 꿋 …)

- ㅍ + ㄱ = 파도 한 (끼, 가닥, 가락 …)

- ㅎ + ㄱ = 하늘 한 (가리, 가마, 갈래 …)

가냘픔, 가뭄, 가을, 갈등, 갈증, 감, 감동, 감정, 거짓말, 거품, 걱정 게으름, 겨울, 겨자, 결혼, 겸손, 계절, 고구마, 고독, 고립, 고백, 고추, 구름, 권력, 권태, 그늘, 극락, 기다림, 기도, 기쁨, 기억력, 기적, 꿈, 나이, 낙서, 낙원, 난리, 날씨, 남루, 낭만, 낮, 냄비, 냄새, 노동, 노래, 노력, 노을, 뇌물, 느낌표, 늙음, 능력, 단점, 달빛, 도덕, 도박, 도전, 독립, 두통, 마음, 마침표, 만족, 망상, 맞춤법, 매력, 멀미, 멋, 메아리, 명중, 모순, 몸부림, 무죄, 무지개, 무효, 문장, 문제, 문학, 물결, 물소리, 물음표, 미련, 미신, 미움, 믿음, 밀물, 바람, 바람결, 바람 소리, 바보, 박수, 반성, 반올림, 반주, 밝음, 밤, 방심, 방황, 배려, 배웅, 벌레 소리, 법, 변화, 별빛, 복권, 복수, 봄, 봄빛, 봉사, 부귀, 부자, 부작용, 부채, 부탁, 분노, 분수, 불면증, 불발, 불시착, 불신, 불안, 불운, 불충분,

불침범, 불쾌지수, 불편, 불평, 불행, 불효, 비관, 비교, 비극, 비밀,

빈곤, 빗소리, 사랑, 사망, 사직, 사치, 상식, 상징, 새소리, 생각,

생강, 생명, 생활, 설마, 성장, 세뇌, 세월, 소나기, 소문, 소외,

소질, 속도, 속수무책, 손해, 수명, 순간, 쉼표, 스트레스, 슬럼프,

슬픔, 습관, 시간, 실력, 심보, 썰물, 아날로그, 아지랑이, 아침,

아픔, 악연, 안개, 안녕, 안심, 안전, 안정, 알림, 압도, 애국, 애정,

약속, 약혼, 양반, 양심, 양파, 어둠, 여름, 여백, 여유, 연애, 연장,

열정, 영원, 예술, 예언, 오만, 오전, 오후, 외로움, 외면, 요약,

욕심, 우울, 우정, 우주, 운명, 운수, 울음, 웃음, 위기, 위로, 유행,

융합, 은퇴, 의견, 의리, 의무, 이별, 이승, 이혼, 인기, 인내, 인생,

인연, 일류, 입사, 자랑, 자살, 자연, 자장가, 자화상, 잔소리, 잠,

장마, 장점, 재미, 재회, 저녁, 저승, 저장, 저축, 저항, 적자, 절망,

젊음, 정리, 존경, 종교, 종소리, 죄, 주름살, 준비, 중독, 증오,

지식, 지옥, 집착, 짜증, 짝사랑, 착각, 참여, 채찍, 천국, 천당,

천재, 청춘, 초대, 초보, 춤, 충고, 충분, 취미, 취소, 침묵, 칭찬,

카드, 카라, 카멜레온냄새, 칼륨, 커피익는소리, 코끼리방귀,

코끼리울음, 콧물냄새, 콧털, 콩향기, 크는소리, 키소리, 키움,

타협, 탈선, 탈옥, 탈출, 토론, 특종, 파도, 파업, 편견, 평균, 평등,

평범, 평화, 포기, 포옹, 포용, 포위, 폭력, 핑계, 하늘, 하품, 한계,

한숨, 함성, 행복, 행운, 향기, 허공, 현실, 확신, 효도, 휘파람, 흥미, 희망 …

ㄴ

낟, 냄비, 냥, 년, 놈, 눈금, 닢 …

예 ㄴ + ㄴ = **남루 한** (냄비, 낟, 냥, 년 …)

· ㄱ + ㄴ = 가냘픔 한 (놈, 눈금, 닢, 낟 …)

· ㄷ + ㄴ = 달빛 한 (냄비, 냥, 년, 놈 …)

· ㅁ + ㄴ = 마침표 한 (눈금, 닢, 낟, 냄비 …)

· ㅂ + ㄴ = 바람결 한 (냥, 년, 놈, 눈금 …)

· ㅅ + ㄴ = 사망 한 (닢, 낟, 냄비, 냥 …)

· ㅇ + ㄴ = 아이디어 한 (년, 놈, 눈금, 닢 …)

· ㅈ + ㄴ = 자살 한 (낟, 냄비, 냥, 년 …)

· ㅊ + ㄴ = 참여 한 (놈, 눈금, 닢, 낟 …)

· ㅋ + ㄴ = 카라 한 (냄비 냥, 년, 놈 …)

- ㅌ + ㄴ = 탈선 한 (눈금, 닢, 낟, 냄비 …)

- ㅍ + ㄴ = 파업 한 (냥, 년, 놈, 눈금 …)

- ㅎ + ㄴ = 하품 한 (닢, 낟, 냄비, 냥 …)

가냘픔, 가뭄, 가을, 갈등, 갈증, 감, 감동, 감정, 거짓말, 거품, 걱정 게으름, 겨울, 겨자, 결혼, 겸손, 계절, 고구마, 고녹, 고립, 고백, 고추, 구름, 권력, 권태, 그늘, 극락, 기다림, 기도, 기쁨, 기억력, 기적, 꿈, 나이, 낙서, 낙원, 난리, 날씨, 남루, 낭만, 낮, 냄비, 냄새, 노동, 노래, 노력, 노을, 뇌물, 느낌표, 늙음, 능력, 단점, 달빛, 도덕, 도박, 도전, 독립, 두통, 마음, 마침표, 만족, 망상, 맞춤법, 매력, 멀미, 멋, 메아리, 명중, 모순, 몸부림, 무죄, 무지개, 무효, 문장, 문제, 문학, 물결, 물소리, 물음표, 미련, 미신, 미움, 믿음, 밀물, 바람, 바람결, 바람 소리, 바보, 박수, 반성, 반올림, 반주, 밝음, 밤, 방심, 방황, 배려, 배웅, 벌레 소리, 법, 변화, 별빛, 복권, 복수, 봄, 봄빛, 봉사, 부귀, 부자, 부작용, 부채, 부탁, 분노, 분수, 불면증, 불발, 불시착, 불신, 불안, 불운, 불충분, 불침범, 불쾌지수, 불편, 불평, 불행, 불효, 비관, 비교, 비극, 비밀, 빈곤, 빗소리, 사랑, 사망, 사직, 사치, 상식, 상징, 새소리, 생각, 생강, 생명, 생활, 설마, 성장, 세뇌, 세월, 소나기, 소문, 소외,

소질, 속도, 속수무책, 손해, 수명, 순간, 쉼표, 스트레스, 슬럼프,

슬픔, 습관, 시간, 실력, 심보, 썰물, 아날로그, 아지랑이, 아침,

아픔, 악연, 안개, 안녕, 안심, 안전, 안정, 알림, 압도, 애국, 애정,

약속, 약혼, 양반, 양심, 양파, 어둠, 여름, 여백, 여유, 연애, 연장,

열정, 영원, 예술, 예언, 오만, 오전, 오후, 외로움, 외면, 요약,

욕심, 우울, 우정, 우주, 운명, 운수, 울음, 웃음, 위기, 위로, 유행,

융합, 은퇴, 의견, 의리, 의무, 이별, 이승, 이혼, 인기, 인내, 인생,

인연, 일류, 입사, 자랑, 자살, 자연, 자장가, 자화상, 잔소리, 잠,

장마, 장점, 재미, 재회, 저녁, 저승, 저장, 저축, 저항, 적자, 절망,

젊음, 정리, 존경, 종교, 종소리, 죄, 주름살, 준비, 중독, 증오,

지식, 지옥, 집착, 짜증, 짝사랑, 착각, 참여, 채찍, 천국, 천당,

천재, 청춘, 초대, 초보, 춤, 충고, 충분, 취미, 취소, 침묵, 칭찬,

카드, 카라, 카멜레온냄새, 칼륨, 커피익는소리, 코끼리방귀,

코끼리울음, 콧물냄새, 콧털, 콩향기, 크는소리, 키소리, 키움,

타협, 탈선, 탈옥, 탈출, 토론, 특종, 파도, 파업, 편견, 평균, 평등,

평범, 평화, 포기, 포옹, 포용, 포위, 폭력, 핑계, 하늘, 하품, 한계,

한숨, 함성, 행복, 행운, 향기, 허공, 현실, 확신, 효도, 휘파람,

흥미, 희망 …

ㄷ

다발, 다스, 단, 단락, 달, 담불, 대, 대접, 덩이, 덩저리, 돈, 동, 되, 되지기, 두, 두름, 등성이, 땀, 떨기 …

예 ㄷ + ㄷ = 달빛 한 (다발, 다스, 단, 단락 …)

- ㄱ + ㄷ = 가을 한 (달, 담불, 대, 대접 …)

- ㄴ + ㄷ = 낙서 한 (덩이, 덩저리, 돈, 동 …)

- ㅁ + ㄷ = 만족 한 (되, 되지기, 두, 두름 …)

- ㅂ + ㄷ = 바람소리 한 (등성이, 땀, 떨기, 다발 …)

- ㅅ + ㄷ = 사직 한 (다스, 단, 단락, 달 …)

- ㅇ + ㄷ = 아이큐 한 (담불, 대, 대접, 덩이 …)

- ㅈ + ㄷ = 자연 한 (덩저리, 돈, 동, 되 …)

- ㅊ + ㄷ = 채찍 한 (되지기, 두, 두름, 등성이 …)

- ㅋ + ㄷ = 카멜레온냄새 한 (땀, 떨기, 다발, 다스 …)

- ㅌ + ㄷ = 탈옥 한 (단, 단락, 달, 담불 …)

- ㅍ + ㄷ = 편견 한 (대, 대접, 덩이, 덩저리 …)

- ㅎ + ㄷ = 한계 한 (돈, 동, 되, 되지기 …)

가냘픔, 가뭄, 가을, 갈등, 갈증, 감, 감동, 감정, 거짓말, 거품, 걱정
게으름, 겨울, 겨자, 결혼, 겸손, 계절, 고구마, 고독, 고립, 고백,
고추, 구름, 권력, 권태, 그늘, 극락, 기다림, 기도, 기쁨, 기억력,
기적, 꿈, 나이, 낙서, 낙원, 난리, 날씨, 남루, 낭만, 낮, 냄비, 냄새,
노동, 노래, 노력, 노을, 뇌물, 느낌표, 늙음, 능력, 단점, 달빛,
도덕, 도박, 도전, 독립, 두통, 마음, 마침표, 만족, 망상, 맞춤법,
매력, 멀미, 멋, 메아리, 명중, 모순, 몸부림, 무죄, 무지개, 무효,
문장, 문제, 문학, 물결, 물소리, 물음표, 미련, 미신, 미움, 믿음,
밀물, 바람, 바람결, 바람 소리, 바보, 박수, 반성, 반올림, 반주,
밝음, 밤, 방심, 방황, 배려, 배웅, 벌레 소리, 법, 변화, 별빛, 복권,
복수, 봄, 봄빛, 봉사, 부귀, 부자, 부작용, 부채, 부탁, 분노, 분수,
불면증, 불발, 불시착, 불신, 불안, 불운, 불충분, 불침범, 불쾌지수,
불편, 불평, 불행, 불효, 비관, 비교, 비극, 비밀, 빈곤, 빗소리,

사랑, 사망, 사직, 사치, 상식, 상징, 새소리, 생각, 생강, 생명,
생활, 설마, 성장, 세뇌, 세월, 소나기, 소문, 소외, 소질, 속도,
속수무책, 손해, 수명, 순간, 쉼표, 스트레스, 슬럼프, 슬픔, 습관,
시간, 실력, 심보, 썰물, 아날로그, 아지랑이, 아침, 아픔, 악연,
안개, 안녕, 안심, 안전, 안정, 알림, 압도, 애국, 애정, 약속, 약혼,
양반, 양심, 양파, 어둠, 여름, 여백, 여유, 연애, 연장, 열정, 영원,
예술, 예언, 오만, 오전, 오후, 외로움, 외면, 요약, 욕심, 우울,
우정, 우주, 운명, 운수, 울음, 웃음, 위기, 위로, 유행, 융합, 은퇴,
의견, 의리, 의무, 이별, 이승, 이혼, 인기, 인내, 인생, 인연, 일류,
입사, 자랑, 자살, 자연, 자장가, 자화상, 잔소리, 잠, 장마, 장점,
재미, 재회, 저녁, 저승, 저장, 저축, 저항, 적자, 절망, 젊음, 정리,
존경, 종교, 종소리, 죄, 주름살, 준비, 중독, 증오, 지식, 지옥,
집착, 짜증, 짝사랑, 착각, 참여, 채찍, 천국, 천당, 천재, 청춘,
초대, 초보, 춤, 충고, 충분, 취미, 취소, 침묵, 칭찬, 카드, 카라,
카멜레온냄새, 칼륨, 커피익는소리, 코끼리방귀, 코끼리울음,
콧물냄새, 콧털, 콩향기, 크는소리, 키소리, 키움, 타협, 탈선, 탈옥,
탈출, 토론, 특종, 파도, 파업, 편견, 평균, 평등, 평범, 평화, 포기,
포옹, 포용, 포위, 폭력, 핑계, 하늘, 하품, 한계, 한숨, 함성, 행복,
행운, 향기, 허공, 현실, 확신, 효도, 휘파람, 흥미, 희망 …

ㅁ

마, 마디, 마름, 마리, 마지기, 마투리, 말, 매, 명, 모, 모금,
모숨, 모태, 무더기, 무지, 묶음, 문제, 뭇 …

예 ㅁ + ㅁ = **무지개 한** (묶음, 마, 마디, 마름 …)

· ㄱ + ㅁ = 갈등 한 (마리, 마지기, 마투리, 말 …)

· ㄴ + ㅁ = 낙원 한 (매, 명, 모, 모금 …)

· ㄷ + ㅁ = 도덕 한 (모숨, 모태, 무더기, 무지 …)

· ㅂ + ㅁ = 바보 한 (묶음, 문제, 뭇, 마 …)

· ㅅ + ㅁ = 사치 한 (마디, 마름, 마리, 마지기 …)

· ㅇ + ㅁ = 아지랑이 한 (마투리, 말, 매, 명 …)

· ㅈ + ㅁ = 자장가 한 (모, 모금, 모숨, 모태 …)

· ㅊ + ㅁ = 천국 한 (무더기, 무지, 묶음, 문제 …)

- ㅋ + ㅁ = 칼륨 한 (뭇, 마, 마디, 마름 …)

- ㅌ + ㅁ = 탈출 한 (마리, 마지기, 마투리, 말 …)

- ㅍ + ㅁ = 평균 한 (매, 명, 모, 모금 …)

- ㅎ + ㅁ = 한숨 한 (모숨, 모태, 무더기, 무지 …)

가냘픔, 가뭄, 가을, 갈등, 갈증, 감, 감동, 감정, 거짓말, 거품, 걱정
게으름, 겨울, 겨자, 결혼, 겸손, 계절, 고구마, 고독, 고립, 고백,
고추, 구름, 권력, 권태, 그늘, 극락, 기다림, 기도, 기쁨, 기억력,
기적, 꿈, 나이, 낙서, 낙원, 난리, 날씨, 남루, 낭만, 낮, 냄비, 냄새,
노동, 노래, 노력, 노을, 뇌물, 느낌표, 늙음, 능력, 단점, 달빛,
도덕, 도박, 도전, 독립, 두통, 마음, 마침표, 만족, 망상, 맞춤법,
매력, 멀미, 멋, 메아리, 명중, 모순, 몸부림, 무죄, 무지개, 무효,
문장, 문제, 문학, 물결, 물소리, 물음표, 미련, 미신, 미움, 믿음,
밀물, 바람, 바람결, 바람 소리, 바보, 박수, 반성, 반올림, 반주,
밝음, 밤, 방심, 방황, 배려, 배웅, 벌레 소리, 법, 변화, 별빛, 복권,
복수, 봄, 봄빛, 봉사, 부귀, 부자, 부작용, 부채, 부탁, 분노, 분수,
불면증, 불발, 불시착, 불신, 불안, 불운, 불충분, 불침범, 불쾌지수,
불편, 불평, 불행, 불효, 비관, 비교, 비극, 비밀, 빈곤, 빗소리,

사랑, 사망, 사직, 사치, 상식, 상징, 새소리, 생각, 생강, 생명,
생활, 설마, 성장, 세뇌, 세월, 소나기, 소문, 소외, 소질, 속도,
속수무책, 손해, 수명, 순간, 쉼표, 스트레스, 슬럼프, 슬픔, 습관,
시간, 실력, 심보, 썰물, 아날로그, 아지랑이, 아침, 아픔, 악연,
안개, 안녕, 안심, 안전, 안정, 알림, 압도, 애국, 애정, 약속, 약혼,
양반, 양심, 양파, 어둠, 여름, 여백, 여유, 연애, 연장, 열정, 영원,
예술, 예언, 오만, 오전, 오후, 외로움, 외면, 요약, 욕심, 우울,
우정, 우주, 운명, 운수, 울음, 웃음, 위기, 위로, 유행, 융합, 은퇴,
의견, 의리, 의무, 이별, 이승, 이혼, 인기, 인내, 인생, 인연, 일류,
입사, 자랑, 자살, 자연, 자장가, 자화상, 잔소리, 잠, 장마, 장점,
재미, 재회, 저녁, 저승, 저장, 저축, 저항, 적자, 절망, 젊음, 정리,
존경, 종교, 종소리, 죄, 주름살, 준비, 중독, 증오, 지식, 지옥,
집착, 짜증, 짝사랑, 착각, 참여, 채찍, 천국, 천당, 천재, 청춘,
초대, 초보, 춤, 충고, 충분, 취미, 취소, 침묵, 칭찬, 카드, 카라,
카멜레온냄새, 칼륨, 커피익는소리, 코끼리방귀, 코끼리울음,
콧물냄새, 콧털, 콩향기, 크는소리, 키소리, 키움, 타협, 탈선, 탈옥,
탈출, 토론, 특종, 파도, 파업, 편견, 평균, 평등, 평범, 평화, 포기,
포옹, 포용, 포위, 폭력, 핑계, 하늘, 하품, 한계, 한숨, 함성, 행복,
행운, 향기, 허공, 현실, 확신, 효도, 휘파람, 흥미, 희망 …

ㅂ

◇◇◇◇◇◇◇◇◇◇

바구니, 바리, 발, 방울, 배미, 버렁, 벌, 병, 봉지, 부, 분, 뼘 …

㉐ ㅂ + ㅂ = **빗소리 한** (바구니, 바리, 발, 방울 …)

· ㄱ + ㅂ = 갈증 한 (배미, 버렁, 벌, 병 …)

· ㄴ + ㅂ = 난리 한 (봉지, 부, 분, 뼘 …)

· ㄷ + ㅂ = 도박 한 (바구니, 바리, 발, 방울 …)

· ㅁ + ㅂ = 망고 한 (배미, 버렁, 벌, 병 …)

· ㅅ + ㅂ = 상식 한 (봉지, 부, 분, 뼘 …)

· ㅇ + ㅂ = 아침 한 (바구니, 바리, 발, 방울 …)

· ㅈ + ㅂ = 자화상 한 (배미, 버렁, 벌, 병 …)

· ㅊ + ㅂ = 천당 한 (봉지, 부, 분, 뼘 …)

· ㅋ + ㅂ = 커피익는소리 한 (바구니, 바리, 발, 방울 …)

- ㅌ + ㅂ = 토론 한 (배미, 버렁, 벌, 병 …)

- ㅍ + ㅂ = 평등 한 (봉지, 부, 분, 뺨 …)

- ㅎ + ㅂ = 함성 한 (바구니, 바리, 발, 방울 …)

가냘픔, 가뭄, 가을, 갈등, 갈증, 감, 감동, 감정, 거짓말, 거품, 걱정 게으름, 겨울, 겨자, 결혼, 겸손, 계절, 고구마, 고독, 고립, 고백, 고추, 구름, 권력, 권태, 그늘, 극락, 기다림, 기도, 기쁨, 기억력, 기적, 꿈, 나이, 낙서, 낙원, 난리, 날씨, 남루, 낭만, 낮, 냄비, 냄새, 노동, 노래, 노력, 노을, 뇌물, 느낌표, 늙음, 능력, 단점, 달빛, 도덕, 도박, 도전, 독립, 두통, 마음, 마침표, 만족, 망상, 맞춤법, 매력, 멀미, 멋, 메아리, 명중, 모순, 몸부림, 무죄, 무지개, 무효, 문장, 문제, 문학, 물결, 물소리, 물음표, 미련, 미신, 미움, 믿음, 밀물, 바람, 바람결, 바람 소리, 바보, 박수, 반성, 반올림, 반주, 밝음, 밤, 방심, 방황, 배려, 배웅, 벌레 소리, 법, 변화, 별빛, 복권, 복수, 봄, 봄빛, 봉사, 부귀, 부자, 부작용, 부채, 부탁, 분노, 분수, 불면증, 불발, 불시착, 불신, 불안, 불운, 불충분, 불침범, 불쾌지수, 불편, 불평, 불행, 불효, 비관, 비교, 비극, 비밀, 빈곤, 빗소리, 사랑, 사망, 사직, 사치, 상식, 상징, 새소리, 생각,

생강, 생명, 생활, 설마, 성장, 세뇌, 세월, 소나기, 소문, 소외,

소질, 속도, 속수무책, 손해, 수명, 순간, 쉼표, 스트레스, 슬럼프,

슬픔, 습관, 시간, 실력, 심보, 썰물, 아날로그, 아지랑이, 아침,

아픔, 악연, 안개, 안녕, 안심, 안전, 안정, 알림, 압도, 애국, 애정,

약속, 약혼, 양반, 양심, 양파, 어둠, 여름, 여백, 여유, 연애, 연장,

열정, 영원, 예술, 예언, 오만, 오전, 오후, 외로움, 외면, 요약,

욕심, 우울, 우정, 우주, 운명, 운수, 울음, 웃음, 위기, 위로, 유행,

융합, 은퇴, 의견, 의리, 의무, 이별, 이승, 이혼, 인기, 인내, 인생,

인연, 일류, 입사, 자랑, 자살, 자연, 자장가, 자화상, 잔소리, 잠,

장마, 장점, 재미, 재회, 저녁, 저승, 저장, 저축, 저항, 적자, 절망,

젊음, 정리, 존경, 종교, 종소리, 죄, 주름살, 준비, 중독, 증오,

지식, 지옥, 집착, 짜증, 짝사랑, 착각, 참여, 채찍, 천국, 천당,

천재, 청춘, 초대, 초보, 춤, 충고, 충분, 취미, 취소, 침묵, 칭찬,

카드, 카라, 카멜레온냄새, 칼륨, 커피익는소리, 코끼리방귀,

코끼리울음, 콧물냄새, 콧털, 콩향기, 크는소리, 키소리, 키움,

타협, 탈선, 탈옥, 탈출, 토론, 특종, 파도, 파업, 편견, 평균, 평등,

평범, 평화, 포기, 포옹, 포용, 포위, 폭력, 핑계, 하늘, 하품, 한계,

한숨, 함성, 행복, 행운, 향기, 허공, 현실, 확신, 효도, 휘파람,

흥미, 희망 …

人

사리, 살, 상자, 새, 섭수, 세, 세대, 소끔, 소절, 소쿠리, 속,
손, 송이, 솥, 수, 숟갈, 술, 숨, 쌈지, 쌍 …

㉠ 人 + 人 = 슬픔 한 (숟갈, 사리, 살, 상자 …)

· ㄱ + 人 = 감 한 (새, 섭수, 세, 세대 …)

· ㄴ + 人 = 날씨 한 (소끔, 소절, 소쿠리, 속 …)

· ㄷ + 人 = 도전 한 (손, 송이, 솥, 수 …)

· ㅁ + 人 = 망상 한 (숟갈, 술, 숨, 쌈지 …)

· ㅂ + 人 = 박수 한 (쌍, 사리, 살, 상자 …)

· ㅇ + 人 = 아픔 한 (새, 섭수, 세, 세대 …)

· ㅈ + 人 = 잔소리 한 (소끔, 소절, 소쿠리, 속 …)

· ㅊ + 人 = 천재 한 (손, 송이, 솥, 수 …)

- ㅋ + ㅅ = 코끼리방귀 한 (숟갈, 술, 숨, 쌈지 …)

- ㅌ + ㅅ = 특종 한 (쌍, 사리, 살, 상자 …)

- ㅍ + ㅅ = 평범 한 (세, 섭수, 세, 세대 …)

- ㅎ + ㅅ = 행복 한 (소끔, 소절, 소쿠리, 속 …)

가냘픔, 가뭄, 가을, 갈등, 갈증, 감, 감동, 감정, 거짓말, 거품, 걱정

게으름, 겨울, 겨자, 결혼, 겸손, 계절, 고구마, 고독, 고립, 고백,

고추, 구름, 권력, 권태, 그늘, 극락, 기다림, 기도, 기쁨, 기억력,

기적, 꿈, 나이, 낙서, 낙원, 난리, 날씨, 남루, 낭만, 낮, 냄비, 냄새,

노동, 노래, 노력, 노을, 뇌물, 느낌표, 늙음, 능력, 단점, 달빛,

도덕, 도박, 도전, 독립, 두통, 마음, 마침표, 만족, 망상, 맞춤법,

매력, 멀미, 멋, 메아리, 명중, 모순, 몸부림, 무죄, 무지개, 무효,

문장, 문제, 문학, 물결, 물소리, 물음표, 미련, 미신, 미움, 믿음,

밀물, 바람, 바람결, 바람 소리, 바보, 박수, 반성, 반올림, 반주,

밝음, 밤, 방심, 방황, 배려, 배웅, 벌레 소리, 법, 변화, 별빛, 복권,

복수, 봄, 봄빛, 봉사, 부귀, 부자, 부작용, 부채, 부탁, 분노, 분수,

불면증, 불발, 불시착, 불신, 불안, 불운, 불충분, 불침범, 불쾌지수,

불편, 불평, 불행, 불효, 비관, 비교, 비극, 비밀, 빈곤, 빗소리,

사랑, 사망, 사직, 사치, 상식, 상징, 새소리, 생각, 생강, 생명,
생활, 설마, 성장, 세뇌, 세월, 소나기, 소문, 소외, 소질, 속도,
속수무책, 손해, 수명, 순간, 쉼표, 스트레스, 슬럼프, 슬픔, 습관,
시간, 실력, 심보, 썰물, 아날로그, 아지랑이, 아침, 아픔, 악연,
안개, 안녕, 안심, 안전, 안정, 알림, 압도, 애국, 애정, 약속, 약혼,
양반, 양심, 양파, 어둠, 여름, 여백, 여유, 연애, 연장, 열정, 영원,
예술, 예언, 오만, 오전, 오후, 외로움, 외면, 요약, 욕심, 우울,
우정, 우주, 운명, 운수, 울음, 웃음, 위기, 위로, 유행, 융합, 은퇴,
의견, 의리, 의무, 이별, 이승, 이혼, 인기, 인내, 인생, 인연, 일류,
입사, 자랑, 자살, 자연, 자장가, 자화상, 잔소리, 잠, 장마, 장점,
재미, 재회, 저녁, 저승, 저장, 저축, 저항, 적자, 절망, 젊음, 정리,
존경, 종교, 종소리, 죄, 주름살, 준비, 중독, 증오, 지식, 지옥,
집착, 짜증, 짝사랑, 착각, 참여, 채찍, 천국, 천당, 천재, 청춘,
초대, 초보, 춤, 충고, 충분, 취미, 취소, 침묵, 칭찬, 카드, 카라,
카멜레온냄새, 칼륨, 커피익는소리, 코끼리방귀, 코끼리울음,
콧물냄새, 콧털, 콩향기, 크는소리, 키소리, 키움, 타협, 탈선, 탈옥,
탈출, 토론, 특종, 파도, 파업, 편견, 평균, 평등, 평범, 평화, 포기,
포옹, 포용, 포위, 폭력, 핑계, 하늘, 하품, 한계, 한숨, 함성, 행복,
행운, 향기, 허공, 현실, 확신, 효도, 휘파람, 흥미, 희망 …

창의력 사전

ㅎ

알, 알갱이, 양푼, 오리, 올, 우리, 움큼, 이랑, 입, 잎 …

예 ㅁ + ㅇ = **욕심 한** (이랑, 알, 알갱이, 양푼 …)

· ㄱ + ㅇ = 감동 한 (오리, 올, 우리, 움큼 …)

· ㄴ + ㅇ = 남루 한 (움큼, 이랑, 입, 잎, 알 …)

· ㄷ + ㅇ = 독립 한 (알갱이, 양푼, 오리, 올 …)

· ㅁ + ㅇ = 맞춤법 한 (우리, 움큼, 이랑, 입 …)

· ㅂ + ㅇ = 반성 한 (잎, 알, 알갱이, 양푼 …)

· ㅅ + ㅇ = 상징 한 (오리, 올, 우리, 움큼 …)

· ㅈ + ㅇ = 잠 한 (이랑, 입, 잎, 알 …)

· ㅊ + ㅇ = 청춘 한 (알갱이, 양푼, 오리, 올 …)

· ㅋ + ㅇ = 코끼리울음 한 (우리, 움큼, 이랑, 입 …)

- ㅌ + ㅇ = 타협 한 (잎, 알, 알갱이, 양푼 …)

- ㅍ + ㅇ = 평화 한 (오리, 올, 우리, 움큼 …)

- ㅎ + ㅇ = 행운 한 (이랑, 입, 잎, 알 …)

가냘픔, 가뭄, 가을, 갈등, 갈증, 감, 감동, 감정, 거짓말, 거품, 걱정 게으름, 겨울, 겨자, 결혼, 겸손, 계절, 고구마, 고독, 고립, 고백, 고추, 구름, 권력, 권태, 그늘, 극락, 기다림, 기도, 기쁨, 기억력, 기적, 꿈, 나이, 낙서, 낙원, 난리, 날씨, 남루, 낭만, 낮, 냄비, 냄새, 노동, 노래, 노력, 노을, 뇌물, 느낌표, 늙음, 능력, 단점, 달빛, 도덕, 도박, 도전, 독립, 두통, 마음, 마침표, 만족, 망상, 맞춤법, 매력, 멀미, 멋, 메아리, 명중, 모순, 몸부림, 무죄, 무지개, 무효, 문장, 문제, 문학, 물결, 물소리, 물음표, 미련, 미신, 미움, 믿음, 밀물, 바람, 바람결, 바람 소리, 바보, 박수, 반성, 반올림, 반주, 밝음, 밤, 방심, 방황, 배려, 배웅, 벌레 소리, 법, 변화, 별빛, 복권, 복수, 봄, 봄빛, 봉사, 부귀, 부자, 부작용, 부채, 부탁, 분노, 분수, 불면증, 불발, 불시착, 불신, 불안, 불운, 불충분, 불침범, 불쾌지수, 불편, 불평, 불행, 불효, 비관, 비교, 비극, 비밀, 빈곤, 빗소리, 사랑, 사망, 사직, 사치, 상식, 상징, 새소리, 생각,

생강, 생명, 생활, 설마, 성장, 세뇌, 세월, 소나기, 소문, 소외,
소질, 속도, 속수무책, 손해, 수명, 순간, 쉼표, 스트레스, 슬럼프,
슬픔, 습관, 시간, 실력, 심보, 썰물, 아날로그, 아지랑이, 아침,
아픔, 악연, 안개, 안녕, 안심, 안전, 안정, 알림, 압도, 애국, 애정,
약속, 약혼, 양반, 양심, 양파, 어둠, 여름, 여백, 여유, 연애, 연장,
열정, 영원, 예술, 예언, 오만, 오전, 오후, 외로움, 외면, 요약,
욕심, 우울, 우정, 우주, 운명, 운수, 울음, 웃음, 위기, 위로, 유행,
융합, 은퇴, 의견, 의리, 의무, 이별, 이승, 이혼, 인기, 인내, 인생,
인연, 일류, 입사, 자랑, 자살, 자연, 자장가, 자화상, 잔소리, 잠,
장마, 장점, 재미, 재회, 저녁, 저승, 저장, 저축, 저항, 적자, 절망,
젊음, 정리, 존경, 종교, 종소리, 죄, 주름살, 준비, 중독, 증오,
지식, 지옥, 집착, 짜증, 짝사랑, 착각, 참여, 채찍, 천국, 천당,
천재, 청춘, 초대, 초보, 춤, 충고, 충분, 취미, 취소, 침묵, 칭찬,
카드, 카라, 카멜레온냄새, 칼륨, 커피익는소리, 코끼리방귀,
코끼리울음, 콧물냄새, 콧털, 콩향기, 크는소리, 키소리, 키움,
타협, 탈선, 탈옥, 탈출, 토론, 특종, 파도, 파업, 편견, 평균, 평등,
평범, 평화, 포기, 포옹, 포용, 포위, 폭력, 핑계, 하늘, 하품, 한계,
한숨, 함성, 행복, 행운, 향기, 허공, 현실, 확신, 효도, 휘파람,
흥미, 희망 …

자, 자락, 자래, 자루, 자밤, 잔, 장, 점, 접, 접시, 젓가락, 제, 조각,
족, 종지, 주먹, 주발, 주전자, 죽, 줄, 줄기, 줌, 짐, 집, 짝, 쪽 …

◉ ㅈ + ㅈ = 종소리 한 (접시, 자, 자락, 자래 …)

· ㄱ + ㅈ = 감정 한 (자루, 자밤, 잔, 장 …)

· ㄴ + ㅈ = 낭만 한 (점, 접, 접시, 젓가락 …)

· ㄷ + ㅈ = 두통 한 (제, 조각, 족, 종지 …)

· ㅁ + ㅈ = 매력 한 (주, 주먹, 주발, 주전자 …)

· ㅂ + ㅈ = 반올림 한 (죽, 줄, 줄기, 줌 …)

· ㅅ + ㅈ = 새소리 한 (짐, 집, 짝, 쪽 …)

· ㅇ + ㅈ = 악연 한 (자, 자락, 자래, 자루 …)

· ㅊ + ㅈ = 초대 한 (자밤, 잔, 장, 점 …)

- ㅋ + ㅈ = 콧물냄새 한 (접, 접시, 젓가락, 제 …)

- ㅌ + ㅈ = 탈선 한 (조각, 족, 종지, 주 …)

- ㅍ + ㅈ = 포기 한 (주먹, 주발, 주전자, 죽 …)

- ㅎ + ㅈ = 향기 한 (줄, 줄기, 줌, 짐 …)

가냘픔, 가뭄, 가을, 갈등, 갈증, 감, 감동, 감정, 거짓말, 거품, 걱정
게으름, 겨울, 겨자, 결혼, 겸손, 계절, 고구마, 고독, 고립, 고백,
고추, 구름, 권력, 권태, 그늘, 극락, 기다림, 기도, 기쁨, 기억력,
기적, 꿈, 나이, 낙서, 낙원, 난리, 날씨, 남루, 낭만, 낮, 냄비, 냄새,
노동, 노래, 노력, 노을, 뇌물, 느낌표, 늙음, 능력, 단점, 달빛,
도덕, 도박, 도전, 독립, 두통, 마음, 마침표, 만족, 망상, 맞춤법,
매력, 멀미, 멋, 메아리, 명중, 모순, 몸부림, 무죄, 무지개, 무효,
문장, 문제, 문학, 물결, 물소리, 물음표, 미련, 미신, 미움, 믿음,
밀물, 바람, 바람결, 바람 소리, 바보, 박수, 반성, 반올림, 반주,
밝음, 밤, 방심, 방황, 배려, 배웅, 벌레 소리, 법, 변화, 별빛, 복권,
복수, 봄, 봄빛, 봉사, 부귀, 부자, 부작용, 부채, 부탁, 분노, 분수,
불면증, 불발, 불시착, 불신, 불안, 불운, 불충분, 불침범, 불쾌지수,
불편, 불평, 불행, 불효, 비관, 비교, 비극, 비밀, 빈곤, 빗소리,

사랑, 사망, 사직, 사치, 상식, 상징, 새소리, 생각, 생강, 생명, 생활, 설마, 성장, 세뇌, 세월, 소나기, 소문, 소외, 소질, 속도, 속수무책, 손해, 수명, 순간, 쉼표, 스트레스, 슬럼프, 슬픔, 습관, 시간, 실력, 심보, 썰물, 아날로그, 아지랑이, 아침, 아픔, 악연, 안개, 안녕, 안심, 안전, 안정, 알림, 압도, 애국, 애정, 약속, 약혼, 양반, 양심, 양파, 어둠, 여름, 여백, 여유, 연애, 연장, 열정, 영원, 예술, 예언, 오만, 오전, 오후, 외로움, 외면, 요약, 욕심, 우울, 우정, 우주, 운명, 운수, 울음, 웃음, 위기, 위로, 유행, 융합, 은퇴, 의견, 의리, 의무, 이별, 이승, 이혼, 인기, 인내, 인생, 인연, 일류, 입사, 자랑, 자살, 자연, 자장가, 자화상, 잔소리, 잠, 장마, 장점, 재미, 재회, 저녁, 저승, 저장, 저축, 저항, 적자, 절망, 젊음, 정리, 존경, 종교, 종소리, 죄, 주름살, 준비, 중독, 증오, 지식, 지옥, 집착, 짜증, 짝사랑, 착각, 참여, 채찍, 천국, 천당, 천재, 청춘, 초대, 초보, 춤, 충고, 충분, 취미, 취소, 침묵, 칭찬, 카드, 카라, 카멜레온냄새, 칼륨, 커피익는소리, 코끼리방귀, 코끼리울음, 콧물냄새, 콧털, 콩향기, 크는소리, 키소리, 키움, 타협, 탈선, 탈옥, 탈출, 토론, 특종, 파도, 파업, 편견, 평균, 평등, 평범, 평화, 포기, 포옹, 포용, 포위, 폭력, 핑계, 하늘, 하품, 한계, 한숨, 함성, 행복, 행운, 향기, 허공, 현실, 확신, 효도, 휘파람, 흥미, 희망 …

차, 채, 척, 첩, 초롱, 촉, 축, 춤, 충, 치 …

예 ㅊ + ㅊ = 칭찬 한 (초롱, 차, 채, 척 …)

· ㄱ + ㅊ = 거짓말 한 (첩, 초롱, 촉, 축 …)

· ㄴ + ㅊ = 낯 한 (춤, 충, 치, 차 …)

· ㄷ + ㅊ = 단점 한 (채, 척, 첩, 초롱 …)

· ㅁ + ㅊ = 멀미 한 (촉, 축, 춤, 충 …)

· ㅂ + ㅊ = 반주 한 (치, 차, 채, 척 …)

· ㅅ + ㅊ = 생각 한 (첩, 초롱, 촉, 축 …)

· ㅇ + ㅊ = 안개 한 (춤, 충, 치, 차 …)

· ㅈ + ㅊ = 장마 한 (채, 척, 첩, 초롱 …)

· ㅋ + ㅊ = 콧털 한 (촉, 축, 춤, 충 …)

・ㅌ + ㅈ = 탈옥 한 (치, 차, 채, 척 …)

・ㅍ + ㅈ = 포옹 한 (첩, 초롱, 촉, 축 …)

・ㅎ + ㅈ = 허공 한 (춤, 층, 치, 차 …)

가냘픔, 가뭄, 가을, 갈등, 갈증, 감, 감동, 감정, 거짓말, 거품, 걱정 게으름, 겨울, 겨자, 결혼, 겸손, 계절, 고구마, 고독, 고립, 고백, 고추, 구름, 권력, 권태, 그늘, 극락, 기다림, 기도, 기쁨, 기억력, 기적, 꿈, 나이, 낙서, 낙원, 난리, 날씨, 남루, 낭만, 낮, 냄비, 냄새, 노동, 노래, 노력, 노을, 뇌물, 느낌표, 늙음, 능력, 단점, 달빛, 도덕, 도박, 도전, 독립, 두통, 마음, 마침표, 만족, 망상, 맞춤법, 매력, 멀미, 멋, 메아리, 명중, 모순, 몸부림, 무죄, 무지개, 무효, 문장, 문제, 문학, 물결, 물소리, 물음표, 미련, 미신, 미움, 믿음, 밀물, 바람, 바람결, 바람 소리, 바보, 박수, 반성, 반올림, 반주, 밝음, 밤, 방심, 방황, 배려, 배웅, 벌레 소리, 법, 변화, 별빛, 복권, 복수, 봄, 봄빛, 봉사, 부귀, 부자, 부작용, 부채, 부탁, 분노, 분수, 불면증, 불발, 불시착, 불신, 불안, 불운, 불충분, 불침범, 불쾌지수, 불편, 불평, 불행, 불효, 비관, 비교, 비극, 비밀, 빈곤, 빗소리, 사랑, 사망, 사직, 사치, 상식, 상징, 새소리, 생각,

생강, 생명, 생활, 설마, 성장, 세뇌, 세월, 소나기, 소문, 소외,
소질, 속도, 속수무책, 손해, 수명, 순간, 쉼표, 스트레스, 슬럼프,
슬픔, 습관, 시간, 실력, 심보, 썰물, 아날로그, 아지랑이, 아침,
아픔, 악연, 안개, 안녕, 안심, 안전, 안정, 알림, 압도, 애국, 애정,
약속, 약혼, 양반, 양심, 양파, 어둠, 여름, 여백, 여유, 연애, 연장,
열정, 영원, 예술, 예언, 오만, 오전, 오후, 외로움, 외면, 요약,
욕심, 우울, 우정, 우주, 운명, 운수, 울음, 웃음, 위기, 위로, 유행,
융합, 은퇴, 의견, 의리, 의무, 이별, 이승, 이혼, 인기, 인내, 인생,
인연, 일류, 입사, 자랑, 자살, 자연, 자장가, 자화상, 잔소리, 잠,
장마, 장점, 재미, 재회, 저녁, 저승, 저장, 저축, 저항, 적자, 절망,
젊음, 정리, 존경, 종교, 종소리, 죄, 주름살, 준비, 중독, 증오,
지식, 지옥, 집착, 짜증, 짝사랑, 착각, 참여, 채찍, 천국, 천당,
천재, 청춘, 초대, 초보, 춤, 충고, 충분, 취미, 취소, 침묵, 칭찬,
카드, 카라, 카멜레온냄새, 칼륨, 커피익는소리, 코끼리방귀,
코끼리울음, 콧물냄새, 콧털, 콩향기, 크는소리, 키소리, 키움,
타협, 탈선, 탈옥, 탈출, 토론, 특종, 파도, 파업, 편견, 평균, 평등,
평범, 평화, 포기, 포옹, 포용, 포위, 폭력, 핑계, 하늘, 하품, 한계,
한숨, 함성, 행복, 행운, 향기, 허공, 현실, 확신, 효도, 휘파람,
흥미, 희망 …

컵, 켜, 켤레, 코, 쾌 …

예 ㅋ + ㅋ = 카드 한 (켤레, 컵, 켜, 코 …)

· ㄱ + ㅋ = 거품 한 (쾌, 컵, 켜, 켤레 …)

· ㄴ + ㅋ = 냄비 한 (코, 쾌, 컵, 켜 …)

· ㄷ + ㅋ = 달빛 한 (켤레, 코, 쾌, 컵 …)

· ㅁ + ㅋ = 멋 한 (켜, 켤레, 코, 쾌 …)

· ㅂ + ㅋ = 밝음 한 (컵, 켜, 켤레, 코 …)

· ㅅ + ㅋ = 생강 한 (쾌, 컵, 켜, 켤레 …)

· ㅇ + ㅋ = 안녕 한 (코, 쾌, 컵, 켜 …)

· ㅈ + ㅋ = 장점 한 (켤레, 코, 쾌, 컵 …)

· ㅊ + ㅋ = 초보 한 (켜, 켤레, 코, 쾌 …)

- ㅌ + ㅋ = 탈출 한 (컵, 켜, 켤레, 코 …)

- ㅍ + ㅋ = 포용 한 (쾌, 컵, 켜, 켤레 …)

- ㅎ + ㅋ = 현실 한 (코, 쾌, 컵, 켜 …)

가냘픔, 가뭄, 가을, 갈등, 갈증, 감, 감동, 감정, 거짓말, 거품,
걱정 게으름, 겨울, 겨자, 결혼, 겸손, 계절, 고구마, 고독, 고립,
고백, 고추, 구름, 권력, 권태, 그늘, 극락, 기다림, 기도, 기쁨,
기억력, 기적, 꿈, 나이, 낙서, 낙원, 난리, 날씨, 남루, 낭만, 낮,
냄비, 냄새, 노동, 노래, 노력, 노을, 뇌물, 느낌표, 늙음, 능력,
단점, 달빛, 도덕, 도박, 도전, 독립, 두통, 마음, 마침표, 만족,
망상, 맞춤법, 매력, 멀미, 멋, 메아리, 명중, 모순, 몸부림, 무죄,
무지개, 무효, 문장, 문제, 문학, 물결, 물소리, 물음표, 미련, 미신,
미움, 믿음, 밀물, 바람, 바람결, 바람 소리, 바보, 박수, 반성,
반올림, 반주, 밝음, 밤, 방심, 방황, 배려, 배웅, 벌레 소리, 법,
변화, 별빛, 복권, 복수, 봄, 봄빛, 봉사, 부귀, 부자, 부작용, 부채,
부탁, 분노, 분수, 불면증, 불발, 불시착, 불신, 불안, 불운, 불충분,
불침범, 불쾌지수, 불편, 불평, 불행, 불효, 비관, 비교, 비극, 비밀,
빈곤, 빗소리, 사랑, 사망, 사직, 사치, 상식, 상징, 새소리, 생각,

생강, 생명, 생활, 설마, 성장, 세뇌, 세월, 소나기, 소문, 소외,
소질, 속도, 속수무책, 손해, 수명, 순간, 쉼표, 스트레스, 슬럼프,
슬픔, 습관, 시간, 실력, 심보, 썰물, 아날로그, 아지랑이, 아침,
아픔, 악연, 안개, 안녕, 안심, 안전, 안정, 알림, 압도, 애국, 애정,
약속, 약혼, 양반, 양심, 양파, 어둠, 여름, 여백, 여유, 연애, 연장,
열정, 영원, 예술, 예언, 오만, 오전, 오후, 외로움, 외면, 요약,
욕심, 우울, 우정, 우주, 운명, 운수, 울음, 웃음, 위기, 위로, 유행,
융합, 은퇴, 의견, 의리, 의무, 이별, 이승, 이혼, 인기, 인내, 인생,
인연, 일류, 입사, 자랑, 자살, 자연, 자장가, 자화상, 잔소리, 잠,
장마, 장점, 재미, 재회, 저녁, 저승, 저장, 저축, 저항, 적자, 절망,
젊음, 정리, 존경, 종교, 종소리, 죄, 주름살, 준비, 중독, 증오,
지식, 지옥, 집착, 짜증, 짝사랑, 착각, 참여, 채찍, 천국, 천당,
천재, 청춘, 초대, 초보, 춤, 충고, 충분, 취미, 취소, 침묵, 칭찬,
카드, 카라, 카멜레온냄새, 칼륨, 커피익는소리, 코끼리방귀,
코끼리울음, 콧물냄새, 콧털, 콩향기, 크는소리, 키소리, 키움,
타협, 탈선, 탈옥, 탈출, 토론, 특종, 파도, 파업, 편견, 평균, 평등,
평범, 평화, 포기, 포옹, 포용, 포위, 폭력, 핑계, 하늘, 하품, 한계,
한숨, 함성, 행복, 행운, 향기, 허공, 현실, 확신, 효도, 휘파람,
흥미, 희망 …

ㅌ

타, 타래, 태, 토리, 토막, 톨, 톳, 통, 트럭 …

예 ㅌ + ㅌ = **타협 한** (타래, 타, 태 …)

· ㄱ + ㅌ = 걱정 한 (토리, 토막, 톨 …)

· ㄴ + ㅌ = 냄새 한 (톳, 통, 트럭 …)

· ㄷ + ㅌ = 도덕 한 (타, 타래, 태 …)

· ㅁ + ㅌ = 메아리 한 (토리, 토막, 톨 …)

· ㅂ + ㅌ = 밤 한 (톳, 통, 트럭 …)

· ㅅ + ㅌ = 생명 한 (타, 타래, 태 …)

· ㅇ + ㅌ = 안심 한 (토리, 토막, 톨 …)

· ㅈ + ㅌ = 재미 한 (톳, 통, 트럭 …)

· ㅊ + ㅌ = 춤 한 (타, 타래, 태 …)

- ㅋ + ㅌ = 콩향기 한 (토리, 토막, 톨 …)

- ㅍ + ㅌ = 포위 한 (톳, 통, 트럭 …)

- ㅎ + ㅌ = 확신 한 (타, 타래, 태 …)

가냘픔, 가뭄, 가을, 갈등, 갈증, 감, 감동, 감정, 거짓말, 거품, 걱정 게으름, 겨울, 겨자, 결혼, 겸손, 계절, 고구마, 고독, 고립, 고백, 고추, 구름, 권력, 권태, 그늘, 극락, 기다림, 기도, 기쁨, 기억력, 기적, 꿈, 나이, 낙서, 낙원, 난리, 날씨, 남루, 낭만, 낮, 냄비, 냄새, 노동, 노래, 노력, 노을, 뇌물, 느낌표, 늙음, 능력, 단점, 달빛, 도덕, 도박, 도전, 독립, 두통, 마음, 마침표, 만족, 망상, 맞춤법, 매력, 멀미, 멋, 메아리, 명중, 모순, 몸부림, 무죄, 무지개, 무효, 문장, 문제, 문학, 물결, 물소리, 물음표, 미련, 미신, 미움, 믿음, 밀물, 바람, 바람결, 바람 소리, 바보, 박수, 반성, 반올림, 반주, 밝음, 밤, 방심, 방황, 배려, 배웅, 벌레 소리, 법, 변화, 별빛, 복권, 복수, 봄, 봄빛, 봉사, 부귀, 부자, 부작용, 부채, 부탁, 분노, 분수, 불면증, 불발, 불시착, 불신, 불안, 불운, 불충분, 불침범, 불쾌지수, 불편, 불평, 불행, 불효, 비관, 비교, 비극, 비밀, 빈곤, 빗소리, 사랑, 사망, 사직, 사치, 상식, 상징, 새소리, 생각,

생강, 생명, 생활, 설마, 성장, 세뇌, 세월, 소나기, 소문, 소외,
소질, 속도, 속수무책, 손해, 수명, 순간, 쉼표, 스트레스, 슬럼프,
슬픔, 습관, 시간, 실력, 심보, 썰물, 아날로그, 아지랑이, 아침,
아픔, 악연, 안개, 안녕, 안심, 안전, 안정, 알림, 압도, 애국, 애정,
약속, 약혼, 양반, 양심, 양파, 어둠, 여름, 여백, 여유, 연애, 연장,
열정, 영원, 예술, 예언, 오만, 오전, 오후, 외로움, 외면, 요약,
욕심, 우울, 우정, 우주, 운명, 운수, 울음, 웃음, 위기, 위로, 유행,
융합, 은퇴, 의견, 의리, 의무, 이별, 이승, 이혼, 인기, 인내, 인생,
인연, 일류, 입사, 자랑, 자살, 자연, 자장가, 자화상, 잔소리, 잠,
장마, 장점, 재미, 재회, 저녁, 저승, 저장, 저축, 저항, 적자, 절망,
젊음, 정리, 존경, 종교, 종소리, 죄, 주름살, 준비, 중독, 증오,
지식, 지옥, 집착, 짜증, 짝사랑, 착각, 참여, 채찍, 천국, 천당,
천재, 청춘, 초대, 초보, 춤, 충고, 충분, 취미, 취소, 침묵, 칭찬,
카드, 카라, 카멜레온냄새, 칼륨, 커피익는소리, 코끼리방귀,
코끼리울음, 콧물냄새, 콧털, 콩향기, 크는소리, 키소리, 키움,
타협, 탈선, 탈옥, 탈출, 토론, 특종, 파도, 파업, 편견, 평균, 평등,
평범, 평화, 포기, 포옹, 포용, 포위, 폭력, 핑계, 하늘, 하품, 한계,
한숨, 함성, 행복, 행운, 향기, 허공, 현실, 확신, 효도, 휘파람,
흥미, 희망 …

ㅍ

파람, 팩, 페이지, 편, 편거리, 평, 포, 포기, 포대, 푼, 필 …

예 ㅍ + ㅍ = 핑계 한 (평, 파람, 팩, 페이지 …)

· ㄱ + ㅍ = 게으름 한 (편, 편거리, 포, 포기 …)

· ㄴ + ㅍ = 넝마주이 한 (포대, 푼, 필, 파람 …)

· ㄷ + ㅍ = 도박 한 (팩, 페이지, 편, 편거리 …)

· ㅁ + ㅍ = 명중 한 (평, 포, 포기, 포대 …)

· ㅂ + ㅍ = 방심 한 (푼, 필, 파람, 팩 …)

· ㅅ + ㅍ = 생활 한 (페이지, 편, 편거리, 평 …)

· ㅇ + ㅍ = 안전 한 (포, 포기, 포대, 푼 …)

· ㅈ + ㅍ = 재회 한 (필, 파람, 팩, 페이지 …)

· ㅊ + ㅍ = 충고 한 (편, 편거리, 평, 포 …)

- ㅋ + ㅍ = 크는소리 한 (포기, 포대, 푼, 필 …)

- ㅌ + ㅍ = 토론 한 (파람, 팩, 페이지, 편 …)

- ㅎ + ㅍ = 효도 한 (편거리, 평, 포, 포기 …)

가냘픔, 가뭄, 가을, 갈등, 갈증, 감, 감동, 감정, 거짓말, 거품,
걱정 게으름, 겨울, 겨자, 결혼, 겸손, 계절, 고구마, 고독, 고립,
고백, 고추, 구름, 권력, 권태, 그늘, 극락, 기다림, 기도, 기쁨,
기억력, 기적, 꿈, 나이, 낙서, 낙원, 난리, 날씨, 남루, 낭만, 낮,
냄비, 냄새, 노동, 노래, 노력, 노을, 뇌물, 느낌표, 늙음, 능력,
단점, 달빛, 도덕, 도박, 도전, 독립, 두통, 마음, 마침표, 만족,
망상, 맞춤법, 매력, 멀미, 멋, 메아리, 명중, 모순, 몸부림, 무죄,
무지개, 무효, 문장, 문제, 문학, 물결, 물소리, 물음표, 미련, 미신,
미움, 믿음, 밀물, 바람, 바람결, 바람 소리, 바보, 박수, 반성,
반올림, 반주, 밝음, 밤, 방심, 방황, 배려, 배웅, 벌레 소리, 법,
변화, 별빛, 복권, 복수, 봄, 봄빛, 봉사, 부귀, 부자, 부작용, 부채,
부탁, 분노, 분수, 불면증, 불발, 불시착, 불신, 불안, 불운, 불충분,
불침범, 불쾌지수, 불편, 불평, 불행, 불효, 비관, 비교, 비극, 비밀,
빈곤, 빗소리, 사랑, 사망, 사직, 사치, 상식, 상징, 새소리, 생각,

생강, 생명, 생활, 설마, 성장, 세뇌, 세월, 소나기, 소문, 소외,
소질, 속도, 속수무책, 손해, 수명, 순간, 쉼표, 스트레스, 슬럼프,
슬픔, 습관, 시간, 실력, 심보, 썰물, 아날로그, 아지랑이, 아침,
아픔, 악연, 안개, 안녕, 안심, 안전, 안정, 알림, 압도, 애국, 애정,
약속, 약혼, 양반, 양심, 양파, 어둠, 여름, 여백, 여유, 연애, 연장,
열정, 영원, 예술, 예언, 오만, 오전, 오후, 외로움, 외면, 요약,
욕심, 우울, 우정, 우주, 운명, 운수, 울음, 웃음, 위기, 위로, 유행,
융합, 은퇴, 의견, 의리, 의무, 이별, 이승, 이혼, 인기, 인내, 인생,
인연, 일류, 입사, 자랑, 자살, 자연, 자장가, 자화상, 잔소리, 잠,
장마, 장점, 재미, 재회, 저녁, 저승, 저장, 저축, 저항, 적자, 절망,
젊음, 정리, 존경, 종교, 종소리, 죄, 주름살, 준비, 중독, 증오,
지식, 지옥, 집착, 짜증, 짝사랑, 착각, 참여, 채찍, 천국, 천당,
천재, 청춘, 초대, 초보, 춤, 충고, 충분, 취미, 취소, 침묵, 칭찬,
카드, 카라, 카멜레온냄새, 칼륨, 커피익는소리, 코끼리방귀,
코끼리울음, 콧물냄새, 콧털, 콩향기, 크는소리, 키소리, 키움,
타협, 탈선, 탈옥, 탈출, 토론, 특종, 파도, 파업, 편견, 평균, 평등,
평범, 평화, 포기, 포옹, 포용, 포위, 폭력, 핑계, 하늘, 하품, 한계,
한숨, 함성, 행복, 행운, 향기, 허공, 현실, 확신, 효도, 휘파람,
흥미, 희망 …

ㅎ

홉, 왜 …

예 ㅎ + ㅎ = **향기 한** (홉, 왜 …)

• ㄱ + ㅎ = 겨울 한 (홉, 왜 …)

• ㄴ + ㅎ = 노동 한 (홉, 왜 …)

• ㄷ + ㅎ = 도전 한 (홉, 왜 …)

• ㅁ + ㅎ = 모순 한 (홉, 왜 …)

• ㅂ + ㅎ = 방황 한 (홉, 왜 …)

• ㅅ + ㅎ = 설마 한 (홉, 왜 …)

• ㅇ + ㅎ = 안정 한 (홉, 왜 …)

• ㅈ + ㅎ = 저녁 한 (홉, 왜 …)

• ㅊ + ㅎ = 충분 한 (홉, 왜 …)

- ㅋ + ㅎ = 키소리 한 (흡, 홰 …)

- ㅌ + ㅎ = 특종 한 (흡, 홰 …)

- ㅍ + ㅎ = 폭력 한 (흡, 홰 …)

가냘픔, 가뭄, 가을, 갈등, 갈증, 감, 감동, 감정, 거짓말, 거품,
걱정 게으름, 겨울, 겨자, 결혼, 겸손, 계절, 고구마, 고독, 고립,
고백, 고추, 구름, 권력, 권태, 그늘, 극락, 기다림, 기도, 기쁨,
기억력, 기적, 꿈, 나이, 낙서, 낙원, 난리, 날씨, 남루, 낭만, 낮,
냄비, 냄새, 노동, 노래, 노력, 노을, 뇌물, 느낌표, 늙음, 능력,
단점, 달빛, 도덕, 도박, 도전, 독립, 두통, 마음, 마침표, 만족,
망상, 맞춤법, 매력, 멀미, 멋, 메아리, 명중, 모순, 몸부림, 무죄,
무지개, 무효, 문장, 문제, 문학, 물결, 물소리, 물음표, 미련, 미신,
미움, 믿음, 밀물, 바람, 바람결, 바람 소리, 바보, 박수, 반성,
반올림, 반주, 밝음, 밤, 방심, 방황, 배려, 배웅, 벌레 소리, 법,
변화, 별빛, 복권, 복수, 봄, 봄빛, 봉사, 부귀, 부자, 부작용, 부채,
부탁, 분노, 분수, 불면증, 불발, 불시착, 불신, 불안, 불운, 불충분,
불침범, 불쾌지수, 불편, 불평, 불행, 불효, 비관, 비교, 비극, 비밀,
빈곤, 빗소리, 사랑, 사망, 사직, 사치, 상식, 상징, 새소리, 생각,

생강, 생명, 생활, 설마, 성장, 세뇌, 세월, 소나기, 소문, 소외,
소질, 속도, 속수무책, 손해, 수명, 순간, 쉼표, 스트레스, 슬럼프,
슬픔, 습관, 시간, 실력, 심보, 썰물, 아날로그, 아지랑이, 아침,
아픔, 악연, 안개, 안녕, 안심, 안전, 안정, 알림, 압도, 애국, 애정,
약속, 약혼, 양반, 양심, 양파, 어둠, 여름, 여백, 여유, 연애, 연장,
열정, 영원, 예술, 예언, 오만, 오전, 오후, 외로움, 외면, 요약,
욕심, 우울, 우정, 우주, 운명, 운수, 울음, 웃음, 위기, 위로, 유행,
융합, 은퇴, 의견, 의리, 의무, 이별, 이승, 이혼, 인기, 인내, 인생,
인연, 일류, 입사, 자랑, 자살, 자연, 자장가, 자화상, 잔소리, 잠,
장마, 장점, 재미, 재회, 저녁, 저승, 저장, 저축, 저항, 적자, 절망,
젊음, 정리, 존경, 종교, 종소리, 죄, 주름살, 준비, 중독, 증오,
지식, 지옥, 집착, 짜증, 짝사랑, 착각, 참여, 채찍, 천국, 천당,
천재, 청춘, 초대, 초보, 춤, 충고, 충분, 취미, 취소, 침묵, 칭찬,
카드, 카라, 카멜레온냄새, 칼륨, 커피익는소리, 코끼리방귀,
코끼리울음, 콧물냄새, 콧털, 콩향기, 크는소리, 키소리, 키움,
타협, 탈선, 탈옥, 탈출, 토론, 특종, 파도, 파업, 편견, 평균, 평등,
평범, 평화, 포기, 포옹, 포용, 포위, 폭력, 핑계, 하늘, 하품, 한계,
한숨, 함성, 행복, 행운, 향기, 허공, 현실, 확신, 효도, 휘파람,
흥미, 희망 …

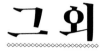

그 외

리, 리터, 마일, 마장, 미터, 밀리그램, 밀리미터, 보, 센티미터, 야드, 온스, 인치, 정, 정보, 킬로그램, 킬로미터, 톤, 파운드, 피트, 할 …

예 ㅅ + ㄹ = 사랑 1 (리터, 리 …)

· ㄱ + ㅁ = 가냘픔 1 (마일, 마장, 밀리그램, 밀리미터 …)

· ㄴ + ㅂ = 나이 1 (보 …)

· ㄷ + ㅅ = 단점 1 (센티미터 …)

· ㅁ + ㅇ = 마음 1 (야드, 온스, 인치 …)

· ㅂ + ㅈ = 바람 1 (정, 정보 …)

· ㅅ + ㅋ = 사랑 1 (킬로그램, 킬로미터 …)

· ㅇ + ㅌ = 아날로그 1 (톤 …)

- ㅈ + ㅍ = 자랑 1 (파운드, 피트 …)

- ㅊ + ㅎ = 천국 1 (할 …)

- ㅋ + ㄹ = 카드 1 (리, 리터 …)

- ㅌ + ㅁ = 타협 1 (마일, 마장, 미터, 밀리그램, 밀리미터…)

- ㅍ + ㅂ = 파도 1 (보 …)

- ㅎ + ㅅ = 하늘 1 (센티미터 …)

가냘픔, 가뭄, 가을, 갈등, 갈증, 감, 감동, 감정, 거짓말, 거품,
걱정, 게으름, 겨울, 겨자, 결혼, 겸손, 계절, 고구마, 고독, 고립,
고백, 고추, 구름, 권력, 권태, 그늘, 극락, 기다림, 기도, 기쁨,
기억력, 기적, 꿈, 나이, 낙서, 낙원, 난리, 날씨, 남루, 낭만, 낮,
냄비, 냄새, 노동, 노래, 노력, 노을, 뇌물, 느낌표, 늙음, 능력,
단점, 달빛, 도덕, 도박, 도전, 독립, 두통, 마음, 마침표, 만족,
망상, 맞춤법, 매력, 멀미, 멋, 메아리, 명중, 모순, 몸부림, 무죄,
무지개, 무효, 문장, 문제, 문학, 물결, 물소리, 물음표, 미련, 미신,
미움, 믿음, 밀물, 바람, 바람결, 바람 소리, 바보, 박수, 반성,
반올림, 반주, 밝음, 밤, 방심, 방황, 배려, 배웅, 벌레 소리, 법,
변화, 별빛, 복권, 복수, 봄, 봄빛, 봉사, 부귀, 부자, 부작용, 부채,

부탁, 분노, 분수, 불면증, 불발, 불시착, 불신, 불안, 불운, 불충분,

불침범, 불쾌지수, 불편, 불평, 불행, 불효, 비관, 비교, 비극, 비밀,

빈곤, 빗소리, 사랑, 사망, 사직, 사치, 상식, 상징, 새소리, 생각,

생강, 생명, 생활, 설마, 성장, 세뇌, 세월, 소나기, 소문, 소외,

소질, 속도, 속수무책, 손해, 수명, 순간, 쉼표, 스트레스, 슬럼프,

슬픔, 습관, 시간, 실력, 심보, 썰물, 아날로그, 아지랑이, 아침,

아픔, 악연, 안개, 안녕, 안심, 안전, 안정, 알림, 압도, 애국, 애정,

약속, 약혼, 양반, 양심, 양파, 어둠, 여름, 여백, 여유, 연애, 연장,

열정, 영원, 예술, 예언, 오만, 오전, 오후, 외로움, 외면, 요약,

욕심, 우울, 우정, 우주, 운명, 운수, 울음, 웃음, 위기, 위로, 유행,

융합, 은퇴, 의견, 의리, 의무, 이별, 이승, 이혼, 인기, 인내, 인생,

인연, 일류, 입사, 자랑, 자살, 자연, 자장가, 자화상, 잔소리, 잠,

장마, 장점, 재미, 재회, 저녁, 저승, 저장, 저축, 저항, 적자, 절망,

젊음, 정리, 존경, 종교, 종소리, 죄, 주름살, 준비, 중독, 증오,

지식, 지옥, 집착, 짜증, 짝사랑, 착각, 참여, 채찍, 천국, 천당,

천재, 청춘, 초대, 초보, 춤, 충고, 충분, 취미, 취소, 침묵, 칭찬,

카드, 카라, 카멜레온냄새, 칼륨, 커피익는소리, 코끼리방귀,

코끼리울음, 콧물냄새, 콧털, 콩향기, 크는소리, 키소리, 키움,

타협, 탈선, 탈옥, 탈출, 토론, 특종, 파도, 파업, 편견, 평균, 평등,

평범, 평화, 포기, 포옹, 포용, 포위, 폭력, 핑계, 하늘, 하품, 한계,
한숨, 함성, 행복, 행운, 향기, 허공, 현실, 확신, 효도, 휘파람,
흥미, 희망 …

제3부

동물 몸 부위

가마, 간, 갈비뼈, 검지, 겨드랑이, 겹눈, 경추, 고막, 귓불,
깃, 깃대, 깃촉, 꼬리 …

예 ㄱ + ㄱ = **가을** (겨드랑이, 간, 갈비뼈, 검지 …)

· ㄴ + ㄱ = 나무 (겨드랑이, 겹눈, 경추, 고막 …)

· ㄷ + ㄱ = 단점 (귓불, 깃, 깃대, 깃촉 …)

· ㅁ + ㄱ = 마음 (꼬리, 가마, 간, 갈비뼈 …)

· ㅂ + ㄱ = 바람 (검지, 겨드랑이, 겹눈, 경추 …)

· ㅅ + ㄱ = 사랑 (고막, 귓불, 깃, 깃대 …)

· ㅇ + ㄱ = 아지랑이 (깃촉, 꼬리, 가마, 간, 갈비뼈 …)

· ㅈ + ㄱ = 자랑 (검지, 겨드랑이, 겹눈, 경추 …)

· ㅊ + ㄱ = 착각 (고막, 귓불, 깃, 깃대, 깃촉 …)

- ㅋ + ㄱ = 카네이션 (꼬리, 마, 간, 갈비뼈 …)

- ㅌ + ㄱ = 타협 (검지, 겨드랑이, 겹눈, 경추 …)

- ㅍ + ㄱ = 파도 (고막, 귓불, 깃, 깃대 …)

- ㅎ + ㄱ = 하늘 (깃촉, 꼬리, 가마, 간, 갈비뼈 …)

가뭄, 가을, 갈등, 갈증, 감동, 거짓말, 거품, 걱정, 겨울, 겸손, 계란, 계절, 고독, 고립, 고백, 구름, 권력, 권태, 그늘, 극락, 기다림, 기도, 기쁨, 기억력, 기적, 꽃, 꿈, 나무, 나이, 낙서, 낙원, 난리, 날씨, 낭만, 낮, 냄새, 노동, 노래, 노력, 노을, 뇌물, 느낌표, 늙음, 능력, 단점, 달빛, 도덕, 도박, 도전, 독립, 돌, 두통, 마음, 마침표, 만족, 망상, 매력, 멀미, 멋, 메아리, 모순, 모래, 무지개, 무효, 문장, 문제, 문학, 물결, 물고기, 물소리, 미련, 미신, 미움, 믿음, 밀물, 바람, 바람결, 바람 소리, 바보, 박수, 반성, 밝음, 밤, 방심, 방황, 배려, 배웅, 법, 변화, 별빛, 복수, 봄, 부자, 부작용, 부탁, 분노, 분수, 불신, 불안, 불운, 불쾌지수, 불편, 불평, 불행, 불효, 비관, 비극, 비밀, 빈곤, 빗소리, 사랑, 사망, 상식, 상징, 생각, 생명, 설마, 성장, 세뇌, 세월, 소나기, 소문, 소외, 소질, 속도, 손해, 수명, 스트레스, 슬럼프, 슬픔, 습관, 시간, 썰물,

아지랑이, 아침, 아픔, 악연, 안개, 안심, 안전, 안정, 알림, 압도,
애국, 약속, 약혼, 양심, 어둠, 여름, 여백, 여유, 연애, 열정, 영원,
예술, 예언, 오만, 외로움, 외면, 요약, 욕심, 우정, 우주, 운명,
운수, 울음, 웃음, 위기, 위로, 유행, 융합, 으름, 은퇴, 의견, 의무,
이별, 이승, 인기, 인내, 인생, 인연, 일류, 입사, 자랑, 자살, 자연,
자장가, 자화상, 잔소리, 잠, 장마, 장점, 재미, 절망, 젊음, 존경,
종교, 죄, 주름살, 증오, 지식, 지옥, 집착, 짜증, 짝사랑, 착각,
천국, 천재, 초대, 춤, 충고, 충분, 침묵, 카네이션, 칸나, 칼, 커피,
컵, 코, 코스모스, 코카나무, 코코아, 콜라비, 콩, 클로버, 타협,
탈선, 탈출, 토론, 파도, 파업, 편견, 평균, 평등, 평화, 포옹, 포용,
포위, 폭력, 하늘, 하품, 한계, 한숨, 함성, 행복, 행운, 향기, 허공,
현실, 확신, 휘파람, 흥미, 희망 …

ㄴ

◇◇◇◇◇◇◇◇◇

날개, 눈, 눈동자, 눈매, 눈물, 눈빛, 눈썹, 눈썹선, 늑골 …

예 ㄴ + ㄴ = **나무** (눈썹, 날개, 눈, 눈동자 …)

· ㄱ + ㄴ = **가뭄** (눈매, 눈물, 눈빛, 눈썹 …)

· ㄷ + ㄴ = **달빛** (눈썹선, 늑골, 날개, 눈 …)

· ㅁ + ㄴ = **마침표** (눈동자, 눈매, 눈빛, 눈썹 …)

· ㅂ + ㄴ = **바람결** (늑골, 눈썹선, 날개, 눈 …)

· ㅅ + ㄴ = **사망** (눈동자, 눈매, 눈물, 눈빛 …)

· ㅇ + ㄴ = **아침** (눈썹, 눈썹선, 늑골, 날개 …)

· ㅈ + ㄴ = **자살** (눈, 동자, 눈매, 눈물 …)

· ㅊ + ㄴ = **천국** (눈빛, 눈썹, 눈썹선, 늑골…)

· ㅋ + ㄴ = **칸나** (눈매, 날개, 눈, 눈동자 …)

- ㅌ + ㄴ = 탈선 (눈썹, 눈물, 눈빛, 눈썹선 …)

- ㅍ + ㄴ = 파업 (늑골, 날개, 눈, 눈동자 …)

- ㅎ + ㄴ = 하품 (눈매, 눈물, 눈빛, 눈썹 …)

가뭄, 가을, 갈등, 갈증, 감동, 거짓말, 거품, 걱정, 겨울, 겸손,
계란, 계절, 고독, 고립, 고백, 구름, 권력, 권태, 그늘, 극락,
기다림, 기도, 기쁨, 기억력, 기적, 꽃, 꿈, 나무, 나이, 낙서, 낙원,
난리, 날씨, 낭만, 낮, 냄새, 노동, 노래, 노력, 노을, 뇌물, 느낌표,
늙음, 능력, 단점, 달빛, 도덕, 도박, 도전, 독립, 돌, 두통, 마음,
마침표, 만족, 망상, 매력, 멀미, 멋, 메아리, 모순, 모래, 무지개,
무효, 문장, 문제, 문학, 물결, 물고기, 물소리, 미련, 미신, 미움,
믿음, 밀물, 바람, 바람결, 바람 소리, 바보, 박수, 반성, 밝음, 밤,
방심, 방황, 배려, 배웅, 법, 변화, 별빛, 복수, 봄, 부자, 부작용,
부탁, 분노, 분수, 불신, 불안, 불운, 불쾌지수, 불편, 불평, 불행,
불효, 비관, 비극, 비밀, 빈곤, 빗소리, 사랑, 사망, 상식, 상징,
생각, 생명, 설마, 성장, 세뇌, 세월, 소나기, 소문, 소외, 소질,
속도, 손해, 수명, 스트레스, 슬럼프, 슬픔, 습관, 시간, 썰물,
아지랑이, 아침, 아픔, 악연, 안개, 안심, 안전, 안정, 알림, 압도,

애국, 약속, 약혼, 양심, 어둠, 여름, 여백, 여유, 연애, 열정, 영원,
예술, 예언, 오만, 외로움, 외면, 요약, 욕심, 우정, 우주, 운명,
운수, 울음, 웃음, 위기, 위로, 유행, 융합, 으름, 은퇴, 의견, 의무,
이별, 이승, 인기, 인내, 인생, 인연, 일류, 입사, 자랑, 자살, 자연,
자장가, 자화상, 잔소리, 잠, 장마, 장점, 재미, 절망, 젊음, 존경,
종교, 죄, 주름살, 증오, 지식, 지옥, 집착, 짜증, 짝사랑, 착각,
천국, 천재, 초대, 춤, 충고, 충분, 침묵, 카네이션, 칸나, 칼, 커피,
컵, 코, 코스모스, 코카나무, 코코아, 콜라비, 콩, 클로버, 타협,
탈선, 탈출, 토론, 파도, 파업, 편견, 평균, 평등, 평화, 포옹, 포용,
포위, 폭력, 하늘, 하품, 한계, 한숨, 함성, 행복, 행운, 향기, 허공,
현실, 확신, 휘파람, 흥미, 희망 …

다리, 달팽이관, 대장, 당기깃, 더듬이, 동맥, 두개골, 뒷머리,
뒷발가락, 등, 땀방울 …

예 ㄷ + ㄷ = 돌 (땀방울, 다리, 달팽이관, 대장 …)

· ㄱ + ㄷ = 갈등 (당기깃, 더듬이, 동맥, 두개골 …)

· ㄴ + ㄷ = 나이 (뒷머리, 뒷발가락, 등, 땀방울 …)

· ㅁ + ㄷ = 만족 (다리, 달팽이관, 대장, 당기깃 …)

· ㅂ + ㄷ = 바람소리 (더듬이, 동맥, 두개골, 뒷머리 …)

· ㅅ + ㄷ = 상식 (뒷발가락, 등, 땀방울, 다리 …)

· ㅇ + ㄷ = 아픔 (달팽이관, 대장, 당기깃, 더듬이 …)

· ㅈ + ㄷ = 자연 (동맥, 두개골, 뒷머리, 뒷발가락 …)

· ㅊ + ㄷ = 천재 (등, 땀방울, 다리, 달팽이관 …)

- ㅋ + ㄷ = 칼 (대장, 당기깃, 더듬이, 동맥 …)

- ㅌ + ㄷ = 탈출 (개골, 뒷머리, 뒷발가락, 등 …)

- ㅍ + ㄷ = 파견 (땀방울, 다리, 달팽이관, 대장 …)

- ㅎ + ㄷ = 한계 (당기깃, 더듬이, 동맥, 두개골 …)

가뭄, 가을, 갈등, 갈증, 감동, 거짓말, 거품, 걱정, 겨울, 겸손,
계란, 계절, 고독, 고립, 고백, 구름, 권력, 권태, 그늘, 극락,
기다림, 기도, 기쁨, 기억력, 기적, 꽃, 꿈, 나무, 나이, 낙서, 낙원,
난리, 날씨, 낭만, 낮, 냄새, 노동, 노래, 노력, 노을, 뇌물, 느낌표,
늙음, 능력, 단점, 달빛, 도덕, 도박, 도전, 독립, 돌, 두통, 마음,
마침표, 만족, 망상, 매력, 멀미, 멋, 메아리, 모순, 모래, 무지개,
무효, 문장, 문제, 문학, 물결, 물고기, 물소리, 미련, 미신, 미움,
믿음, 밀물, 바람, 바람결, 바람 소리, 바보, 박수, 반성, 밝음, 밤,
방심, 방황, 배려, 배웅, 법, 변화, 별빛, 복수, 봄, 부자, 부작용,
부탁, 분노, 분수, 불신, 불안, 불운, 불쾌지수, 불편, 불평, 불행,
불효, 비관, 비극, 비밀, 빈곤, 빗소리, 사랑, 사망, 상식, 상징,
생각, 생명, 설마, 성장, 세뇌, 세월, 소나기, 소문, 소외, 소질,
속도, 손해, 수명, 스트레스, 슬럼프, 슬픔, 습관, 시간, 썰물,

아지랑이, 아침, 아픔, 악연, 안개, 안심, 안전, 안정, 알림, 압도, 애국, 약속, 약혼, 양심, 어둠, 여름, 여백, 여유, 연애, 열정, 영원, 예술, 예언, 오만, 외로움, 외면, 요약, 욕심, 우정, 우주, 운명, 운수, 울음, 웃음, 위기, 위로, 유행, 융합, 으름, 은퇴, 의견, 의무, 이별, 이승, 인기, 인내, 인생, 인연, 일류, 입사, 자랑, 자살, 자연, 자장가, 자화상, 잔소리, 잠, 장마, 장점, 재미, 절망, 젊음, 존경, 종교, 죄, 주름살, 증오, 지식, 지옥, 집착, 짜증, 짝사랑, 착각, 천국, 천재, 초대, 춤, 충고, 충분, 침묵, 카네이션, 칸나, 칼, 커피, 컵, 코, 코스모스, 코카나무, 코코아, 콜라비, 콩, 클로버, 타협, 탈선, 탈출, 토론, 파도, 파업, 편견, 평균, 평등, 평화, 포옹, 포용, 포위, 폭력, 하늘, 하품, 한계, 한숨, 함성, 행복, 행운, 향기, 허공, 현실, 확신, 휘파람, 흥미, 희망 …

ㅁ

◇◇◇◇◇◇◇◇◇

머리, 머리카락, 모근, 무릎, 물갈퀴 …

예 ㅁ + ㅁ = **물고기** (머리카락, 머리, 모근 …)

· ㄱ + ㅁ = 갈증 (무릎, 물갈퀴, 머리 …)

· ㄴ + ㅁ = 낙서 (머리카락, 모근, 무릎 …)

· ㄷ + ㅁ = 도덕(물갈퀴, 머리, 머리카락 …)

· ㅂ + ㅁ = 바보 (모근, 무릎, 물갈퀴 …)

· ㅅ + ㅁ = 상징 (머리, 머리카락, 모근 …)

· ㅇ + ㅁ = 악연 (무릎, 물갈퀴, 머리 …)

· ㅈ + ㅁ = 자장가 (머리카락, 모근, 무릎 …)

· ㅊ + ㅁ = 초대 (물갈퀴, 머리, 머리카락 …)

· ㅋ + ㅁ = 커피 (모근, 무릎, 물갈퀴 …)

- ㅌ + ㅁ = 토론 (머리, 머리카락, 모근 …)

- ㅍ + ㅁ = 평균 (무릎, 물갈퀴, 머리 …)

- ㅎ + ㅁ = 한숨 (머리카락, 모근, 무릎 …)

가뭄, 가을, 갈등, 갈증, 감동, 거짓말, 거품, 걱정, 겨울, 겸손,
계란, 계절, 고독, 고립, 고백, 구름, 권력, 권태, 그늘, 극락,
기다림, 기도, 기쁨, 기억력, 기적, 꽃, 꿈, 나무, 나이, 낙서, 낙원,
난리, 날씨, 낭만, 낮, 냄새, 노동, 노래, 노력, 노을, 뇌물, 느낌표,
늙음, 능력, 단점, 달빛, 도덕, 도박, 도전, 독립, 돌, 두통, 마음,
마침표, 만족, 망상, 매력, 멀미, 멋, 메아리, 모순, 모래, 무지개,
무효, 문장, 문제, 문학, 물결, 물고기, 물소리, 미련, 미신, 미움,
믿음, 밀물, 바람, 바람결, 바람 소리, 바보, 박수, 반성, 밝음, 밤,
방심, 방황, 배려, 배웅, 법, 변화, 별빛, 복수, 봄, 부자, 부작용,
부탁, 분노, 분수, 불신, 불안, 불운, 불쾌지수, 불편, 불평, 불행,
불효, 비관, 비극, 비밀, 빈곤, 빗소리, 사랑, 사망, 상식, 상징,
생각, 생명, 설마, 성장, 세뇌, 세월, 소나기, 소문, 소외, 소질,
속도, 손해, 수명, 스트레스, 슬럼프, 슬픔, 습관, 시간, 썰물,
아지랑이, 아침, 아픔, 악연, 안개, 안심, 안전, 안정, 알림, 압도,

애국, 약속, 약혼, 양심, 어둠, 여름, 여백, 여유, 연애, 열정, 영원,
예술, 예언, 오만, 외로움, 외면, 요약, 욕심, 우정, 우주, 운명,
운수, 울음, 웃음, 위기, 위로, 유행, 융합, 으름, 은퇴, 의견, 의무,
이별, 이승, 인기, 인내, 인생, 인연, 일류, 입사, 자랑, 자살, 자연,
자장가, 자화상, 잔소리, 잠, 장마, 장점, 재미, 절망, 젊음, 존경,
종교, 죄, 주름살, 증오, 지식, 지옥, 집착, 싸증, 짝사랑, 착각,
천국, 천재, 초대, 춤, 충고, 충분, 침묵, 카네이션, 칸나, 칼, 커피,
컵, 코, 코스모스, 코카나무, 코코아, 콜라비, 콩, 클로버, 타협,
탈선, 탈출, 토론, 파도, 파업, 편견, 평균, 평등, 평화, 포옹, 포용,
포위, 폭력, 하늘, 하품, 한계, 한숨, 함성, 행복, 행운, 향기, 허공,
현실, 확신, 휘파람, 흥미, 희망 …

ㅂ

발, 발가락, 발금, 발뒤꿈치, 발바닥, 발톱, 방광, 방귀, 배,
배꼽, 부레, 부리, 부신, 불알, 비늘, 뺨, 뼈 …

예 ㅂ + ㅂ = 봄 (발가락, 발, 발금 …)

· ㄱ + ㅂ = 감동 (발뒤꿈치, 발바닥, 발톱 …)

· ㄴ + ㅂ = 낙원 (방광, 방귀, 배 …)

· ㄷ + ㅂ = 도박 (배꼽, 부레, 부리 …)

· ㅁ + ㅂ = 망상 (부신, 불알, 비늘 …)

· ㅅ + ㅂ = 생각 (뺨, 뼈, 발, 발가락…)

· ㅇ + ㅂ = 안개 (발금, 발뒤꿈치, 발바닥, 발톱 …)

· ㅈ + ㅂ = 자화상 (방광, 방귀, 배, 배꼽 …)

· ㅊ + ㅂ = 춤 (부레, 부리, 부신, 불알 …)

- ㅋ + ㅂ = 컵 (비늘, 뺨, 뼈, 발 …)

- ㅌ + ㅂ = 타협 (발가락, 발금, 발뒤꿈치 …)

- ㅍ + ㅂ = 평등 (발바닥, 발톱, 방광 …)

- ㅎ + ㅂ = 함성 (방귀, 배, 배꼽, 부레 …)

가뭄, 가을, 갈등, 갈증, 감동, 거짓말, 거품, 걱정, 겨울, 겸손,
계란, 계절, 고독, 고립, 고백, 구름, 권력, 권태, 그늘, 극락,
기다림, 기도, 기쁨, 기억력, 기적, 꽃, 꿈, 나무, 나이, 낙서, 낙원,
난리, 날씨, 낭만, 낮, 냄새, 노동, 노래, 노력, 노을, 뇌물, 느낌표,
늙음, 능력, 단점, 달빛, 도덕, 도박, 도전, 독립, 돌, 두통, 마음,
마침표, 만족, 망상, 매력, 멀미, 멋, 메아리, 모순, 모래, 무지개,
무효, 문장, 문제, 문학, 물결, 물고기, 물소리, 미련, 미신, 미움,
믿음, 밀물, 바람, 바람결, 바람 소리, 바보, 박수, 반성, 밝음, 밤,
방심, 방황, 배려, 배웅, 법, 변화, 별빛, 복수, 봄, 부자, 부작용,
부탁, 분노, 분수, 불신, 불안, 불운, 불쾌지수, 불편, 불평, 불행,
불효, 비관, 비극, 비밀, 빈곤, 빗소리, 사랑, 사망, 상식, 상징,
생각, 생명, 설마, 성장, 세뇌, 세월, 소나기, 소문, 소외, 소질,
속도, 손해, 수명, 스트레스, 슬럼프, 슬픔, 습관, 시간, 썰물,

아지랑이, 아침, 아픔, 악연, 안개, 안심, 안전, 안정, 알림, 압도,
애국, 약속, 약혼, 양심, 어둠, 여름, 여백, 여유, 연애, 열정, 영원,
예술, 예언, 오만, 외로움, 외면, 요약, 욕심, 우정, 우주, 운명,
운수, 울음, 웃음, 위기, 위로, 유행, 융합, 으름, 은퇴, 의견, 의무,
이별, 이승, 인기, 인내, 인생, 인연, 일류, 입사, 자랑, 자살, 자연,
자장가, 자화상, 잔소리, 잠, 장마, 장점, 재미, 절망, 젊음, 존경,
종교, 죄, 주름살, 증오, 지식, 지옥, 집착, 짜증, 짝사랑, 착각,
천국, 천재, 초대, 춤, 충고, 충분, 침묵, 카네이션, 칸나, 칼, 커피,
컵, 코, 코스모스, 코카나무, 코코아, 콜라비, 콩, 클로버, 타협,
탈선, 탈출, 토론, 파도, 파업, 편견, 평균, 평등, 평화, 포옹, 포용,
포위, 폭력, 하늘, 하품, 한계, 한숨, 함성, 행복, 행운, 향기, 허공,
현실, 확신, 휘파람, 흥미, 희망 …

ㅅ

소장, 소지, 속눈썹, 손가락, 손금, 손마디, 손바닥, 손 지문, 손톱, 수염, 숨구멍, 식도, 신다리, 신장, 심장, 십이지장, 쓸개 …

예 ㅅ + ㅅ = 생각 (속눈썹, 소장, 소지 …)

· ㄱ + ㅅ = 거짓말 (손가락, 손금, 손마디 …)

· ㄴ + ㅅ = 난리 (손바닥, 손지문, 손톱 …)

· ㄷ + ㅅ = 도전 (수염, 숨구멍, 식도 …)

· ㅁ + ㅅ = 매력 (신다리, 신장, 심장 …)

· ㅂ + ㅅ = 박수 (십이지장, 쓸개, 소장 …)

· ㅇ + ㅅ = 안심 (소지, 속눈썹, 손가락 …)

· ㅈ + ㅅ = 잔소리 (손금, 손마디, 손바닥 …)

- ㅊ + ㅅ = 충고 (손지문, 손톱, 수염 …)

- ㅋ + ㅅ = 코 (숨구멍, 식도, 신다리 …)

- ㅌ + ㅅ = 탈선 (신장, 심장, 십이지장 …)

- ㅍ + ㅅ = 평화 (쓸개, 소장, 소지, 속눈썹 …)

- ㅎ + ㅅ = 행복 (손가락, 손금, 손마디, 손바닥 …)

가뭄, 가을, 갈등, 갈증, 감동, 거짓말, 거품, 걱정, 겨울, 겸손, 계란, 계절, 고독, 고립, 고백, 구름, 권력, 권태, 그늘, 극락, 기다림, 기도, 기쁨, 기억력, 기적, 꽃, 꿈, 나무, 나이, 낙서, 낙원, 난리, 날씨, 낭만, 낮, 냄새, 노동, 노래, 노력, 노을, 뇌물, 느낌표, 늙음, 능력, 단점, 달빛, 도덕, 도박, 도전, 독립, 돌, 두통, 마음, 마침표, 만족, 망상, 매력, 멀미, 멋, 메아리, 모순, 모래, 무지개, 무효, 문장, 문제, 문학, 물결, 물고기, 물소리, 미련, 미신, 미움, 믿음, 밀물, 바람, 바람결, 바람 소리, 바보, 박수, 반성, 밝음, 밤, 방심, 방황, 배려, 배움, 법, 변화, 별빛, 복수, 봄, 부자, 부작용, 부탁, 분노, 분수, 불신, 불안, 불운, 불쾌지수, 불편, 불평, 불행, 불효, 비관, 비극, 비밀, 빈곤, 빗소리, 사랑, 사망, 상식, 상징, 생각, 생명, 설마, 성장, 세뇌, 세월, 소나기, 소문, 소외, 소질,

속도, 손해, 수명, 스트레스, 슬럼프, 슬픔, 습관, 시간, 썰물,
아지랑이, 아침, 아픔, 악연, 안개, 안심, 안전, 안정, 알림, 압도,
애국, 약속, 약혼, 양심, 어둠, 여름, 여백, 여유, 연애, 열정, 영원,
예술, 예언, 오만, 외로움, 외면, 요약, 욕심, 우정, 우주, 운명,
운수, 울음, 웃음, 위기, 위로, 유행, 융합, 으름, 은퇴, 의견, 의무,
이별, 이승, 인기, 인내, 인생, 인연, 일류, 입사, 자랑, 자실, 자연,
자장가, 자화상, 잔소리, 잠, 장마, 장점, 재미, 절망, 젊음, 존경,
종교, 죄, 주름살, 증오, 지식, 지옥, 집착, 짜증, 짝사랑, 착각,
천국, 천재, 초대, 춤, 충고, 충분, 침묵, 카네이션, 칸나, 칼, 커피,
컵, 코, 코스모스, 코카나무, 코코아, 콜라비, 콩, 클로버, 타협,
탈선, 탈출, 토론, 파도, 파업, 편견, 평균, 평등, 평화, 포옹, 포용,
포위, 폭력, 하늘, 하품, 한계, 한숨, 함성, 행복, 행운, 향기, 허공,
현실, 확신, 휘파람, 흥미, 희망 …

애, 약지, 얼굴, 엄지, 엉덩이, 옆구리, 오줌, 울음주머니, 웃음, 위장, 이마, 이빨, 입, 입술 …

예 ㅇ + ㅇ = 우주 (울음주머니, 애, 약지 …)

· ㄱ + ㅇ = 거품 (얼굴, 엄지, 엉덩이 …)

· ㄴ + ㅇ = 날씨 (옆구리, 오줌, 웃음 …)

· ㄷ + ㅇ = 독립 (위장, 이마, 이빨 …)

· ㅁ + ㅇ = 멀미 (입, 입술, 애 …)

· ㅂ + ㅇ = 반성 (약지, 얼굴, 엄지 …)

· ㅅ + ㅇ = 생명 (엉덩이, 옆구리, 오줌 …)

· ㅈ + ㅇ = 잠 (울음주머니, 웃음, 위장 …)

· ㅊ + ㅇ = 충분 (이마, 이빨, 입 …)

- ㅋ + ㅇ = 코스모스 (입술, 애, 약지 …)

- ㅌ + ㅇ = 탈출 (얼굴, 엄지, 엉덩이 …)

- ㅍ + ㅇ = 포옹 (옆구리, 오줌, 울음주머니 …)

- ㅎ + ㅇ = 행운 (웃음, 위장, 이마 …)

가뭄, 가을, 갈등, 갈증, 감동, 거짓말, 거품, 걱정, 겨울, 겸손,
계란, 계절, 고독, 고립, 고백, 구름, 권력, 권태, 그늘, 극락,
기다림, 기도, 기쁨, 기억력, 기적, 꽃, 꿈, 나무, 나이, 낙서, 낙원,
난리, 날씨, 낭만, 낮, 냄새, 노동, 노래, 노력, 노을, 뇌물, 느낌표,
늙음, 능력, 단점, 달빛, 도덕, 도박, 도전, 독립, 돌, 두통, 마음,
마침표, 만족, 망상, 매력, 멀미, 멋, 메아리, 모순, 모래, 무지개,
무효, 문장, 문제, 문학, 물결, 물고기, 물소리, 미련, 미신, 미움,
믿음, 밀물, 바람, 바람결, 바람 소리, 바보, 박수, 반성, 밝음, 밤,
방심, 방황, 배려, 배웅, 법, 변화, 별빛, 복수, 봄, 부자, 부작용,
부탁, 분노, 분수, 불신, 불안, 불운, 불쾌지수, 불편, 불평, 불행,
불효, 비관, 비극, 비밀, 빈곤, 빗소리, 사랑, 사망, 상식, 상징,
생각, 생명, 설마, 성장, 세뇌, 세월, 소나기, 소문, 소외, 소질,
속도, 손해, 수명, 스트레스, 슬럼프, 슬픔, 습관, 시간, 썰물,

아지랑이, 아침, 아픔, 악연, 안개, 안심, 안전, 안정, 알림, 압도,
애국, 약속, 약혼, 양심, 어둠, 여름, 여백, 여유, 연애, 열정, 영원,
예술, 예언, 오만, 외로움, 외면, 요약, 욕심, 우정, 우주, 운명,
운수, 울음, 웃음, 위기, 위로, 유행, 융합, 으름, 은퇴, 의견, 의무,
이별, 이승, 인기, 인내, 인생, 인연, 일류, 입사, 자랑, 자살, 자연,
자장가, 자화상, 잔소리, 잠, 장마, 장점, 재미, 절망, 젊음, 존경,
종교, 죄, 주름살, 증오, 지식, 지옥, 집착, 짜증, 짝사랑, 착각,
천국, 천재, 초대, 춤, 충고, 충분, 침묵, 카네이션, 칸나, 칼, 커피,
컵, 코, 코스모스, 코카나무, 코코아, 콜라비, 콩, 클로버, 타협,
탈선, 탈출, 토론, 파도, 파업, 편견, 평균, 평등, 평화, 포옹, 포용,
포위, 폭력, 하늘, 하품, 한계, 한숨, 함성, 행복, 행운, 향기, 허공,
현실, 확신, 휘파람, 흥미, 희망 …

자궁, 정맥, 젖가슴, 종아리, 주름, 중지, 지느러미, 지라, 지문 …

예 ㅈ + ㅈ = 지옥 (젖가슴, 자궁, 정맥 …)

· ㄱ + ㅈ = 걱정 (종아리, 주름, 중지 …)

· ㄴ + ㅈ = 낭만 (지느러미, 지라, 지문 …)

· ㄷ + ㅈ = 돌 (자궁, 정맥, 젖가슴 …)

· ㅁ + ㅈ = 멋 (종아리, 주름, 중지 …)

· ㅂ + ㅈ = 밝음 (지느러미, 지라, 지문 …)

· ㅅ + ㅈ = 설마 (자궁, 정맥, 젖가슴 …)

· ㅇ + ㅈ = 안전 (종아리, 주름, 중지 …)

· ㅊ + ㅈ = 침묵 (지느러미, 지라, 지문 …)

· ㅋ + ㅈ = 코카나무 (자궁, 정맥, 젖가슴 …)

- ㅌ + ㅈ = 토론 (종아리, 주름, 중지 …)

- ㅍ + ㅈ = 포옹 (지느러미, 지라, 지문 …)

- ㅎ + ㅈ = 향기 (자궁, 정맥, 젖가슴 …)

가뭄, 가을, 갈등, 갈증, 감동, 거짓말, 거품, 걱정, 겨울, 겸손,
계란, 계절, 고독, 고립, 고백, 구름, 권력, 권태, 그늘, 극락,
기다림, 기도, 기쁨, 기억력, 기적, 꽃, 꿈, 나무, 나이, 낙서, 낙원,
난리, 날씨, 낭만, 낮, 냄새, 노동, 노래, 노력, 노을, 뇌물, 느낌표,
늙음, 능력, 단점, 달빛, 도덕, 도박, 도전, 독립, 돌, 두통, 마음,
마침표, 만족, 망상, 매력, 멀미, 멋, 메아리, 모순, 모래, 무지개,
무효, 문장, 문제, 문학, 물결, 물고기, 물소리, 미련, 미신, 미움,
믿음, 밀물, 바람, 바람결, 바람 소리, 바보, 박수, 반성, 밝음, 밤,
방심, 방황, 배려, 배웅, 법, 변화, 별빛, 복수, 봄, 부자, 부작용,
부탁, 분노, 분수, 불신, 불안, 불운, 불쾌지수, 불편, 불평, 불행,
불효, 비관, 비극, 비밀, 빈곤, 빗소리, 사랑, 사망, 상식, 상징,
생각, 생명, 설마, 성장, 세뇌, 세월, 소나기, 소문, 소외, 소질,
속도, 손해, 수명, 스트레스, 슬럼프, 슬픔, 습관, 시간, 썰물,
아지랑이, 아침, 아픔, 악연, 안개, 안심, 안전, 안정, 알림, 압도,

애국, 약속, 약혼, 양심, 어둠, 여름, 여백, 여유, 연애, 열정, 영원, 예술, 예언, 오만, 외로움, 외면, 요약, 욕심, 우정, 우주, 운명, 운수, 울음, 웃음, 위기, 위로, 유행, 융합, 으름, 은퇴, 의견, 의무, 이별, 이승, 인기, 인내, 인생, 인연, 일류, 입사, 자랑, 자살, 자연, 자장가, 자화상, 잔소리, 잠, 장마, 장점, 재미, 절망, 젊음, 존경, 종교, 죄, 주름살, 증오, 지식, 지옥, 집착, 짜증, 짝사랑, 착각, 천국, 천재, 초대, 춤, 충고, 충분, 침묵, 카네이션, 칸나, 칼, 커피, 컵, 코, 코스모스, 코카나무, 코코아, 콜라비, 콩, 클로버, 타협, 탈선, 탈출, 토론, 파도, 파업, 편견, 평균, 평등, 평화, 포옹, 포용, 포위, 폭력, 하늘, 하품, 한계, 한숨, 함성, 행복, 행운, 향기, 허공, 현실, 확신, 휘파람, 흥미, 희망 …

제3부 동물 몸 부위

창자, 척추, 촉수, 췌장, 침 …

예 ㅊ + ㅊ = 침묵 (촉수, 창자 …)

· ㄱ + ㅊ = 겨울 (척추, 췌장 …)

· ㄴ + ㅊ = 낮 (침, 창자 …)

· ㄷ + ㅊ = 두통 (척추, 촉수 …)

· ㅁ + ㅊ = 메아리 (췌장, 침 …)

· ㅂ + ㅊ = 밤 (창자, 척추 …)

· ㅅ + ㅊ = 성장 (촉수, 췌장 …)

· ㅇ + ㅊ = 안정 (침, 창자 …)

· ㅈ + ㅊ = 장마 (척추, 촉수 …)

· ㅋ + ㅊ = 코코아 (췌장, 침 …)

- ㅌ + ㅊ = 타협 (창자, 척추 …)

- ㅍ + ㅊ = 포위 (촉수, 췌장 …)

- ㅎ + ㅊ = 허공 (침, 창자 …)

가뭄, 가을, 갈등, 갈증, 감동, 거짓말, 거품, 석정, 겨울, 겸손,
계란, 계절, 고독, 고립, 고백, 구름, 권력, 권태, 그늘, 극락,
기다림, 기도, 기쁨, 기억력, 기적, 꽃, 꿈, 나무, 나이, 낙서, 낙원,
난리, 날씨, 낭만, 낮, 냄새, 노동, 노래, 노력, 노을, 뇌물, 느낌표,
늙음, 능력, 단점, 달빛, 도덕, 도박, 도전, 독립, 돌, 두통, 마음,
마침표, 만족, 망상, 매력, 멀미, 멋, 메아리, 모순, 모래, 무지개,
무효, 문장, 문제, 문학, 물결, 물고기, 물소리, 미련, 미신, 미움,
믿음, 밀물, 바람, 바람결, 바람 소리, 바보, 박수, 반성, 밝음, 밤,
방심, 방황, 배려, 배웅, 법, 변화, 별빛, 복수, 봄, 부자, 부작용,
부탁, 분노, 분수, 불신, 불안, 불운, 불쾌지수, 불편, 불평, 불행,
불효, 비관, 비극, 비밀, 빈곤, 빗소리, 사랑, 사망, 상식, 상징,
생각, 생명, 설마, 성장, 세뇌, 세월, 소나기, 소문, 소외, 소질,
속도, 손해, 수명, 스트레스, 슬럼프, 슬픔, 습관, 시간, 썰물,
아지랑이, 아침, 아픔, 악연, 안개, 안심, 안전, 안정, 알림, 압도,

애국, 약속, 약혼, 양심, 어둠, 여름, 여백, 여유, 연애, 열정, 영원, 예술, 예언, 오만, 외로움, 외면, 요약, 욕심, 우정, 우주, 운명, 운수, 울음, 웃음, 위기, 위로, 유행, 융합, 으름, 은퇴, 의견, 의무, 이별, 이승, 인기, 인내, 인생, 인연, 일류, 입사, 자랑, 자살, 자연, 자장가, 자화상, 잔소리, 잠, 장마, 장점, 재미, 절망, 젊음, 존경, 종교, 죄, 주름살, 증오, 지식, 지옥, 집착, 짜증, 짝사랑, 착각, 천국, 천재, 초대, 춤, 충고, 충분, 침묵, 카네이션, 칸나, 칼, 커피, 컵, 코, 코스모스, 코카나무, 코코아, 콜라비, 콩, 클로버, 타협, 탈선, 탈출, 토론, 파도, 파업, 편견, 평균, 평등, 평화, 포옹, 포용, 포위, 폭력, 하늘, 하품, 한계, 한숨, 함성, 행복, 행운, 향기, 허공, 현실, 확신, 휘파람, 흥미, 희망 …

ㅋ

코, 콧구멍, 콧잔등, 콩팥 …

예 **ㅋ + ㅋ = 칸나** (콧구멍, 코, 콧잔등, 콩팥 …)

· ㄱ + ㅋ = 겸손 (코, 콧구멍, 콧잔등, 콩팥 …)

· ㄴ + ㅋ = 냄새 (코, 콧구멍, 콧잔등, 콩팥 …)

· ㄷ + ㅋ = 단점 (코, 콧구멍, 콧잔등, 콩팥 …)

· ㅁ + ㅋ = 모순 (코, 콧구멍, 콧잔등, 콩팥 …)

· ㅂ + ㅋ = 방심 (코, 콧구멍, 콧잔등, 콩팥 …)

· ㅅ + ㅋ = 세뇌 (코, 콧구멍, 콧잔등, 콩팥 …)

· ㅇ + ㅋ = 알림 (코, 콧구멍, 콧잔등, 콩팥 …)

· ㅈ + ㅋ = 장점 (코, 콧구멍, 콧잔등, 콩팥 …)

· ㅊ + ㅋ = 착각 (코, 콧구멍, 콧잔등, 콩팥 …)

· ㅌ + ㅋ = 탈선 (코, 콧구멍, 콧잔등, 콩팥 …)

· ㅍ + ㅋ = 폭력 (코, 콧구멍, 콧잔등, 콩팥 …)

· ㅎ + ㅋ = 현실 (코, 콧구멍, 콧잔등, 콩팥 …)

가뭄, 가을, 갈등, 갈증, 감동, 거짓말, 거품, 걱정, 겨울, 겸손,
계란, 계절, 고독, 고립, 고백, 구름, 권력, 권태, 그늘, 극락,
기다림, 기도, 기쁨, 기억력, 기적, 꽃, 꿈, 나무, 나이, 낙서, 낙원,
난리, 날씨, 낭만, 낮, 냄새, 노동, 노래, 노력, 노을, 뇌물, 느낌표,
늙음, 능력, 단점, 달빛, 도덕, 도박, 도전, 독립, 돌, 두통, 마음,
마침표, 만족, 망상, 매력, 멀미, 멋, 메아리, 모순, 모래, 무지개,
무효, 문장, 문제, 문학, 물결, 물고기, 물소리, 미련, 미신, 미움,
믿음, 밀물, 바람, 바람결, 바람 소리, 바보, 박수, 반성, 밝음, 밤,
방심, 방황, 배려, 배웅, 법, 변화, 별빛, 복수, 봄, 부자, 부작용,
부탁, 분노, 분수, 불신, 불안, 불운, 불쾌지수, 불편, 불평, 불행,
불효, 비관, 비극, 비밀, 빈곤, 빗소리, 사랑, 사망, 상식, 상징,
생각, 생명, 설마, 성장, 세뇌, 세월, 소나기, 소문, 소외, 소질,
속도, 손해, 수명, 스트레스, 슬럼프, 슬픔, 습관, 시간, 썰물,
아지랑이, 아침, 아픔, 악연, 안개, 안심, 안전, 안정, 알림, 압도,

애국, 약속, 약혼, 양심, 어둠, 여름, 여백, 여유, 연애, 열정, 영원,
예술, 예언, 오만, 외로움, 외면, 요약, 욕심, 우정, 우주, 운명,
운수, 울음, 웃음, 위기, 위로, 유행, 융합, 으름, 은퇴, 의견, 의무,
이별, 이승, 인기, 인내, 인생, 인연, 일류, 입사, 자랑, 자살, 자연,
자장가, 자화상, 잔소리, 잠, 장마, 장점, 재미, 절망, 젊음, 존경,
종교, 죄, 주름살, 증오, 지식, 지옥, 집착, 짜증, 짝사랑, 착각,
천국, 천재, 초대, 춤, 충고, 충분, 침묵, 카네이션, 칸나, 칼, 커피,
컵, 코, 코스모스, 코카나무, 코코아, 콜라비, 콩, 클로버, 타협,
탈선, 탈출, 토론, 파도, 파업, 편견, 평균, 평등, 평화, 포옹, 포용,
포위, 폭력, 하늘, 하품, 한계, 한숨, 함성, 행복, 행운, 향기, 허공,
현실, 확신, 휘파람, 흥미, 희망 …

ㅌ

텉, 텉선, 텉뼈 …

예 ㅌ + ㅌ = **타협** (턱, 턱선, 턱뼈 …)

· ㄱ + ㅌ = 계란 (턱, 턱선, 턱뼈 …)

· ㄴ + ㅌ = 노동 (턱, 턱선, 턱뼈 …)

· ㄷ + ㅌ = 달빛 (턱, 턱선, 턱뼈 …)

· ㅁ + ㅌ = 모래 (턱, 턱선, 턱뼈 …)

· ㅂ + ㅌ = 방황 (턱, 턱선, 턱뼈 …)

· ㅅ + ㅌ = 세월 (턱, 턱선, 턱뼈 …)

· ㅇ + ㅌ = 압도 (턱, 턱선, 턱뼈 …)

· ㅈ + ㅌ = 재미 (턱, 턱선, 턱뼈 …)

· ㅊ + ㅌ = 천국 (턱, 턱선, 턱뼈 …)

- ㅋ + ㅌ = 콜라비 (턱, 턱선, 턱뼈 …)

- ㅍ + ㅌ = 파도 (턱, 턱선, 턱뼈 …)

- ㅎ + ㅌ = 확신 (턱, 턱선, 턱뼈 …)

가뭄, 가을, 갈등, 갈증, 감동, 거짓말, 거품, 걱정, 겨울, 겸손,

계란, 계절, 고독, 고립, 고백, 구름, 권력, 권태, 그늘, 극락,

기다림, 기도, 기쁨, 기억력, 기적, 꽃, 꿈, 나무, 나이, 낙서, 낙원,

난리, 날씨, 낭만, 낮, 냄새, 노동, 노래, 노력, 노을, 뇌물, 느낌표,

늙음, 능력, 단점, 달빛, 도덕, 도박, 도전, 독립, 돌, 두통, 마음,

마침표, 만족, 망상, 매력, 멀미, 멋, 메아리, 모순, 모래, 무지개,

무효, 문장, 문제, 문학, 물결, 물고기, 물소리, 미련, 미신, 미움,

믿음, 밀물, 바람, 바람결, 바람 소리, 바보, 박수, 반성, 밝음, 밤,

방심, 방황, 배려, 배웅, 법, 변화, 별빛, 복수, 봄, 부자, 부작용,

부탁, 분노, 분수, 불신, 불안, 불운, 불쾌지수, 불편, 불평, 불행,

불효, 비관, 비극, 비밀, 빈곤, 빗소리, 사랑, 사망, 상식, 상징,

생각, 생명, 설마, 성장, 세뇌, 세월, 소나기, 소문, 소외, 소질,

속도, 손해, 수명, 스트레스, 슬럼프, 슬픔, 습관, 시간, 썰물,

아지랑이, 아침, 아픔, 악연, 안개, 안심, 안전, 안정, 알림, 압도,

애국, 약속, 약혼, 양심, 어둠, 여름, 여백, 여유, 연애, 열정, 영원, 예술, 예언, 오만, 외로움, 외면, 요약, 욕심, 우정, 우주, 운명, 운수, 울음, 웃음, 위기, 위로, 유행, 융합, 으름, 은퇴, 의견, 의무, 이별, 이승, 인기, 인내, 인생, 인연, 일류, 입사, 자랑, 자살, 자연, 자장가, 자화상, 잔소리, 잠, 장마, 장점, 재미, 절망, 젊음, 존경, 종교, 죄, 주름살, 증오, 지식, 지옥, 집착, 짜증, 짝사랑, 착각, 천국, 천재, 초대, 춤, 충고, 충분, 침묵, 카네이션, 칸나, 칼, 커피, 컵, 코, 코스모스, 코카나무, 코코아, 콜라비, 콩, 클로버, 타협, 탈선, 탈출, 토론, 파도, 파업, 편견, 평균, 평등, 평화, 포옹, 포용, 포위, 폭력, 하늘, 하품, 한계, 한숨, 함성, 행복, 행운, 향기, 허공, 현실, 확신, 휘파람, 흥미, 희망 …

ㅍ

∞∞∞∞∞∞

팔, 팔꿈치 …

예 ㅍ + ㅍ = **파도** (팔꿈치, 팔 …)

- ㄱ + ㅍ = 계절 (팔꿈치, 팔 …)

- ㄴ + ㅍ = 노래 (팔꿈치, 팔 …)

- ㄷ + ㅍ = 도덕 (팔꿈치, 팔 …)

- ㅁ + ㅍ = 무지개 (팔꿈치, 팔 …)

- ㅂ + ㅍ = 배려 (팔꿈치, 팔 …)

- ㅅ + ㅍ = 소나기 (팔꿈치, 팔 …)

- ㅇ + ㅍ = 애국 (팔꿈치, 팔 …)

- ㅈ + ㅍ = 절망 (팔꿈치, 팔 …)

- ㅊ + ㅍ = 천재 (팔꿈치, 팔 …)

- ㅋ + ㅍ = 콩 (팔꿈치, 팔 …)

- ㅌ + ㅍ = 탈출 (팔꿈치, 팔 …)

- ㅎ + ㅍ = 휘파람 (팔꿈치, 팔 …)

가뭄, 가을, 갈등, 갈증, 감동, 거짓말, 거품, 걱정, 겨울, 겸손,
계란, 계절, 고독, 고립, 고백, 구름, 권력, 권태, 그늘, 극락,
기다림, 기도, 기쁨, 기억력, 기적, 꽃, 꿈, 나무, 나이, 낙서, 낙원,
난리, 날씨, 낭만, 낮, 냄새, 노동, 노래, 노력, 노을, 뇌물, 느낌표,
늙음, 능력, 단점, 달빛, 도덕, 도박, 도전, 독립, 돌, 두통, 마음,
마침표, 만족, 망상, 매력, 멀미, 멋, 메아리, 모순, 모래, 무지개,
무효, 문장, 문제, 문학, 물결, 물고기, 물소리, 미련, 미신, 미움,
믿음, 밀물, 바람, 바람결, 바람 소리, 바보, 박수, 반성, 밝음, 밤,
방심, 방황, 배려, 배웅, 법, 변화, 별빛, 복수, 봄, 부자, 부작용,
부탁, 분노, 분수, 불신, 불안, 불운, 불쾌지수, 불편, 불평, 불행,
불효, 비관, 비극, 비밀, 빈곤, 빗소리, 사랑, 사망, 상식, 상징,
생각, 생명, 설마, 성장, 세뇌, 세월, 소나기, 소문, 소외, 소질,
속도, 손해, 수명, 스트레스, 슬럼프, 슬픔, 습관, 시간, 썰물,
아지랑이, 아침, 아픔, 악연, 안개, 안심, 안전, 안정, 알림, 압도,

애국, 약속, 약혼, 양심, 어둠, 여름, 여백, 여유, 연애, 열정, 영원,
예술, 예언, 오만, 외로움, 외면, 요약, 욕심, 우정, 우주, 운명,
운수, 울음, 웃음, 위기, 위로, 유행, 융합, 으름, 은퇴, 의견, 의무,
이별, 이승, 인기, 인내, 인생, 인연, 일류, 입사, 자랑, 자살, 자연,
자장가, 자화상, 잔소리, 잠, 장마, 장점, 재미, 절망, 젊음, 존경,
종교, 죄, 주름살, 증오, 지식, 지옥, 집착, 짜증, 짝사랑, 착각,
천국, 천재, 초대, 춤, 충고, 충분, 침묵, 카네이션, 칸나, 칼, 커피,
컵, 코, 코스모스, 코카나무, 코코아, 콜라비, 콩, 클로버, 타협,
탈선, 탈출, 토론, 파도, 파업, 편견, 평균, 평등, 평화, 포옹, 포용,
포위, 폭력, 하늘, 하품, 한계, 한숨, 함성, 행복, 행운, 향기, 허공,
현실, 확신, 휘파람, 흥미, 희망 …

한숨, 항문, 허리, 허벅지, 허파, 혀, 혈관, 혓바늘, 혓바닥,
흉터 …

예 ㅎ + ㅎ = **하늘** (혓바닥, 한숨, 항문 …)

· ㄱ + ㅎ = **고독** (허리, 허벅지, 허파 …)

· ㄴ + ㅎ = **노력** (혀, 혈관, 혓바늘 …)

· ㄷ + ㅎ = **도박** (흉터, 한숨, 항문 …)

· ㅁ + ㅎ = **무효** (허리, 허벅지, 허파 …)

· ㅂ + ㅎ = **배움** (혀, 혈관, 혓바늘 …)

· ㅅ + ㅎ = **소문** (혓바닥, 흉터, 한숨 …)

· ㅇ + ㅎ = **약속** (항문, 허리, 허벅지 …)

· ㅈ + ㅎ = **젊음** (허파, 혀, 혈관 …)

- ㅊ + ㅎ = 초대 (헛바늘, 헛바닥, 흉터 …)

- ㅋ + ㅎ = 클로버 (한숨, 항문, 허리 …)

- ㅌ + ㅎ = 토론 (허벅지, 허파, 혀 …)

- ㅍ + ㅎ = 파업 (혈관, 헛바늘, 헛바닥 …)

가뭄, 가을, 갈등, 갈증, 감동, 거짓말, 거품, 걱정, 겨울, 겸손,
계란, 계절, 고독, 고립, 고백, 구름, 권력, 권태, 그늘, 극락,
기다림, 기도, 기쁨, 기억력, 기적, 꽃, 꿈, 나무, 나이, 낙서, 낙원,
난리, 날씨, 낭만, 낮, 냄새, 노동, 노래, 노력, 노을, 뇌물, 느낌표,
늙음, 능력, 단점, 달빛, 도덕, 도박, 도전, 독립, 돌, 두통, 마음,
마침표, 만족, 망상, 매력, 멀미, 멋, 메아리, 모순, 모래, 무지개,
무효, 문장, 문제, 문학, 물결, 물고기, 물소리, 미련, 미신, 미움,
믿음, 밀물, 바람, 바람결, 바람 소리, 바보, 박수, 반성, 밝음, 밤,
방심, 방황, 배려, 배웅, 법, 변화, 별빛, 복수, 봄, 부자, 부작용,
부탁, 분노, 분수, 불신, 불안, 불운, 불쾌지수, 불편, 불평, 불행,
불효, 비관, 비극, 비밀, 빈곤, 빗소리, 사랑, 사망, 상식, 상징,
생각, 생명, 설마, 성장, 세뇌, 세월, 소나기, 소문, 소외, 소질,
속도, 손해, 수명, 스트레스, 슬럼프, 슬픔, 습관, 시간, 썰물,

아지랑이, 아침, 아픔, 악연, 안개, 안심, 안전, 안정, 알림, 압도,
애국, 약속, 약혼, 양심, 어둠, 여름, 여백, 여유, 연애, 열정, 영원,
예술, 예언, 오만, 외로움, 외면, 요약, 욕심, 우정, 우주, 운명,
운수, 울음, 웃음, 위기, 위로, 유행, 융합, 으름, 은퇴, 의견, 의무,
이별, 이승, 인기, 인내, 인생, 인연, 일류, 입사, 자랑, 자살, 자연,
자장가, 자화상, 잔소리, 잠, 장마, 장점, 재미, 절망, 젊음, 존경,
종교, 죄, 주름살, 증오, 지식, 지옥, 집착, 짜증, 짝사랑, 착각,
천국, 천재, 초대, 춤, 충고, 충분, 침묵, 카네이션, 칸나, 칼, 커피,
컵, 코, 코스모스, 코카나무, 코코아, 콜라비, 콩, 클로버, 타협,
탈선, 탈출, 토론, 파도, 파업, 편견, 평균, 평등, 평화, 포옹, 포용,
포위, 폭력, 하늘, 하품, 한계, 한숨, 함성, 행복, 행운, 향기, 허공,
현실, 확신, 휘파람, 흥미, 희망 …

제4부

식물

겯가지, 겯뿌리, 관다발, 기공, 꽃, 꽃받침, 꽃밥, 꽃봉오리,
꽃잎, 끝눈 …

예 ㄱ + ㄱ = **계절** (겯뿌리, 겯가지, 관다발 …)

· ㄴ + ㄱ = 나무 (기공, 꽃, 꽃받침 …)

· ㄷ + ㄱ = 단점 (꽃밥, 꽃봉오리, 꽃잎 …)

· ㅁ + ㄱ = 마음 (끝눈, 겯가지, 겯뿌리 …)

· ㅂ + ㄱ = 바람 (관다발, 기공, 꽃 …)

· ㅅ + ㄱ = 사랑 (꽃받침, 꽃밥, 꽃봉오리 …)

· ㅇ + ㄱ = 아지랑이 (꽃잎, 끝눈, 겯가지 …)

· ㅈ + ㄱ = 자랑 (겯뿌리, 관다발, 기공 …)

· ㅊ + ㄱ = 착각 (꽃, 꽃받침, 꽃밥 …)

- ㅌ + ㄱ = 타협 (꽃봉오리, 꽃잎, 끝눈 …)

- ㅍ + ㄱ = 파도 (곁가지, 곁뿌리, 관다발 …)

- ㅎ + ㄱ = 하늘 (기공, 꽃, 꽃받침 …)

가뭄, 가을, 갈등, 갈증, 감동, 거짓말, 거품, 걱정, 겨울, 겸손, 계란, 계절, 고독, 고립, 고백, 구름, 권력, 권태, 그늘, 극락, 기다림, 기도, 기쁨, 기억력, 기적, 꽃, 꿈, 나무, 나이, 낙서, 낙원, 난리, 날씨, 낭만, 낮, 냄새, 노동, 노래, 노력, 노을, 뇌물, 느낌표, 늙음, 능력, 단점, 달빛, 도덕, 도박, 도전, 독립, 돌, 두통, 마음, 마침표, 만족, 망상, 매력, 멀미, 멋, 메아리, 모순, 모래, 무지개, 무효, 문장, 문제, 문학, 물결, 물고기, 물소리, 미련, 미신, 미움, 믿음, 밀물, 바람, 바람결, 바람 소리, 바보, 박수, 반성, 밝음, 밤, 방심, 방황, 배려, 배웅, 법, 변화, 별빛, 복수, 봄, 부자, 부작용, 부탁, 분노, 분수, 불신, 불안, 불운, 불쾌지수, 불편, 불평, 불행, 불효, 비관, 비극, 비밀, 빈곤, 빗소리, 사랑, 사망, 상식, 상징, 생각, 생명, 설마, 성장, 세뇌, 세월, 소나기, 소문, 소외, 소질, 속도, 손해, 수명, 스트레스, 슬럼프, 슬픔, 습관, 시간, 썰물, 아지랑이, 아침, 아픔, 악연, 안개, 안심, 안전, 안정, 알림, 압도,

애국, 약속, 약혼, 양심, 어둠, 여름, 여백, 여유, 연애, 열정, 영원, 예술, 예언, 오만, 외로움, 외면, 요약, 욕심, 우정, 우주, 운명, 운수, 울음, 웃음, 위기, 위로, 유행, 융합, 으름, 은퇴, 의견, 의무, 이별, 이승, 인기, 인내, 인생, 인연, 일류, 입사, 자랑, 자살, 자연, 자장가, 자화상, 잔소리, 잠, 장마, 장점, 재미, 절망, 젊음, 존경, 종교, 죄, 주름살, 증오, 지식, 지옥, 집착, 짜증, 짝사랑, 착각, 천국, 천재, 초대, 춤, 충고, 충분, 침묵, 카네이션, 칸나, 칼, 커피, 컵, 코, 코스모스, 코카나무, 코코아, 콜라비, 콩, 클로버, 타협, 탈선, 탈출, 토론, 파도, 파업, 편견, 평균, 평등, 평화, 포옹, 포용, 포위, 폭력, 하늘, 하품, 한계, 한숨, 함성, 행복, 행운, 향기, 허공, 현실, 확신, 휘파람, 흥미, 희망 …

ㄴ

◇◇◇◇◇◇◇◇◇

눈, 나이테 …

예 ㄴ + ㄴ = **냄새** (나이테, 눈 …)

· ㄱ + ㄴ = 가뭄 (눈, 나이테 …)

· ㄷ + ㄴ = 달빛 (눈, 나이테 …)

· ㅁ + ㄴ = 마침표 (눈, 나이테 …)

· ㅂ + ㄴ = 바람결 (눈, 나이테 …)

· ㅅ + ㄴ = 사망 (눈, 나이테 …)

· ㅇ + ㄴ = 아침 (눈, 나이테 …)

· ㅈ + ㄴ = 자살 (눈, 나이테 …)

· ㅊ + ㄴ = 천국 (눈, 나이테 …)

· ㅌ + ㄴ = 탈선 (눈, 나이테 …)

- ㅍ + ㄴ = 파업 (눈, 나이테 …)

- ㅎ + ㄴ = 하품 (눈, 나이테 …)

가뭄, 가을, 갈등, 갈증, 감동, 거짓말, 거품, 걱정, 겨울, 겸손,
계란, 계절, 고독, 고립, 고백, 구름, 권력, 권태, 그늘, 극락,
기다림, 기도, 기쁨, 기억력, 기적, 꽃, 꿈, 나무, 나이, 낙서, 낙원,
난리, 날씨, 낭만, 낮, 냄새, 노동, 노래, 노력, 노을, 뇌물, 느낌표,
늙음, 능력, 단점, 달빛, 도덕, 도박, 도전, 독립, 돌, 두통, 마음,
마침표, 만족, 망상, 매력, 멀미, 멋, 메아리, 모순, 모래, 무지개,
무효, 문장, 문제, 문학, 물결, 물고기, 물소리, 미련, 미신, 미움,
믿음, 밀물, 바람, 바람결, 바람 소리, 바보, 박수, 반성, 밝음, 밤,
방심, 방황, 배려, 배웅, 법, 변화, 별빛, 복수, 봄, 부자, 부작용,
부탁, 분노, 분수, 불신, 불안, 불운, 불쾌지수, 불편, 불평, 불행,
불효, 비관, 비극, 비밀, 빈곤, 빗소리, 사랑, 사망, 상식, 상징,
생각, 생명, 설마, 성장, 세뇌, 세월, 소나기, 소문, 소외, 소질,
속도, 손해, 수명, 스트레스, 슬럼프, 슬픔, 습관, 시간, 썰물,
아지랑이, 아침, 아픔, 악연, 안개, 안심, 안전, 안정, 알림, 압도,
애국, 약속, 약혼, 양심, 어둠, 여름, 여백, 여유, 연애, 열정, 영원,

예술, 예언, 오만, 외로움, 외면, 요약, 욕심, 우정, 우주, 운명,
운수, 울음, 웃음, 위기, 위로, 유행, 융합, 으름, 은퇴, 의견, 의무,
이별, 이승, 인기, 인내, 인생, 인연, 일류, 입사, 자랑, 자살, 자연,
자장가, 자화상, 잔소리, 잠, 장마, 장점, 재미, 절망, 젊음, 존경,
종교, 죄, 주름살, 증오, 지식, 지옥, 집착, 짜증, 짝사랑, 착각,
전국, 천재, 초대, 춤, 충고, 충분, 침묵, 카네이션, 긴나, 칼, 거피,
컵, 코, 코스모스, 코카나무, 코코아, 콜라비, 콩, 클로버, 타협,
탈선, 탈출, 토론, 파도, 파업, 편견, 평균, 평등, 평화, 포옹, 포용,
포위, 폭력, 하늘, 하품, 한계, 한숨, 함성, 행복, 행운, 향기, 허공,
현실, 확신, 휘파람, 흥미, 희망 …

ㄷ

단엽, 떡잎 …

예 ㄷ + ㄷ = 돌 (떡잎, 단엽 …)

· ㄱ + ㄷ = 가을 (단엽, 떡잎 …)

· ㄴ + ㄷ = 나이 (단엽, 떡잎 …)

· ㅁ + ㄷ = 만족 (단엽, 떡잎 …)

· ㅂ + ㄷ = 바람소리 (단엽, 떡잎 …)

· ㅅ + ㄷ = 상식 (단엽, 떡잎 …)

· ㅇ + ㄷ = 아픔 (단엽, 떡잎 …)

· ㅈ + ㄷ = 자연 (단엽, 떡잎 …)

· ㅊ + ㄷ = 천재 (단엽, 떡잎 …)

· ㅌ + ㄷ = 탈출 (단엽, 떡잎 …)

· ㅍ + ㄷ = 편견 (단엽, 떡잎 …)

· ㅎ + ㄷ = 한계 (단엽, 떡잎 …)

가뭄, 가을, 갈등, 갈증, 감동, 거짓말, 거품, 걱정, 겨울, 겸손,
계란, 계절, 고독, 고립, 고백, 구름, 권력, 권태, 그늘, 극락,
기다림, 기도, 기쁨, 기억력, 기적, 꽃, 꿈, 나무, 나이, 낙서, 낙원,
난리, 날씨, 낭만, 낮, 냄새, 노동, 노래, 노력, 노을, 뇌물, 느낌표,
늙음, 능력, 단점, 달빛, 도덕, 도박, 도전, 독립, 돌, 두통, 마음,
마침표, 만족, 망상, 매력, 멀미, 멋, 메아리, 모순, 모래, 무지개,
무효, 문장, 문제, 문학, 물결, 물고기, 물소리, 미련, 미신, 미움,
믿음, 밀물, 바람, 바람결, 바람 소리, 바보, 박수, 반성, 밝음, 밤,
방심, 방황, 배려, 배웅, 법, 변화, 별빛, 복수, 봄, 부자, 부작용,
부탁, 분노, 분수, 불신, 불안, 불운, 불쾌지수, 불편, 불평, 불행,
불효, 비관, 비극, 비밀, 빈곤, 빗소리, 사랑, 사망, 상식, 상징,
생각, 생명, 설마, 성장, 세뇌, 세월, 소나기, 소문, 소외, 소질,
속도, 손해, 수명, 스트레스, 슬럼프, 슬픔, 습관, 시간, 썰물,
아지랑이, 아침, 아픔, 악연, 안개, 안심, 안전, 안정, 알림, 압도,
애국, 약속, 약혼, 양심, 어둠, 여름, 여백, 여유, 연애, 열정, 영원,

예술, 예언, 오만, 외로움, 외면, 요약, 욕심, 우정, 우주, 운명,
운수, 울음, 웃음, 위기, 위로, 유행, 융합, 으름, 은퇴, 의견, 의무,
이별, 이승, 인기, 인내, 인생, 인연, 일류, 입사, 자랑, 자살, 자연,
자장가, 자화상, 잔소리, 잠, 장마, 장점, 재미, 절망, 젊음, 존경,
종교, 죄, 주름살, 증오, 지식, 지옥, 집착, 짜증, 짝사랑, 착각,
천국, 천재, 초대, 춤, 충고, 충분, 침묵, 카네이션, 칸나, 칼, 커피,
컵, 코, 코스모스, 코카나무, 코코아, 콜라비, 콩, 클로버, 타협,
탈선, 탈출, 토론, 파도, 파업, 편견, 평균, 평등, 평화, 포옹, 포용,
포위, 폭력, 하늘, 하품, 한계, 한숨, 함성, 행복, 행운, 향기, 허공,
현실, 확신, 휘파람, 흥미, 희망 …

ㅁ

마디, 막뿌리, 물관부, 밑씨 …

예 ㅁ + ㅁ = **문장** (마디, 막뿌리, 물관부 …)

· ㄱ + ㅁ = 갈등 (밑씨, 마디, 막뿌리 …)

· ㄴ + ㅁ = 낙서 (물관부, 밑씨, 마디 …)

· ㄷ + ㅁ = 도덕 (막뿌리, 물관부, 밑씨 …)

· ㅂ + ㅁ = 바보 (마디, 막뿌리, 물관부 …)

· ㅅ + ㅁ = 상징 (밑씨, 마디, 막뿌리 …)

· ㅇ + ㅁ = 악연 (물관부, 밑씨, 마디 …)

· ㅈ + ㅁ = 자장가 (막뿌리, 물관부, 밑씨 …)

· ㅊ + ㅁ = 초대 (마디, 막뿌리, 물관부 …)

· ㅌ + ㅁ = 토론 (밑씨, 마디, 막뿌리 …)

· ㅍ + ㅁ = 평균 (물관부, 밑씨, 마디 …)

· ㅎ + ㅁ = 한숨 (막뿌리, 물관부, 밑씨 …)

가뭄, 가을, 갈등, 갈증, 감동, 거짓말, 거품, 걱정, 겨울, 겸손,
계란, 계절, 고독, 고립, 고백, 구름, 권력, 권태, 그늘, 극락,
기다림, 기도, 기쁨, 기억력, 기적, 꽃, 꿈, 나무, 나이, 낙서, 낙원,
난리, 날씨, 낭만, 낮, 냄새, 노동, 노래, 노력, 노을, 뇌물, 느낌표,
늙음, 능력, 단점, 달빛, 도덕, 도박, 도전, 독립, 돌, 두통, 마음,
마침표, 만족, 망상, 매력, 멀미, 멋, 메아리, 모순, 모래, 무지개,
무효, 문장, 문제, 문학, 물결, 물고기, 물소리, 미련, 미신, 미움,
믿음, 밀물, 바람, 바람결, 바람 소리, 바보, 박수, 반성, 밝음, 밤,
방심, 방황, 배려, 배웅, 법, 변화, 별빛, 복수, 봄, 부자, 부작용,
부탁, 분노, 분수, 불신, 불안, 불운, 불쾌지수, 불편, 불평, 불행,
불효, 비관, 비극, 비밀, 빈곤, 빗소리, 사랑, 사망, 상식, 상징,
생각, 생명, 설마, 성장, 세뇌, 세월, 소나기, 소문, 소외, 소질,
속도, 손해, 수명, 스트레스, 슬럼프, 슬픔, 습관, 시간, 썰물,
아지랑이, 아침, 아픔, 악연, 안개, 안심, 안전, 안정, 알림, 압도,
애국, 약속, 약혼, 양심, 어둠, 여름, 여백, 여유, 연애, 열정, 영원,

예술, 예언, 오만, 외로움, 외면, 요약, 욕심, 우정, 우주, 운명,
운수, 울음, 웃음, 위기, 위로, 유행, 융합, 으름, 은퇴, 의견, 의무,
이별, 이승, 인기, 인내, 인생, 인연, 일류, 입사, 자랑, 자살, 자연,
자장가, 자화상, 잔소리, 잠, 장마, 장점, 재미, 절망, 젊음, 존경,
종교, 죄, 주름살, 증오, 지식, 지옥, 집착, 짜증, 짝사랑, 착각,
천국, 천재, 초대, 춤, 충고, 충분, 침묵, 카네이션, 칸나, 칼, 커피,
컵, 코, 코스모스, 코카나무, 코코아, 콜라비, 콩, 클로버, 타협,
탈선, 탈출, 토론, 파도, 파업, 편견, 평균, 평등, 평화, 포옹, 포용,
포위, 폭력, 하늘, 하품, 한계, 한숨, 함성, 행복, 행운, 향기, 허공,
현실, 확신, 휘파람, 흥미, 희망 …

복엽, 분화대, 뿌리, 뿌리골무, 뿌리목, 뿌리털 …

예 ㅂ + ㅂ = 바람 (뿌리, 복엽, 분화대 …)

· ㄱ + ㅂ = 갈증 (뿌리, 뿌리골무, 뿌리목 …)

· ㄴ + ㅂ = 낙원 (뿌리목, 뿌리털, 복엽 …)

· ㄷ + ㅂ = 도박 (분화대, 뿌리, 뿌리골무 …)

· ㅁ + ㅂ = 망상 (뿌리목, 뿌리털, 복엽 …)

· ㅅ + ㅂ = 생각 (분화대, 뿌리, 뿌리골무 …)

· ㅇ + ㅂ = 안개 (뿌리목, 뿌리털, 복엽 …)

· ㅈ + ㅂ = 자화상 (분화대, 뿌리, 뿌리골무 …)

· ㅊ + ㅂ = 춤 (뿌리목, 뿌리털, 복엽 …)

· ㅌ + ㅂ = 타협 (분화대, 뿌리, 뿌리골무 …)

· ㅍ + ㅂ = 평등 (뿌리목, 뿌리털, 복엽 …)

· ㅎ + ㅂ = 함성 (분화대, 뿌리, 뿌리골무 …)

가뭄, 가을, 갈등, 갈증, 감동, 거짓말, 거품, 걱정, 겨울, 겸손,
계란, 계절, 고독, 고립, 고백, 구름, 권력, 권태, 그늘, 극락,
기다림, 기도, 기쁨, 기억력, 기적, 꽃, 꿈, 나무, 나이, 낙서, 낙원,
난리, 날씨, 낭만, 낮, 냄새, 노동, 노래, 노력, 노을, 뇌물, 느낌표,
늙음, 능력, 단점, 달빛, 도덕, 도박, 도전, 독립, 돌, 두통, 마음,
마침표, 만족, 망상, 매력, 멀미, 멋, 메아리, 모순, 모래, 무지개,
무효, 문장, 문제, 문학, 물결, 물고기, 물소리, 미련, 미신, 미움,
믿음, 밀물, 바람, 바람결, 바람 소리, 바보, 박수, 반성, 밝음, 밤,
방심, 방황, 배려, 배웅, 법, 변화, 별빛, 복수, 봄, 부자, 부작용,
부탁, 분노, 분수, 불신, 불안, 불운, 불쾌지수, 불편, 불평, 불행,
불효, 비관, 비극, 비밀, 빈곤, 빗소리, 사랑, 사망, 상식, 상징,
생각, 생명, 설마, 성장, 세뇌, 세월, 소나기, 소문, 소외, 소질,
속도, 손해, 수명, 스트레스, 슬럼프, 슬픔, 습관, 시간, 썰물,
아지랑이, 아침, 아픔, 악연, 안개, 안심, 안전, 안정, 알림, 압도,
애국, 약속, 약혼, 양심, 어둠, 여름, 여백, 여유, 연애, 열정, 영원,

예술, 예언, 오만, 외로움, 외면, 요약, 욕심, 우정, 우주, 운명,
운수, 울음, 웃음, 위기, 위로, 유행, 융합, 으름, 은퇴, 의견, 의무,
이별, 이승, 인기, 인내, 인생, 인연, 일류, 입사, 자랑, 자살, 자연,
자장가, 자화상, 잔소리, 잠, 장마, 장점, 재미, 절망, 젊음, 존경,
종교, 죄, 주름살, 증오, 지식, 지옥, 집착, 짜증, 짝사랑, 착각,
천국, 천재, 초대, 춤, 충고, 충분, 침묵, 카네이션, 칸나, 칼, 커피,
컵, 코, 코스모스, 코카나무, 코코아, 콜라비, 콩, 클로버, 타협,
탈선, 탈출, 토론, 파도, 파업, 편견, 평균, 평등, 평화, 포옹, 포용,
포위, 폭력, 하늘, 하품, 한계, 한숨, 함성, 행복, 행운, 향기, 허공,
현실, 확신, 휘파람, 흥미, 희망 …

人

세포분열대, 수술, 수술대, 수염뿌리, 신장대, 싹, 씨, 씨눈,
씨방, 쌍떡잎 …

例 ㅅ + ㅅ = 슬픔 (싹, 세포분열대, 수술 …)

· ㄱ + ㅅ = 감동 (수술대, 수염뿌리, 신장대 …)

· ㄴ + ㅅ = 난리 (싹, 씨, 씨눈 …)

· ㄷ + ㅅ = 도전 (씨방, 쌍떡잎, 세포분열대 …)

· ㅁ + ㅅ = 매력 (수술, 수술대, 수염뿌리 …)

· ㅂ + ㅅ = 박수 (신장대, 싹, 씨 …)

· ㅇ + ㅅ = 안심 (씨눈, 씨방, 쌍떡잎 …)

· ㅈ + ㅅ = 잔소리 (세포분열대, 수술, 수술대 …)

· ㅊ + ㅅ = 충고 (수염뿌리, 신장대, 싹 …)

- ㅌ + ㅅ = 탈선 (씨, 씨눈, 씨방 …)

- ㅍ + ㅅ = 평화 (쌍떡잎, 세포분열대, 수술 …)

- ㅎ + ㅅ = 행복 (수술대, 수염뿌리, 신장대 …)

가뭄, 가을, 갈등, 갈증, 감동, 거짓말, 거품, 걱정, 겨울, 겸손, 계란, 계절, 고독, 고립, 고백, 구름, 권력, 권태, 그늘, 극락, 기다림, 기도, 기쁨, 기억력, 기적, 꽃, 꿈, 나무, 나이, 낙서, 낙원, 난리, 날씨, 낭만, 낮, 냄새, 노동, 노래, 노력, 노을, 뇌물, 느낌표, 늙음, 능력, 단점, 달빛, 도덕, 도박, 도전, 독립, 돌, 두통, 마음, 마침표, 만족, 망상, 매력, 멀미, 멋, 메아리, 모순, 모래, 무지개, 무효, 문장, 문제, 문학, 물결, 물고기, 물소리, 미련, 미신, 미움, 믿음, 밀물, 바람, 바람결, 바람 소리, 바보, 박수, 반성, 밝음, 밤, 방심, 방황, 배려, 배웅, 법, 변화, 별빛, 복수, 봄, 부자, 부작용, 부탁, 분노, 분수, 불신, 불안, 불운, 불쾌지수, 불편, 불평, 불행, 불효, 비관, 비극, 비밀, 빈곤, 빗소리, 사랑, 사망, 상식, 상징, 생각, 생명, 설마, 성장, 세뇌, 세월, 소나기, 소문, 소외, 소질, 속도, 손해, 수명, 스트레스, 슬럼프, 슬픔, 습관, 시간, 썰물, 아지랑이, 아침, 아픔, 악연, 안개, 안심, 안전, 안정, 알림, 압도,

애국, 약속, 약혼, 양심, 어둠, 여름, 여백, 여유, 연애, 열정, 영원,
예술, 예언, 오만, 외로움, 외면, 요약, 욕심, 우정, 우주, 운명,
운수, 울음, 웃음, 위기, 위로, 유행, 융합, 으름, 은퇴, 의견, 의무,
이별, 이승, 인기, 인내, 인생, 인연, 일류, 입사, 자랑, 자살, 자연,
자장가, 자화상, 잔소리, 잠, 장마, 장점, 재미, 절망, 젊음, 존경,
종교, 죄, 주름살, 증오, 지식, 지옥, 집착, 짜증, 짝사랑, 칙각,
천국, 천재, 초대, 춤, 충고, 충분, 침묵, 카네이션, 칸나, 칼, 커피,
컵, 코, 코스모스, 코카나무, 코코아, 콜라비, 콩, 클로버, 타협,
탈선, 탈출, 토론, 파도, 파업, 편견, 평균, 평등, 평화, 포옹, 포용,
포위, 폭력, 하늘, 하품, 한계, 한숨, 함성, 행복, 행운, 향기, 허공,
현실, 확신, 휘파람, 흥미, 희망 …

암술, 암술대, 암술머리, 어린뿌리, 열매, 엽방, 엽신, 엽초, 옹이, 외떡잎, 우상엽, 원뿌리, 잎, 잎맥, 잎자루 …

예 ㅇ + ㅇ = **열정** (옹이, 암술, 암술대 …)

· ㄱ + ㅇ = **거짓말** (암술머리, 어린뿌리, 열매 …)

· ㄴ + ㅇ = **날씨** (엽방, 엽신, 엽초 …)

· ㄷ + ㅇ = **독립** (옹이, 외떡잎, 우상엽 …)

· ㅁ + ㅇ = **멀미** (원뿌리, 잎, 잎맥 …)

· ㅂ + ㅇ = **반성** (잎자루, 암술, 암술대 …)

· ㅅ + ㅇ = **생명** (암술머리, 어린뿌리, 열매 …)

· ㅈ + ㅇ = **짐** (엽방, 엽신, 엽초 …)

· ㅊ + ㅇ = **충분** (옹이, 외떡잎, 우상엽 …)

· ㅌ + ㅇ = 탈출 (원뿌리, 잎, 잎맥 …)

· ㅍ + ㅇ = 포옹 (잎자루, 암술, 암술대 …)

· ㅎ + ㅇ = 행운 (암술머리, 어린뿌리, 열매 …)

가뭄, 가을, 갈등, 갈증, 감동, 거짓말, 거품, 걱정, 겨울, 겸손,

계란, 계절, 고독, 고립, 고백, 구름, 권력, 권태, 그늘, 극락,

기다림, 기도, 기쁨, 기억력, 기적, 꽃, 꿈, 나무, 나이, 낙서, 낙원,

난리, 날씨, 낭만, 낮, 냄새, 노동, 노래, 노력, 노을, 뇌물, 느낌표,

늙음, 능력, 단점, 달빛, 도덕, 도박, 도전, 독립, 돌, 두통, 마음,

마침표, 만족, 망상, 매력, 멀미, 멋, 메아리, 모순, 모래, 무지개,

무효, 문장, 문제, 문학, 물결, 물고기, 물소리, 미련, 미신, 미움,

믿음, 밀물, 바람, 바람결, 바람 소리, 바보, 박수, 반성, 밝음, 밤,

방심, 방황, 배려, 배웅, 법, 변화, 별빛, 복수, 봄, 부자, 부작용,

부탁, 분노, 분수, 불신, 불안, 불운, 불쾌지수, 불편, 불평, 불행,

불효, 비관, 비극, 비밀, 빈곤, 빗소리, 사랑, 사망, 상식, 상징,

생각, 생명, 설마, 성장, 세뇌, 세월, 소나기, 소문, 소외, 소질,

속도, 손해, 수명, 스트레스, 슬럼프, 슬픔, 습관, 시간, 썰물,

아지랑이, 아침, 아픔, 악연, 안개, 안심, 안전, 안정, 알림, 압도,

애국, 약속, 약혼, 양심, 어둠, 여름, 여백, 여유, 연애, 열정, 영원, 예술, 예언, 오만, 외로움, 외면, 요약, 욕심, 우정, 우주, 운명, 운수, 울음, 웃음, 위기, 위로, 유행, 융합, 으름, 은퇴, 의견, 의무, 이별, 이승, 인기, 인내, 인생, 인연, 일류, 입사, 자랑, 자살, 자연, 자장가, 자화상, 잔소리, 잠, 장마, 장점, 재미, 절망, 젊음, 존경, 종교, 죄, 주름살, 증오, 지식, 지옥, 집착, 짜증, 짝사랑, 착각, 천국, 천재, 초대, 춤, 충고, 충분, 침묵, 카네이션, 칸나, 칼, 커피, 컵, 코, 코스모스, 코카나무, 코코아, 콜라비, 콩, 클로버, 타협, 탈선, 탈출, 토론, 파도, 파업, 편견, 평균, 평등, 평화, 포옹, 포용, 포위, 폭력, 하늘, 하품, 한계, 한숨, 함성, 행복, 행운, 향기, 허공, 현실, 확신, 휘파람, 흥미, 희망 …

창의력 사전

◇◇◇◇◇◇◇◇◇

줄기 …

㉑ ㅈ + ㅈ = 집착 (줄기 …)

· ㄱ + ㅈ = 거품 (줄기 …)

· ㄴ + ㅈ = 낭만 (줄기 …)

· ㄷ + ㅈ = 돌 (줄기 …)

· ㅁ + ㅈ = 멋 (줄기 …)

· ㅂ + ㅈ = 밝음 (줄기 …)

· ㅅ + ㅈ = 설마 (줄기 …)

· ㅇ + ㅈ = 안전 (줄기 …)

· ㅊ + ㅈ = 침묵 (줄기 …)

· ㅌ + ㅈ = 토론 (줄기 …)

- ㅍ + ㅈ = 포옹 (줄기 …)

- ㅎ + ㅈ = 향기 (줄기 …)

가뭄, 가을, 갈등, 갈증, 감동, 거짓말, 거품, 걱정, 겨울, 겸손, 계란, 계절, 고독, 고립, 고백, 구름, 권력, 권태, 그늘, 극락, 기다림, 기도, 기쁨, 기억력, 기적, 꽃, 꿈, 나무, 나이, 낙서, 낙원, 난리, 날씨, 낭만, 낮, 냄새, 노동, 노래, 노력, 노을, 뇌물, 느낌표, 늙음, 능력, 단점, 달빛, 도덕, 도박, 도전, 독립, 돌, 두통, 마음, 마침표, 만족, 망상, 매력, 멀미, 멋, 메아리, 모순, 모래, 무지개, 무효, 문장, 문제, 문학, 물결, 물고기, 물소리, 미련, 미신, 미움, 믿음, 밀물, 바람, 바람결, 바람 소리, 바보, 박수, 반성, 밝음, 밤, 방심, 방황, 배려, 배웅, 법, 변화, 별빛, 복수, 봄, 부자, 부작용, 부탁, 분노, 분수, 불신, 불안, 불운, 불쾌지수, 불편, 불평, 불행, 불효, 비관, 비극, 비밀, 빈곤, 빗소리, 사랑, 사망, 상식, 상징, 생각, 생명, 설마, 성장, 세뇌, 세월, 소나기, 소문, 소외, 소질, 속도, 손해, 수명, 스트레스, 슬럼프, 슬픔, 습관, 시간, 썰물, 아지랑이, 아침, 아픔, 악연, 안개, 안심, 안전, 안정, 알림, 압도, 애국, 약속, 약혼, 양심, 어둠, 여름, 여백, 여유, 연애, 열정, 영원,

예술, 예언, 오만, 외로움, 외면, 요약, 욕심, 우정, 우주, 운명,
운수, 울음, 웃음, 위기, 위로, 유행, 융합, 으름, 은퇴, 의견, 의무,
이별, 이승, 인기, 인내, 인생, 인연, 일류, 입사, 자랑, 자살, 자연,
자장가, 자화상, 잔소리, 잠, 장마, 장점, 재미, 절망, 젊음, 존경,
종교, 죄, 주름살, 증오, 지식, 지옥, 집착, 짜증, 짝사랑, 착각,
천국, 천재, 초대, 춤, 충고, 충분, 침묵, 카네이션, 칸나, 갈, 커피,
컵, 코, 코스모스, 코카나무, 코코아, 콜라비, 콩, 클로버, 타협,
탈선, 탈출, 토론, 파도, 파업, 편견, 평균, 평등, 평화, 포옹, 포용,
포위, 폭력, 하늘, 하품, 한계, 한숨, 함성, 행복, 행운, 향기, 허공,
현실, 확신, 휘파람, 흥미, 희망 …

체관부 …

예 ㅊ + ㅊ = **착각** (체관부 …)

· ㄱ + ㅊ = 걱정 (체관부 …)

· ㄴ + ㅊ = 낮 (체관부 …)

· ㄷ + ㅊ = 두통 (체관부 …)

· ㅁ + ㅊ = 메아리 (체관부 …)

· ㅂ + ㅊ = 밤 (체관부 …)

· ㅅ + ㅊ = 성장 (체관부 …)

· ㅇ + ㅊ = 안정 (체관부 …)

· ㅈ + ㅊ = 장마 (체관부 …)

· ㅌ + ㅊ = 타협 (체관부 …)

· ㅍ + ㅊ = 포위 (체관부 …)

· ㅎ + ㅊ = 허공 (체관부 …)

가뭄, 가을, 갈등, 갈증, 감동, 거짓말, 거품, 걱정, 겨울, 겸손,
계란, 계절, 고독, 고립, 고백, 구름, 권력, 권태, 그늘, 극락,
기다림, 기도, 기쁨, 기억력, 기적, 꽃, 꿈, 나무, 나이, 낙서, 낙원,
난리, 날씨, 낭만, 낮, 냄새, 노동, 노래, 노력, 노을, 뇌물, 느낌표,
늙음, 능력, 단점, 달빛, 도덕, 도박, 도전, 독립, 돌, 두통, 마음,
마침표, 만족, 망상, 매력, 멀미, 멋, 메아리, 모순, 모래, 무지개,
무효, 문장, 문제, 문학, 물결, 물고기, 물소리, 미련, 미신, 미움,
믿음, 밀물, 바람, 바람결, 바람 소리, 바보, 박수, 반성, 밝음, 밤,
방심, 방황, 배려, 배웅, 법, 변화, 별빛, 복수, 봄, 부자, 부작용,
부탁, 분노, 분수, 불신, 불안, 불운, 불쾌지수, 불편, 불평, 불행,
불효, 비관, 비극, 비밀, 빈곤, 빗소리, 사랑, 사망, 상식, 상징,
생각, 생명, 설마, 성장, 세뇌, 세월, 소나기, 소문, 소외, 소질,
속도, 손해, 수명, 스트레스, 슬럼프, 슬픔, 습관, 시간, 썰물,
아지랑이, 아침, 아픔, 악연, 안개, 안심, 안전, 안정, 알림, 압도,
애국, 약속, 약혼, 양심, 어둠, 여름, 여백, 여유, 연애, 열정, 영원,

예술, 예언, 오만, 외로움, 외면, 요약, 욕심, 우정, 우주, 운명,
운수, 울음, 웃음, 위기, 위로, 유행, 융합, 으름, 은퇴, 의견, 의무,
이별, 이승, 인기, 인내, 인생, 인연, 일류, 입사, 자랑, 자살, 자연,
자장가, 자화상, 잔소리, 잠, 장마, 장점, 재미, 절망, 젊음, 존경,
종교, 죄, 주름살, 증오, 지식, 지옥, 집착, 짜증, 짝사랑, 착각,
천국, 천재, 초대, 춤, 충고, 충분, 침묵, 카네이션, 칸나, 칼, 커피,
컵, 코, 코스모스, 코카나무, 코코아, 콜라비, 콩, 클로버, 타협,
탈선, 탈출, 토론, 파도, 파업, 편견, 평균, 평등, 평화, 포옹, 포용,
포위, 폭력, 하늘, 하품, 한계, 한숨, 함성, 행복, 행운, 향기, 허공,
현실, 확신, 휘파람, 흥미, 희망 …

ㅍ

㐅㐅㐅㐅㐅㐅㐅㐅㐅

표피 …

㈀ ㅍ + ㅍ = 파도 (표피 …)

· ㄱ + ㅍ = 겨울 (표피 …)

· ㄴ + ㅍ = 냄새 (표피 …)

· ㄷ + ㅍ = 단점 (표피 …)

· ㅁ + ㅍ = 모순 (표피 …)

· ㅂ + ㅍ = 방심 (표피 …)

· ㅅ + ㅍ = 세뇌 (표피 …)

· ㅇ + ㅍ = 알림 (표피 …)

· ㅈ + ㅍ = 장점 (표피 …)

· ㅊ + ㅍ = 착각 (표피 …)

• ㅌ + ㅍ = 탈선 (표피 …)

• ㅎ + ㅍ = 현실 (표피 …)

가뭄, 가을, 갈등, 갈증, 감동, 거짓말, 거품, 걱정, 겨울, 겸손,
계란, 계절, 고독, 고립, 고백, 구름, 권력, 권태, 그늘, 극락,
기다림, 기도, 기쁨, 기억력, 기적, 꽃, 꿈, 나무, 나이, 낙서, 낙원,
난리, 날씨, 낭만, 낮, 냄새, 노동, 노래, 노력, 노을, 뇌물, 느낌표,
늙음, 능력, 단점, 달빛, 도덕, 도박, 도전, 독립, 돌, 두통, 마음,
마침표, 만족, 망상, 매력, 멀미, 멋, 메아리, 모순, 모래, 무지개,
무효, 문장, 문제, 문학, 물결, 물고기, 물소리, 미련, 미신, 미움,
믿음, 밀물, 바람, 바람결, 바람 소리, 바보, 박수, 반성, 밝음, 밤,
방심, 방황, 배려, 배웅, 법, 변화, 별빛, 복수, 봄, 부자, 부작용,
부탁, 분노, 분수, 불신, 불안, 불운, 불쾌지수, 불편, 불평, 불행,
불효, 비관, 비극, 비밀, 빈곤, 빗소리, 사랑, 사망, 상식, 상징,
생각, 생명, 설마, 성장, 세뇌, 세월, 소나기, 소문, 소외, 소질,
속도, 손해, 수명, 스트레스, 슬럼프, 슬픔, 습관, 시간, 썰물,
아지랑이, 아침, 아픔, 악연, 안개, 안심, 안전, 안정, 알림, 압도,
애국, 약속, 약혼, 양심, 어둠, 여름, 여백, 여유, 연애, 열정, 영원,

예술, 예언, 오만, 외로움, 외면, 요약, 욕심, 우정, 우주, 운명,
운수, 울음, 웃음, 위기, 위로, 유행, 융합, 으름, 은퇴, 의견, 의무,
이별, 이승, 인기, 인내, 인생, 인연, 일류, 입사, 자랑, 자살, 자연,
자장가, 자화상, 잔소리, 잠, 장마, 장점, 재미, 절망, 젊음, 존경,
종교, 죄, 주름살, 증오, 지식, 지옥, 집착, 짜증, 짝사랑, 착각,
천국, 천재, 초대, 춤, 충고, 충분, 침묵, 카네이션, 칸나, 칼, 커피,
컵, 코, 코스모스, 코카나무, 코코아, 콜라비, 콩, 클로버, 타협,
탈선, 탈출, 토론, 파도, 파업, 편견, 평균, 평등, 평화, 포옹, 포용,
포위, 폭력, 하늘, 하품, 한계, 한숨, 함성, 행복, 행운, 향기, 허공,
현실, 확신, 휘파람, 흥미, 희망 …

향기 …

예 ㅎ + ㅎ = **행복** (향기 …)

· ㄱ + ㅎ = 겸손 (향기 …)

· ㄴ + ㅎ = 노동 (향기 …)

· ㄷ + ㅎ = 달빛 (향기 …)

· ㅁ + ㅎ = 모래 (향기 …)

· ㅂ + ㅎ = 방황 (향기 …)

· ㅅ + ㅎ = 세월 (향기 …)

· ㅇ + ㅎ = 압도 (향기 …)

· ㅈ + ㅎ = 재미 (향기 …)

· ㅊ + ㅎ = 천국 (향기 …)

- ㅌ + ㅎ = 탈출 (향기 …)

- ㅍ + ㅎ = 폭력 (향기 …)

가뭄, 가을, 갈등, 갈증, 감동, 거짓말, 거품, 걱정, 겨울, 겸손,

계란, 계절, 고독, 고립, 고백, 구름, 권력, 권태, 그늘, 극락,

기다림, 기도, 기쁨, 기억력, 기적, 꽃, 꿈, 나무, 나이, 낙서, 낙원,

난리, 날씨, 낭만, 낮, 냄새, 노동, 노래, 노력, 노을, 뇌물, 느낌표,

늙음, 능력, 단점, 달빛, 도덕, 도박, 도전, 독립, 돌, 두통, 마음,

마침표, 만족, 망상, 매력, 멀미, 멋, 메아리, 모순, 모래, 무지개,

무효, 문장, 문제, 문학, 물결, 물고기, 물소리, 미련, 미신, 미움,

믿음, 밀물, 바람, 바람결, 바람 소리, 바보, 박수, 반성, 밝음, 밤,

방심, 방황, 배려, 배웅, 법, 변화, 별빛, 복수, 봄, 부자, 부작용,

부탁, 분노, 분수, 불신, 불안, 불운, 불쾌지수, 불편, 불평, 불행,

불효, 비관, 비극, 비밀, 빈곤, 빗소리, 사랑, 사망, 상식, 상징,

생각, 생명, 설마, 성장, 세뇌, 세월, 소나기, 소문, 소외, 소질,

속도, 손해, 수명, 스트레스, 슬럼프, 슬픔, 습관, 시간, 썰물,

아지랑이, 아침, 아픔, 악연, 안개, 안심, 안전, 안정, 알림, 압도,

애국, 약속, 약혼, 양심, 어둠, 여름, 여백, 여유, 연애, 열정, 영원,

예술, 예언, 오만, 외로움, 외면, 요약, 욕심, 우정, 우주, 운명, 운수, 울음, 웃음, 위기, 위로, 유행, 융합, 으름, 은퇴, 의견, 의무, 이별, 이승, 인기, 인내, 인생, 인연, 일류, 입사, 자랑, 자살, 자연, 자장가, 자화상, 잔소리, 잠, 장마, 장점, 재미, 절망, 젊음, 존경, 종교, 죄, 주름살, 증오, 지식, 지옥, 집착, 짜증, 짝사랑, 착각, 천국, 천재, 초대, 춤, 충고, 충분, 침묵, 카네이션, 칸나, 칼, 커피, 컵, 코, 코스모스, 코카나무, 코코아, 콜라비, 콩, 클로버, 타협, 탈선, 탈출, 토론, 파도, 파업, 편견, 평균, 평등, 평화, 포옹, 포용, 포위, 폭력, 하늘, 하품, 한계, 한숨, 함성, 행복, 행운, 향기, 허공, 현실, 확신, 휘파람, 흥미, 희망 …

제5부
의성어 · 의태어

ㄱ

가글가글한, 가늠가늠한, 가담가담한, 가랑가랑한,

가뭇가뭇한, 가불가불한, 가상가상한, 가솔가솔한,

가솜가솜한, 가슬가슬한, 가실가실한, 가영가영한,

가울가울한, 간달간달한, 간당간당한, 간들간들한,

간질간질한, 갈근갈근한, 갈등갈등한, 갈랑갈랑한,

강실강실한, 강울강울한, 강중강중한, 개굴개굴한,

개살개살한, 갸웃갸웃한, 거담거담한, 거들거들한,

거람거람한, 거랑거랑한, 거름거름한, 거릉거릉한,

거물거물한, 거뭇거뭇한, 거울거울한, 거절거절한,

거칠거칠한, 건들건들한 건질건질한, 걸렁걸렁한,

걸쭉걸쭉한, 경중경중한, 고굴고굴한, 고글고글한,

고니고니한, 고담고담한, 고당고당한, 고들고들한,

고등고등한, 고람고람한, 고랑고랑한, 고래고래한,

고리고리한, 고링고링한, 고물고물한, 고분고분한,

고불고불한, 고슬고슬한, 고승고승한, 고신고신한,

고실고실한, 고심고심한, 고운고운한, 고울고울한,

고질고질한, 곤들곤들한, 곤지곤지한, 골방골방한,

곰실곰실한, 곱슬곱슬한, 곱신곱신한, 구글구글한,

구깃구깃한, 구들구들한, 구랑구랑한, 구링구렁한,

구룩구룩한, 구룽구룽한, 구른구른한, 구릉구릉한,

구리구리한, 구리구릿한, 구물구물한, 구불구불한,

구성구성한, 구슬구슬한, 구실구실한, 구질구질한,

굴럭굴럭한 굴렁굴렁한, 굵직굵직한, 굼실굼실한

굽슬굽슬한, 굽신굽신한, 굽실굽실한, 귀뚤귀뚤한,

그득그득한, 그렁그렁한, 근질근질한, 글썽글썽한,

기담기담한, 기룩기룩한, 기웃기웃한, 길쭉길쭉한,

까끌까끌한, 까들까들한, 까딱까딱한, 까랑까랑한,

까룽까룽한, 까망까망한, 까물까물한, 까뭇까뭇한,

까불까불한, 까슬까슬한, 까실까실한, 까옥까옥한,

까울까울한, 까칠까칠한, 깍둑깍둑한, 깐들깐들한,

깐죽깐죽한, 깔딱깔딱한, 깔작깔작한, 깔죽깔죽한,

깔쭉깔쭉한, 깜냥깜냥한, 깜빡깜빡한, 깡충깡충한,

깨갱깨갱한, 꺼끌꺼끌한, 꺼떡꺼떡한, 꺼뭇꺼뭇한,

꺼벙꺼벙한, 꺼칠꺼칠한, 껄떡껄떡한, 껄적껄적한,

껄쭉껄쭉한, 껌벅껌벅한, 껍죽껍죽한, 껑충껑충한,

꼬깃꼬깃한, 꼬들꼬들한, 꼬랑꼬랑한, 꼬롱꼬롱한,

꼬륵꼬륵한, 꼬릉꼬릉한, 꼬리꼬리한, 꼬막꼬막한,

꼬망꼬망한, 꼬물꼬물한, 꼬방꼬방한, 꼬불꼬불한,

꼬실꼬실한, 꼬장꼬장한, 꼬질꼬질한, 꼰들꼰들한,

꼴깍꼴깍한, 꼴딱꼴딱한, 꼴랑꼴랑한, 꼴망꼴망한,

꼴방꼴방한, 꼼방꼼방한, 꼼실꼼실한, 꼽슬꼽슬한,

꽁냥꽁냥한, 꾀꼴꾀꼴한, 꾸굴꾸굴한, 꾸글꾸글한,

꾸깃꾸깃한, 꾸덕꾸덕한, 꾸들꾸들한, 꾸럭꾸럭한,

꾸룩꾸룩한, 꾸륵꾸륵한, 꾸릉꾸릉한, 꾸리꾸리한,

꾸물꾸물한, 꾸벅꾸벅한, 꾸불꾸불한, 꾸역꾸역한,

꾸질꾸질한, 꾼들꾼들한, 꿀꺽꿀꺽한, 꿀떡꿀떡한,

꿀렁꿀렁한, 꿈벅꿈벅한, 꿈틀꿈틀한, 꿩알꿩알한,

끄덕끄덕한, 끄적끄적한, 끈적끈적한, 끼룩끼룩한,

끼륵끼륵한 …

예 ㄱ + ㄱ = 가글가글한 (가격, 가곡, 가난 …)

- ㄱ + ㄴ = 가늠가늠한 (나눔, 날씨, 날짜, 남루 …)

- ㄱ + ㄷ = 가담가담한 (다림질, 단수, 단지, 단추 …)

- ㄱ + ㅁ = 가랑가랑한 (마음, 마중, 말씨, 명예 …)

- ㄱ + ㅂ = 가뭇가뭇한 (바람, 바람결, 바램, 반가움 …)

- ㄱ + ㅅ = 가불가불한 (사물, 사상, 사색, 사선 …)

- ㄱ + ㅇ = 가상가상한 (아침, 아픔, 안개, 애도 …)

- ㄱ + ㅈ = 가솔가솔한 (자살, 자연, 장담, 재회 …)

- ㄱ + ㅊ = 가솜가솜한 (차례, 차이, 찬스, 초롱 …)

- ㄱ + ㅋ = 가슬가슬한 (카드, 카라, 카멜레온냄새, 칼륨 …)

- ㄱ + ㅌ = 가실가실한 (타령, 타악기, 타인, 타협 …)

- ㄱ + ㅍ = 가영가영한 (파, 파격, 파괴, 파도 …)

- ㄱ + ㅎ = 가울가울한 (하늘, 하루, 하루살이, 하모니카 …)

가격, 가곡, 가난, 가락, 가품, 가을, 각오, 각주, 간섭, 간증, 갈등,
감동, 감사, 강물, 거짓말, 걱정, 걸음, 겨울, 결심, 겸손, 경계,
경고, 경구, 경쟁, 경험, 계절, 계획, 고뇌, 고독, 고립, 고민, 고백,
골목, 공간, 공상, 구름, 그리움, 그림자, 기별, 기부, 기분, 기쁨,

기억, 기후, 긴장, 길목, 꿈, 나눔, 날씨, 날짜, 남루, 낭만, 낭비,
낮잠, 냄새, 노을, 녹음, 논쟁, 농담, 눈물, 눈빛, 눈웃음, 눈치,
능선, 다림질, 단수, 단지, 단추, 달, 달맞이꽃, 달빛, 닻, 닻나비,
대나무, 대화, 댕기, 덩굴손, 도라지꽃, 도망, 도시, 도전, 도토리,
독살, 독수리, 독자, 독주, 돈, 돌, 돌격, 돌기, 다람쥐, 돌직구,
돌파, 동굴, 동그라미, 동무, 동물, 동백꽃, 동사, 동심, 동요, 동작,
동전, 동정, 동지, 동파, 돛, 돼지, 두레박, 두목, 두부, 딸, 딸기,
땅, 땡삐, 똥, 뜀박질, 뜰, 마음, 마중, 말씨, 명예, 모정, 목소리,
목숨, 몰락, 몸짓, 문양, 문자, 문장, 물결, 미담, 미련, 미로, 미모,
미움, 미행, 믿음, 바람, 바람결, 바램, 반가움, 발음, 발표, 발행,
발효, 발휘, 밝음, 밤, 방목, 방문, 배려, 배반, 배움, 배웅, 벗,
변명, 별명, 별빛, 보폭, 보행, 복종, 불경, 불쾌지수, 불행, 붓질,
비명, 비밀, 비방, 빗소리, 사물, 사상, 사색, 사선, 사연, 사이,
사지, 사춘기, 산란기, 산맥, 산문, 삶, 상상력, 상처, 새소리,
생, 생각, 세월, 소름, 소리, 소, 손짓, 수모, 숙성, 숨소리, 숫자,
슬픔, 시간, 시련, 신세, 실망, 심기, 쓸모, 아침, 아픔, 안개, 애도,
애정, 약속, 양육, 어둠, 언어, 여름, 여백, 연금술, 열매, 예언,
오류, 온기, 온도, 열정, 욕망, 우울, 우정, 울음소리, 웃음, 위독,
유배, 유산, 유언, 윤슬, 이랑, 인연, 입김, 자살, 자연, 장담, 재회,

전망, 전언, 절망, 절명, 정열, 제압, 조립, 조망, 종자, 주름, 죽음,
지저귐, 지혜, 직감, 진맥, 진실, 짜증, 차례, 차이, 찬스, 초롱,
촛불, 최고, 추억, 추월, 출근, 출발, 출생, 출세, 충고, 충전, 취미,
친구, 침, 침대, 침묵, 칭찬, 청탁, 춤, 카드, 카라, 카멜레온냄새,
칼륨, 커피익는소리, 코끼리방귀, 코끼리울음, 콧물냄새, 콧털,
콩향기, 크는소리, 키소리, 키움, 카네이션, 칸나, 길, 커피, 컵, 코,
코스모스, 코카나무, 코코아, 콜라비, 콩, 클로버, 키, 키위, 타령,
타악기, 타인, 타협, 탁구, 탈선, 탈수, 탈영, 탈옥, 탈출, 탑, 태아,
태엽, 태클, 택시, 탱크, 터널, 턱걸이, 토론, 토지, 통, 투표, 특종,
틀니, 티끌, 팀, 파, 파격, 파괴, 파도, 파란, 파리, 파문, 파산, 파업,
파지, 파직, 판소리, 패, 패기, 패자부활전, 팽이, 펭귄, 편, 편견,
편지, 포기, 포섭, 포옹, 포용, 하늘, 하루, 하루살이, 하모니카,
하수, 하품, 학교, 학생, 학연, 한계, 한밤, 한숨, 함박꽃, 함박눈,
함성, 함수, 항해, 해독, 해안선, 행동, 행복, 허공, 허리, 허수아비,
헛소리, 헹가래, 혀, 혁명, 현실, 호수, 홈런, 화석, 화장, 확신,
확장, 환생, 활, 회초리, 효도, 후회, 훈수, 휘파람, 휴식, 휴유증,
휴일, 흉내, 흔적, 희망, 힘 …

나글나글한, 나긋나긋한, 나들나들한, 나란나란한,

나람나람한, 나랑나랑한, 나른나른한, 나박나박한,

나방나방한, 나불나불한, 나붕나붕한, 나울나울한,

나직나작한, 나푼나푼한, 난들난들한, 날람날람한,

날방날방한, 날콩날콩한, 남실남실한, 납죽납죽한,

낭들낭들한, 낭불낭불한, 낭울낭울한, 너글너글한,

너덜너덜한, 너들너들한, 너랑너랑한, 너른너른한,

너불너불한, 너울너울한, 너풀너풀한, 넌들넌들한,

널찍널찍한, 넘실넘실한, 넙죽넙죽한, 노닥노닥한,

노들노들한, 노랑노랑한, 노른노른한, 노릇노릇한,

노불노불한, 노울노울한, 논들논들한, 누덕누덕한,

누들누들한, 누불누불한, 누울누울한, 눈들눈들한,

뉘엇뉘엇한, 느글느글한, 느릿느릿한, 느물느물한,

능글능글한, 니글니글한, 니들니들한, 니랑니랑한,

닝글닝글한 …

예 ㄴ + ㄴ = **나울나울한** (날씨, 낭만, 낭비, 낮잠 …)

· ㄴ + ㄱ = **나글나글한** (가락, 가뭄, 가을, 각오 …)

· ㄴ + ㄷ = **나굿나굿한** (달, 달맞이꽃, 달빛, 닻 …)

· ㄴ + ㅁ = **나들나들한** (모정, 목소리, 목숨, 몰락 …)

· ㄴ + ㅂ = **나란나란한** (발음, 발표, 발행, 발효 …)

· ㄴ + ㅅ = **나람나람한** (사연, 사이, 사지, 사춘기 …)

· ㄴ + ㅇ = **나랑나랑한** (애정, 약속, 양육, 어둠 …)

· ㄴ + ㅈ = **나박나박한** (전망, 전언, 절망, 절명 …)

· ㄴ + ㅊ = **나방나방한** (촛불, 최고, 추억, 추월 …)

· ㄴ + ㅋ = **나불나불한** (커피익는소리, 코끼리방귀, 코끼리울음, 콧물냄새 …)

· ㄴ + ㅌ = **나붕나붕한** (탁구, 탈선, 탈수, 탈영 …)

· ㄴ + ㅍ = **나울나울한** (파란, 파리, 파문, 파산 …)

· ㄴ + ㅎ = **나직나직한** (하수, 하품, 학교, 학생 …)

가격, 가곡, 가난, 가락, 가뭄, 가을, 각오, 각주, 간섭, 간증, 갈등,
감동, 감사, 강물, 거짓말, 걱정, 걸음, 겨울, 결심, 겸손, 경계,
경고, 경구, 경쟁, 경험, 계절, 계획, 고뇌, 고독, 고립, 고민, 고백,
골목, 공간, 공상, 구름, 그리움, 그림자, 기별, 기부, 기분, 기쁨,
기억, 기후, 긴장, 길목, 꿈, 나눔, 날씨, 날짜, 남루, 낭만, 낭비,
낮잠, 냄새, 노을, 녹음, 논쟁, 농담, 눈물, 눈빛, 눈웃음, 눈치,
능선, 다림질, 단수, 단지, 단추, 달, 달맞이꽃, 달빛, 닻, 닻나비,
대나무, 대화, 댕기, 덩굴손, 도라지꽃, 도망, 도시, 도전, 도토리,
독살, 독수리, 독자, 독주, 돈, 돌, 돌격, 돌기, 다람쥐, 돌직구,
돌파, 동굴, 동그라미, 동무, 동물, 동백꽃, 동사, 동심, 동요, 동작,
동전, 동정, 동지, 동파, 돛, 돼지, 두레박, 두목, 두부, 딸, 딸기,
땅, 땡삐, 똥, 뜀박질, 뜰, 마음, 마중, 말씨, 명예, 모정, 목소리,
목숨, 몰락, 몸짓, 문양, 문자, 문장, 물결, 미담, 미련, 미로, 미모,
미움, 미행, 믿음, 바람, 바람결, 바램, 반가움, 발음, 발표, 발행,
발효, 발휘, 밝음, 밤, 방목, 방문, 배려, 배반, 배움, 배웅, 벗,
변명, 별명, 별빛, 보폭, 보행, 복종, 불경, 불쾌지수, 불행, 붓질,
비명, 비밀, 비방, 빗소리, 사물, 사상, 사색, 사선, 사연, 사이,
사지, 사춘기, 산란기, 산맥, 산문, 삶, 상상력, 상처, 새소리,
생, 생각, 세월, 소름, 소리, 소, 손짓, 수모, 숙성, 숨소리, 숫자,

슬픔, 시간, 시련, 신세, 실망, 심기, 쓸모, 아침, 아픔, 안개, 애도,
애정, 약속, 양육, 어둠, 언어, 여름, 여백, 연금술, 열매, 예언,
오류, 온기, 온도, 열정, 욕망, 우울, 우정, 울음소리, 웃음, 위독,
유배, 유산, 유언, 윤슬, 이랑, 인연, 입김, 자살, 자연, 장담, 재회,
전망, 전언, 절망, 절명, 정열, 제압, 조립, 조망, 종자, 주름, 죽음,
지저귐, 지혜, 직감, 진맥, 진실, 짜증, 차례, 차이, 찬스, 초롱,
촛불, 최고, 추억, 추월, 출근, 출발, 출생, 출세, 충고, 충전, 취미,
친구, 침, 침대, 침묵, 칭찬, 청탁, 춤, 카드, 카라, 카멜레온냄새,
칼륨, 커피익는소리, 코끼리방귀, 코끼리울음, 콧물냄새, 콧털,
콩향기, 크는소리, 키소리, 키움, 카네이션, 칸나, 칼, 커피, 컵, 코,
코스모스, 코카나무, 코코아, 콜라비, 콩, 클로버, 키, 키위, 타령,
타악기, 타인, 타협, 탁구, 탈선, 탈수, 탈영, 탈옥, 탈출, 탑, 태아,
태엽, 태클, 택시, 탱크, 터널, 턱걸이, 토론, 토지, 통, 투표, 특종,
틀니, 티끌, 팀, 파, 파격, 파괴, 파도, 파란, 파리, 파문, 파산, 파업,
파지, 파직, 판소리, 패, 패기, 패자부활전, 팽이, 펭귄, 편, 편견,
편지, 포기, 포섭, 포옹, 포용, 하늘, 하루, 하루살이, 하모니카,
하수, 하품, 학교, 학생, 학연, 한계, 한밤, 한숨, 함박꽃, 함박눈,
함성, 함수, 항해, 해독, 해안선, 행동, 행복, 허공, 허리, 허수아비,
헛소리, 헹가래, 혀, 혁명, 현실, 호수, 홈런, 화석, 화장, 확신,

확장, 환생, 활, 회초리, 효도, 후회, 훈수, 휘파람, 휴식, 휴유증, 휴일, 흉내, 흔적, 희망, 힘 …

다굴다굴한, 다늘다늘한, 다닥다닥한, 다독다독한,

다람다람한, 다랑다랑한, 다롱다롱한, 다룩다룩한,

다문다문한, 다물다물한, 다분다분한, 다불다불한,

다산다산한, 다살다살한, 다솜다솜한, 다올다올한,

닥살닥살한, 닥실닥실한, 달강달강한, 달랑달랑한,

달록달록한, 달방달방한, 달북달북한, 달분달분한,

달불달불한, 달붕달붕한, 달솔달솔한, 달송달송한,

달실달실한, 달싹달싹한, 달캉달캉한, 달콩달콩한,

달큰달큰한, 담뿍담뿍한, 담상담상한, 당굴당굴한,

당글당글한, 당실당실한, 당울당울한, 대굴대굴한,

대롱대롱한, 대면대면한, 댕강댕강한, 더덕더덕한,

더듬더듬한, 더벅더벅한, 더울더울한, 덕지덕지한,

덜렁덜렁한, 덜룩덜룩한, 덜벙덜벙한, 덜컥더컥한,

덜컹덜컹한, 덥석덥석한, 덩굴덩굴한, 덩글덩글한,

덩실덩실한, 덩울덩울한, 데굴데굴한, 데궁데궁한,

도닥도닥한, 도담도담한, 도들도들한, 도란도란한,

도람도람한, 도롱도롱한, 도룩도룩한, 도솔도솔한,

도순도순한, 도실도실한, 도울도울한, 돌레돌레한,

돌망돌망한, 돌쿵돌쿵한, 동굴동굴한, 동실동실한,

두근두근한, 두덕두덕한, 두둥두둥한, 두래두래한,

두룩두룩한, 두리두리한, 두엄두엄한, 두툴두툴한,

둥개둥개한, 둥굴둥굴한, 뒤뚱뒤뚱한, 드롱드롱한,

드문드문한, 듬성듬성한, 디굴디굴한, 디룩디룩한,

디올디올한, 띠룩띠룩한, 따릉따릉한, 따옥따옥한,

딸꾹딸꾹한, 딸랑딸랑한, 땅글땅글한, 땅실땅실한,

땡글땡글한, 또각또각한, 또랑또랑한, 또록또록한,

또롱또롱한, 또박또박한, 똑딱똑딱한, 똘망똘망한,

똘방똘방한, 똥글똥글한, 뚜룩뚜룩한, 뚜리뚜리한,

뚜벅뚜벅한, 뚜우뚜우한, 뚝딱뚝딱한, 띄엄띄엄한,

띠룩띠룩한 …

예 ㄷ + ㄷ = **달강달강한** (달빛, 닻, 닻나비, 대나무 …)

- ㄷ + ㄱ = **다굴다굴한** (각주, 간섭, 간증, 갈등 …)

- ㄷ + ㄴ = **다늘다늘한** (냄새, 노을, 녹음, 논쟁 …)

- ㄷ + ㅁ = **다닥다닥한** (몸짓, 문양, 문자, 문장 …)

- ㄷ + ㅂ = **다독다독한** (발휘, 밝음, 밤, 방목 …)

- ㄷ + ㅅ = **다림다림힌** (산란기, 산맥, 산문, 삶 …)

- ㄷ + ㅇ = **다랑다랑한** (언어, 여름, 여백, 연금술 …)

- ㄷ + ㅈ = **다롱다롱한** (정열, 제압, 조립, 조망 …)

- ㄷ + ㅊ = **다룩다룩한** (출근, 출발, 출생, 출세 …)

- ㄷ + ㅋ = **다문다문한** (콧털, 콩향기, 크는소리, 키소리 …)

- ㄷ + ㅌ = **다물다물한** (탈옥, 탈출, 탑, 태아 …)

- ㄷ + ㅍ = **다분다분한** (파업, 파지, 파직, 판소리 …)

- ㄷ + ㅎ = **다불다불한** (학연, 한계, 한밤, 한숨 …)

가격, 가곡, 가난, 가락, 가뭄, 가을, 각오, 각주, 간섭, 간증, 갈등,

감동, 감사, 강물, 거짓말, 걱정, 걸음, 겨울, 결심, 겸손, 경계,

경고, 경구, 경쟁, 경험, 계절, 계획, 고뇌, 고독, 고립, 고민, 고백,

골목, 공간, 공상, 구름, 그리움, 그림자, 기별, 기부, 기분, 기쁨,

기억, 기후, 긴장, 길목, 꿈, 나눔, 날씨, 날짜, 남루, 낭만, 낭비,
낮잠, 냄새, 노을, 녹음, 논쟁, 농담, 눈물, 눈빛, 눈웃음, 눈치,
능선, 다림질, 단수, 단지, 단추, 달, 달맞이꽃, 달빛, 닻, 닻나비,
대나무, 대화, 댕기, 덩굴손, 도라지꽃, 도망, 도시, 도전, 도토리,
독살, 독수리, 독자, 독주, 돈, 돌, 돌격, 돌기, 다람쥐, 돌직구,
돌파, 동굴, 동그라미, 동무, 동물, 동백꽃, 동사, 동심, 동요, 동작,
동전, 동정, 동지, 동파, 돛, 돼지, 두레박, 두목, 두부, 딸, 딸기,
땅, 땡삐, 똥, 뜀박질, 뜰, 마음, 마중, 말씨, 명예, 모정, 목소리,
목숨, 몰락, 몸짓, 문양, 문자, 문장, 물결, 미담, 미련, 미로, 미모,
미움, 미행, 믿음, 바람, 바람결, 바램, 반가움, 발음, 발표, 발행,
발효, 발휘, 밝음, 밤, 방목, 방문, 배려, 배반, 배움, 배웅, 벗,
변명, 별명, 별빛, 보폭, 보행, 복종, 불경, 불쾌지수, 불행, 붓질,
비명, 비밀, 비방, 빗소리, 사물, 사상, 사색, 사선, 사연, 사이,
사지, 사춘기, 산란기, 산맥, 산문, 삶, 상상력, 상처, 새소리,
생, 생각, 세월, 소름, 소리, 소, 손짓, 수모, 숙성, 숨소리, 숫자,
슬픔, 시간, 시련, 신세, 실망, 심기, 쓸모, 아침, 아픔, 안개, 애도,
애정, 약속, 양육, 어둠, 언어, 여름, 여백, 연금술, 열매, 예언,
오류, 온기, 온도, 열정, 욕망, 우울, 우정, 울음소리, 웃음, 위독,
유배, 유산, 유언, 윤슬, 이랑, 인연, 입김, 자살, 자연, 장담, 재회,

전망, 전언, 절망, 절명, 정열, 제압, 조립, 조망, 종자, 주름, 죽음,

지저귐, 지혜, 직감, 진맥, 진실, 짜증, 차례, 차이, 찬스, 초롱,

촛불, 최고, 추억, 추월, 출근, 출발, 출생, 출세, 충고, 충전, 취미,

친구, 침, 침대, 침묵, 칭찬, 청탁, 춤, 카드, 카라, 카멜레온냄새,

칼륨, 커피익는소리, 코끼리방귀, 코끼리울음, 콧물냄새, 콧털,

콩향기, 크는소리, 키소리, 키움, 카네이션, 칸나, 칼, 커피, 컵, 코,

코스모스, 코카나무, 코코아, 콜라비, 콩, 클로버, 키, 키위, 타령,

타악기, 타인, 타협, 탁구, 탈선, 탈수, 탈영, 탈옥, 탈출, 탑, 태아,

태엽, 태클, 택시, 탱크, 터널, 턱걸이, 토론, 토지, 통, 투표, 특종,

틀니, 티끌, 팀, 파, 파격, 파괴, 파도, 파란, 파리, 파문, 파산, 파업,

파지, 파직, 판소리, 패, 패기, 패자부활전, 팽이, 펭귄, 편, 편견,

편지, 포기, 포섭, 포옹, 포용, 하늘, 하루, 하루살이, 하모니카,

하수, 하품, 학교, 학생, 학연, 한계, 한밤, 한숨, 함박꽃, 함박눈,

함성, 함수, 항해, 해독, 해안선, 행동, 행복, 허공, 허리, 허수아비,

헛소리, 헹가래, 혀, 혁명, 현실, 호수, 홈런, 화석, 화장, 확신,

확장, 환생, 활, 회초리, 효도, 후회, 훈수, 휘파람, 휴식, 휴유증,

휴일, 흉내, 흔적, 희망, 힘 …

ㄹ

라글라글한, 라들라들한, 라실라실한, 라울라울한,

랑우랑우한, 러울러울한, 로망로망한, 로얄로얄한,

로울로울한, 롱달롱달한, 르망르망한, 리글리글한,

리얼리얼한, 리울리울한, 링글링글한 …

🄔 **ㄹ + ㄹ = 라들라들한** (로맨스, 라면, 라사, 라일락 …)

· ㄹ + ㄱ = 라글라글한 (감동, 감사, 강물, 거짓말 …)

· ㄹ + ㄴ = 라들라들한 (농담, 눈물, 눈빛, 눈웃음 …)

· ㄹ + ㄷ = 라실라실한 (대화, 댕기, 덩굴손, 도라지꽃 …)

· ㄹ + ㅁ = 라울라울한 (물결, 미담, 미련, 미로 …)

· ㄹ + ㅂ = 랑우랑우한 (방문, 배려, 배반, 배움 …)

· ㄹ + ㅅ = 러울러울한 (상상력, 상처, 새소리, 생 …)

・ㄹ + ㅁ = 로망로망한 (열매, 예언, 오류, 온기 …)

・ㄹ + ㅈ = 로얄로얄한 (종자, 주름, 죽음, 지저귐 …)

・ㄹ + ㅊ = 로울로울한 (충고, 충전, 취미, 친구 …)

・ㄹ + ㅋ = 롱달롱달한 (키움, 카네이션, 칸나, 칼 …)

・ㄹ + ㅌ = 르망르망한 (태엽, 태클, 택시, 탱크 …)

・ㄹ + ㅍ = 리글리글한 (패, 패기, 패자부활전, 펭귄 …)

・ㄹ + ㅎ = 리얼리얼한 (함박꽃, 함박눈, 함성, 함수 …)

가격, 가곡, 가난, 가락, 가뭄, 가을, 각오, 각주, 간섭, 간증, 갈등,
감동, 감사, 강물, 거짓말, 걱정, 걸음, 겨울, 결심, 겸손, 경계,
경고, 경구, 경쟁, 경험, 계절, 계획, 고뇌, 고독, 고립, 고민, 고백,
골목, 공간, 공상, 구름, 그리움, 그림자, 기별, 기부, 기분, 기쁨,
기억, 기후, 긴장, 길목, 꿈, 나눔, 날씨, 날짜, 남루, 낭만, 낭비,
낮잠, 냄새, 노을, 녹음, 논쟁, 농담, 눈물, 눈빛, 눈웃음, 눈치,
능선, 다림질, 단수, 단지, 단추, 달, 달맞이꽃, 달빛, 닻, 닻나비,
대나무, 대화, 댕기, 덩굴손, 도라지꽃, 도망, 도시, 도전, 도토리,
독살, 독수리, 독자, 독주, 돈, 돌, 돌격, 돌기, 다람쥐, 돌직구,
돌파, 동굴, 동그라미, 동무, 동물, 동백꽃, 동사, 동심, 동요, 동작,

동전, 동정, 동지, 동파, 돛, 돼지, 두레박, 두목, 두부, 딸, 딸기, 땅, 땡삐, 똥, 뜀박질, 뜰, 마음, 마중, 말씨, 명예, 모정, 목소리, 목숨, 몰락, 몸짓, 문양, 문자, 문장, 물결, 미담, 미련, 미로, 미모, 미움, 미행, 믿음, 바람, 바람결, 바램, 반가움, 발음, 발표, 발행, 발효, 발휘, 밝음, 밤, 방목, 방문, 배려, 배반, 배움, 배웅, 벗, 변명, 별명, 별빛, 보폭, 보행, 복종, 불경, 불쾌지수, 불행, 붓질, 비명, 비밀, 비방, 빗소리, 사물, 사상, 사색, 사선, 사연, 사이, 사지, 사춘기, 산란기, 산맥, 산문, 삶, 상상력, 상처, 새소리, 생, 생각, 세월, 소름, 소리, 소, 손짓, 수모, 숙성, 숨소리, 숫자, 슬픔, 시간, 시련, 신세, 실망, 심기, 쓸모, 아침, 아픔, 안개, 애도, 애정, 약속, 양육, 어둠, 언어, 여름, 여백, 연금술, 열매, 예언, 오류, 온기, 온도, 열정, 욕망, 우울, 우정, 울음소리, 웃음, 위독, 유배, 유산, 유언, 윤슬, 이랑, 인연, 입김, 자살, 자연, 장담, 재회, 전망, 전언, 절망, 절명, 정열, 제압, 조립, 조망, 종자, 주름, 죽음, 지저귐, 지혜, 직감, 진맥, 진실, 짜증, 차례, 차이, 찬스, 초롱, 촛불, 최고, 추억, 추월, 출근, 출발, 출생, 출세, 충고, 충전, 취미, 친구, 침, 침대, 침묵, 칭찬, 청탁, 춤, 카드, 카라, 카멜레온냄새, 칼륨, 커피익는소리, 코끼리방귀, 코끼리울음, 콧물냄새, 콧털, 콩향기, 크는소리, 키소리, 키움, 카네이션, 칸나, 칼, 커피, 컵, 코,

코스모스, 코카나무, 코코아, 콜라비, 콩, 클로버, 키, 키위, 타령, 타악기, 타인, 타협, 탁구, 탈선, 탈수, 탈영, 탈옥, 탈출, 탑, 태아, 태엽, 태클, 택시, 탱크, 터널, 턱걸이, 토론, 토지, 통, 투표, 특종, 틀니, 티끌, 팀, 파, 파격, 파괴, 파도, 파란, 파리, 파문, 파산, 파업, 파지, 파직, 판소리, 패, 패기, 패자부활전, 팽이, 펭귄, 편, 편견, 편지, 포기, 포섭, 포옹, 포용, 하늘, 하루, 하루살이, 히모니카, 하수, 하품, 학교, 학생, 학연, 한계, 한밤, 한숨, 함박꽃, 함박눈, 함성, 함수, 항해, 해독, 해안선, 행동, 행복, 허공, 허리, 허수아비, 헛소리, 헹가래, 혀, 혁명, 현실, 호수, 홈런, 화석, 화장, 확신, 확장, 환생, 활, 회초리, 효도, 후회, 훈수, 휘파람, 휴식, 휴유증, 휴일, 흉내, 흔적, 희망, 힘 …

마늘마늘한, 마담마담한, 마들마들한, 만들만들한,

만질만질한, 말강말강한, 말똥말똥한, 말랑말랑한,

말캉말캉한, 망글망글한, 망울망울한, 매끈매끈한,

매롱매롱한, 맨들맨들한, 맨솔맨솔한, 맨숭맨숭한,

맨질맨질한, 맹글맹글한, 머들머들한, 머뭇머뭇한,

멀뚱멀뚱한, 멀쑥멀쑥한, 멈칫멈칫한, 명울명울한,

메롱메롱한, 모락모락한, 모롱모롱한, 모슬모슬한,

몰강몰강한, 몰랑몰랑한, 몰캉몰캉한, 몽글몽글한,

몽슬몽슬한, 몽실몽실한, 몽울몽울한, 무량무량한,

무시무시한, 묵직묵직한, 물강물강한, 물렁물렁한,

물신물신한, 물씬물씬한, 물컹물컹한, 뭉게뭉게한,

뭉글뭉글한, 뭉실뭉실한, 미끈미끈한, 미끌미끌한,

미담미담한, 미르미르한, 미실미실한, 미적미적한,

민둥민둥한, 민들민들한, 민질민질한, 밍글밍글한 …

예 ㅁ + ㅁ = **몰랑몰랑한** (목소리, 미모, 미움, 미행 …)

· ㅁ + ㄱ = 마늘마늘한 (걱정, 걸음, 겨울, 결심 …)

· ㅁ + ㄴ = 마담마담한 (눈치, 능선, 나눔, 날씨 …)

· ㅁ + ㄷ = 마들마들한 (도망, 도시, 도전, 도토리 …)

· ㅁ + ㅂ = 만들만들한 (배웅, 벗, 변명, 별명 …)

· ㅁ + ㅅ = 만질만질한 (생각, 세월, 소름, 소리 …)

· ㅁ + ㅇ = 말강말강한 (온도, 열정, 욕망, 우울 …)

· ㅁ + ㅈ = 망글망글한 (지혜, 직감, 진맥, 진실 …)

· ㅁ + ㅊ = 망울망울한 (침, 침대, 침묵, 칭찬 …)

· ㅁ + ㅋ = 매끈매끈한 (커피, 컵, 코, 코스모스 …)

· ㅁ + ㅌ = 매롱매롱한 (터널, 턱걸이, 토론, 토지 …)

· ㅁ + ㅍ = 맨들맨들한 (편, 편견, 편지, 포기 …)

· ㅁ + ㅎ = 맨솔맨솔한 (항해, 해독, 해안선, 행동 …)

가격, 가곡, 가난, 가락, 가뭄, 가을, 각오, 각주, 간섭, 간증, 갈등,
감동, 감사, 강물, 거짓말, 걱정, 걸음, 겨울, 결심, 겸손, 경계,
경고, 경구, 경쟁, 경험, 계절, 계획, 고뇌, 고독, 고립, 고민, 고백,
골목, 공간, 공상, 구름, 그리움, 그림자, 기별, 기부, 기분, 기쁨,
기억, 기후, 긴장, 길목, 꿈, 나눔, 날씨, 날짜, 남루, 낭만, 낭비,
낮잠, 냄새, 노을, 녹음, 논쟁, 농담, 눈물, 눈빛, 눈웃음, 눈치,
능선, 다림질, 단수, 단지, 단추, 달, 달맞이꽃, 달빛, 닻, 닻나비,
대나무, 대화, 댕기, 덩굴손, 도라지꽃, 도망, 도시, 도전, 도토리,
독살, 독수리, 독자, 독주, 돈, 돌, 돌격, 돌기, 다람쥐, 돌직구,
돌파, 동굴, 동그라미, 동무, 동물, 동백꽃, 동사, 동심, 동요, 동작,
동전, 동정, 동지, 동파, 돛, 돼지, 두레박, 두목, 두부, 딸, 딸기,
땅, 땡삐, 똥, 뜀박질, 뜰, 마음, 마중, 말씨, 명예, 모정, 목소리,
목숨, 몰락, 몸짓, 문양, 문자, 문장, 물결, 미담, 미련, 미로, 미모,
미움, 미행, 믿음, 바람, 바람결, 바램, 반가움, 발음, 발표, 발행,
발효, 발휘, 밝음, 밤, 방목, 방문, 배려, 배반, 배움, 배웅, 벗,
변명, 별명, 별빛, 보폭, 보행, 복종, 불경, 불쾌지수, 불행, 붓질,
비명, 비밀, 비방, 빗소리, 사물, 사상, 사색, 사선, 사연, 사이,
사지, 사춘기, 산란기, 산맥, 산문, 삶, 상상력, 상처, 새소리,
생, 생각, 세월, 소름, 소리, 소, 손짓, 수모, 숙성, 숨소리, 숫자,

슬픔, 시간, 시련, 신세, 실망, 심기, 쓸모, 아침, 아픔, 안개, 애도,
애정, 약속, 양육, 어둠, 언어, 여름, 여백, 연금술, 열매, 예언,
오류, 온기, 온도, 열정, 욕망, 우울, 우정, 울음소리, 웃음, 위독,
유배, 유산, 유언, 윤슬, 이랑, 인연, 입김, 자살, 자연, 장담, 재회,
전망, 전언, 절망, 절명, 정열, 제압, 조립, 조망, 종자, 주름, 죽음,
지저귐, 지혜, 직감, 진맥, 진실, 짜증, 차례, 차이, 찬스, 초롱,
촛불, 최고, 추억, 추월, 출근, 출발, 출생, 출세, 충고, 충전, 취미,
친구, 침, 침대, 침묵, 칭찬, 청탁, 춤, 카드, 카라, 카멜레온냄새,
칼륨, 커피익는소리, 코끼리방귀, 코끼리울음, 콧물냄새, 콧털,
콩향기, 크는소리, 키소리, 키움, 카네이션, 칸나, 칼, 커피, 컵, 코,
코스모스, 코카나무, 코코아, 콜라비, 콩, 클로버, 키, 키위, 타령,
타악기, 타인, 타협, 탁구, 탈선, 탈수, 탈영, 탈옥, 탈출, 탑, 태아,
태엽, 태클, 택시, 탱크, 터널, 턱걸이, 토론, 토지, 통, 투표, 특종,
틀니, 티끌, 팀, 파, 파격, 파괴, 파도, 파란, 파리, 파문, 파산, 파업,
파지, 파직, 판소리, 패, 패기, 패자부활전, 팽이, 펭귄, 편, 편견,
편지, 포기, 포섭, 포옹, 포용, 하늘, 하루, 하루살이, 하모니카,
하수, 하품, 학교, 학생, 학연, 한계, 한밤, 한숨, 함박꽃, 함박눈,
함성, 함수, 항해, 해독, 해안선, 행동, 행복, 허공, 허리, 허수아비,
헛소리, 헹가래, 혀, 혁명, 현실, 호수, 홈런, 화석, 화장, 확신,

확장, 환생, 활, 회초리, 효도, 후회, 훈수, 휘파람, 휴식, 휴유증, 휴일, 흉내, 흔적, 희망, 힘 …

창의력 사전

바글바글한, 바금바금한, 바늘바늘한, 바담바담한,

바둥바둥한, 바들바들한, 바등바등한, 바람바람한,

바랑바랑한, 바롱바롱한, 바리바리한, 바삭바삭한,

바슬바슬한, 바작바작한, 반들반들한, 반듯반듯한,

반질반질한, 반짝반짝한, 발랑발랑한, 발름발름한,

방글방글한, 방긋방긋한, 방실방실한, 방싯방싯한,

방울방울한, 배롱배롱한, 배실배실한, 뱅글뱅글한,

버들버들한, 버리버리한, 버물버물한, 버석버석한,

번들번들한, 번듯번듯한, 번질번질한, 번쩍번쩍한,

벌렁벌렁한, 벌레벌레한, 벌름벌름한, 병글병글한,

병긋병긋한, 병실병실한, 보글보글한, 보들보들한,

보송보송한, 보슬보슬한, 보실보실한, 복슬복슬한,

볼록볼록한, 볼링볼링한, 봉글봉글한, 봉실봉실한,

봉울봉울한, 부들부들한, 부락부락한, 부릉부릉한,

부슬부슬한, 북닥북닥한, 북실북실한, 북적북적한,

불긋불긋한, 불룩불룩한, 불링불링한, 부릉브릉한,

비담비담한, 비뚤비뚤한, 비리비리한, 비릿비릿한,

비실비실한, 비올비올한, 비질비질한, 비츨비츨한,

비칠비칠한, 비틀비틀한, 빈둥빈둥한, 빙글빙글한,

빙긋빙긋한, 빠글빠글한, 빠닥빠닥한, 빠리빠리한,

빠릿빠릿한, 빤들빤들한, 빤질빤질한, 빵글빵글한,

뽀글뽀글한, 뽀송뽀송한, 삐뚤삐뚤한, 삐죽삐죽한 …

예 ㅂ + ㅂ = **빤들빤들한** (배반, 별빛, 보폭, 보행 …)

· ㅂ + ㄱ = 바글바글한 (겸손, 경계, 경고, 경구 …)

· ㅂ + ㄴ = 바금바금한 (날짜, 남루, 낭만, 낭비 …)

· ㅂ + ㄷ = 바늘바늘한 (독살, 독수리, 독자, 독주 …)

· ㅂ + ㅁ = 마담바담한 (믿음, 마음, 마중, 말씨 …)

· ㅂ + ㅅ = 바둥바둥한 (소, 손짓, 수모, 숙성 …)

· ㅂ + ㅇ = 바들바들한 (우정, 울음소리, 웃음 …)

· ㅂ + ㅈ = 바등바등한 (짜증, 자살, 자연, 장담 …)

- ㅂ + ㅊ = 바람바람한 (청탁, 춤, 차례, 차이 …)

- ㅂ + ㅋ = 바랑바랑한 (코카나무, 코코아, 콜라비, 콩 …)

- ㅂ + ㅌ = 바롱바롱한 (통, 투표, 특종, 틀니 …)

- ㅂ + ㅍ = 바리바리한 (포섭, 포옹, 포용, 파 …)

- ㅂ + ㅎ = 바삭바삭한 (행동, 행복, 허공, 허리 …)

가격, 가곡, 가난, 가락, 가뭄, 가을, 각오, 각주, 간섭, 간증, 갈등,
감동, 감사, 강물, 거짓말, 걱정, 걸음, 겨울, 결심, 겸손, 경계,
경고, 경구, 경쟁, 경험, 계절, 계획, 고뇌, 고독, 고립, 고민, 고백,
골목, 공간, 공상, 구름, 그리움, 그림자, 기별, 기부, 기분, 기쁨,
기억, 기후, 긴장, 길목, 꿈, 나눔, 날씨, 날짜, 남루, 낭만, 낭비,
낮잠, 냄새, 노을, 녹음, 논쟁, 농담, 눈물, 눈빛, 눈웃음, 눈치,
능선, 다림질, 단수, 단지, 단추, 달, 달맞이꽃, 달빛, 닻, 닻나비,
대나무, 대화, 댕기, 덩굴손, 도라지꽃, 도망, 도시, 도전, 도토리,
독살, 독수리, 독자, 독주, 돈, 돌, 돌격, 돌기, 다람쥐, 돌직구,
돌파, 동굴, 동그라미, 동무, 동물, 동백꽃, 동사, 동심, 동요, 동작,
동전, 동정, 동지, 동파, 돛, 돼지, 두레박, 두목, 두부, 딸, 딸기,
땅, 땡삐, 똥, 뜀박질, 뜰, 마음, 마중, 말씨, 명예, 모정, 목소리,

목숨, 몰락, 몸짓, 문양, 문자, 문장, 물결, 미담, 미련, 미로, 미모,
미움, 미행, 믿음, 바람, 바람결, 바램, 반가움, 발음, 발표, 발행,
발효, 발휘, 밝음, 밤, 방목, 방문, 배려, 배반, 배움, 배웅, 벗,
변명, 별명, 별빛, 보폭, 보행, 복종, 불경, 불쾌지수, 불행, 붓질,
비명, 비밀, 비방, 빗소리, 사물, 사상, 사색, 사선, 사연, 사이,
사지, 사춘기, 산란기, 산맥, 산문, 삶, 상상력, 상처, 새소리,
생, 생각, 세월, 소름, 소리, 소, 손짓, 수모, 숙성, 숨소리, 숫자,
슬픔, 시간, 시련, 신세, 실망, 심기, 쓸모, 아침, 아픔, 안개, 애도,
애정, 약속, 양육, 어둠, 언어, 여름, 여백, 연금술, 열매, 예언,
오류, 온기, 온도, 열정, 욕망, 우울, 우정, 울음소리, 웃음, 위독,
유배, 유산, 유언, 윤슬, 이랑, 인연, 입김, 자살, 자연, 장담, 재회,
전망, 전언, 절망, 절명, 정열, 제압, 조립, 조망, 종자, 주름, 죽음,
지저귐, 지혜, 직감, 진맥, 진실, 짜증, 차례, 차이, 찬스, 초롱,
촛불, 최고, 추억, 추월, 출근, 출발, 출생, 출세, 충고, 충전, 취미,
친구, 침, 침대, 침묵, 칭찬, 청탁, 춤, 카드, 카라, 카멜레온냄새,
칼륨, 커피익는소리, 코끼리방귀, 코끼리울음, 콧물냄새, 콧털,
콩향기, 크는소리, 키소리, 키움, 카네이션, 칸나, 칼, 커피, 컵, 코,
코스모스, 코카나무, 코코아, 콜라비, 콩, 클로버, 키, 키위, 타령,
타악기, 타인, 타협, 탁구, 탈선, 탈수, 탈영, 탈옥, 탈출, 탑, 태아,

태엽, 태클, 택시, 탱크, 터널, 턱걸이, 토론, 토지, 통, 투표, 특종,

틀니, 티끌, 팀, 파, 파격, 파괴, 파도, 파란, 파리, 파문, 파산, 파업,

파지, 파직, 판소리, 패, 패기, 패자부활전, 팽이, 펭귄, 편, 편견,

편지, 포기, 포섭, 포옹, 포용, 하늘, 하루, 하루살이, 하모니카,

하수, 하품, 학교, 학생, 학연, 한계, 한밤, 한숨, 함박꽃, 함박눈,

함성, 함수, 항해, 해독, 해안선, 행동, 행복, 허공, 허리, 히수아비,

헛소리, 헹가래, 혀, 혁명, 현실, 호수, 홈런, 화석, 화장, 확신,

확장, 환생, 활, 회초리, 효도, 후회, 훈수, 휘파람, 휴식, 휴유증,

휴일, 흉내, 흔적, 희망, 힘 …

사각사각한, 사근사근한, 사글사글한, 사담사담한,

사들사들한, 사락사락한, 사랑사랑한, 사록사록한,

사롱사롱한, 사륵사륵한, 사릉사릉한, 사박사박한,

사분사분한, 사불사불한, 사울사울한, 사풀사풀한,

산들산들한, 산듯산듯한, 살강살강한, 살랑살랑한,

살박살박한, 살방살방한, 살캉살캉한, 살콩살콩한,

상글상글한, 상긋상긋한, 새근새근한, 새글새글한,

새록새록한, 새롱새롱한, 새살새살한, 새실새실한,

샐죽샐죽한, 생글생글한, 생숭생숭한, 사방사방한,

서근서근한, 서글서글한, 서른서른한, 서름서름한,

서릉서릉한, 서풀서풀한, 선들선들한, 선듯선듯한,

설근설근한, 설기설기한, 설깃설깃한, 설렁설렁한,

설컹설컹한, 설핏설핏한, 성글성글한, 소랑소랑한,

소록소록한, 소롱소롱한, 소복소복한, 소살소살한,

소슬소슬한, 소들소들한, 소풀소풀한, 속닥속닥한,

속살속살한, 솔강솔강한, 솔닥솔닥한, 솔담솔담한,

솔랑솔랑한, 솔망솔망한, 솔박솔박한, 솔방솔방한,

솔쿵솔쿵한, 송글송글하, 송알송알한, 수담수담한,

수런수런한, 수렁수렁한, 수북수북한, 수풀수풀한,

순들순들한, 순록순록한, 술렁술렁한, 술망술망한,

술방술방한, 술쿵술쿵한, 숨박숨박한, 숭글숭글한,

스담스담한, 스렁스렁한, 스릉스릉한, 스멀스멀한,

스물스물한, 시끌시끌한, 시들시들한, 시름시름한,

시원시원한, 시큰시큰한, 실룩실룩한, 실성실성한,

심쿵심쿵한, 싱글싱글한, 싱긋싱긋한, 싱숭싱숭한,

싸근싸근한, 싸글싸글한, 싸락싸락한, 싸륵싸륵한,

쌔근쌔근한, 쌔록쌔록한, 쌜쭉쌜쑥한, 쌩글쌩글한,

쌩긋쌩긋한, 쏭글쏭글한, 쓰담쓰담한, 씰룩씰룩한 …

㉤ ㅅ + ㅅ = 사각사각한 (시간, 숨소리, 숫자, 슬픔 …)

　· ㅅ + ㄱ = 사각사각한 (경쟁, 경험, 계절, 계획 …)

- ㅅ + ㄴ = 사근사근한 (낮잠, 냄새, 노을, 녹음 …)

- ㅅ + ㄷ = 사글사글한 (돈, 돌, 돌격, 돌기 …)

- ㅅ + ㅁ = 사담사담한 (명예, 모정, 목소리, 목숨 …)

- ㅅ + ㅂ = 사들사들한 (복종, 불경, 불쾌지수, 불행 …)

- ㅅ + ㅇ = 사락사락한 (위독, 유배, 유산, 유언 …)

- ㅅ + ㅈ = 사랑사랑한 (재회, 전망, 전언, 절망 …)

- ㅅ + ㅊ = 사록사록한 (찬스, 초롱, 촛불, 최고 …)

- ㅅ + ㅋ = 사롱사롱한 (클로버, 키, 키위, 카드 …)

- ㅅ + ㅌ = 사록사록한 (티끌, 팀, 타령, 타악기 …)

- ㅅ + ㅍ = 사릉사릉한 (파격, 파괴, 파도, 파란 …)

- ㅅ + ㅎ = 사륵사륵한 (허수아비, 헛소리, 헹가래, 허 …)

가격, 가곡, 가난, 가락, 가품, 가을, 각오, 각주, 간섭, 간증, 갈등,
감동, 감사, 강물, 거짓말, 걱정, 걸음, 겨울, 결심, 겸손, 경계,
경고, 경구, 경쟁, 경험, 계절, 계획, 고뇌, 고독, 고립, 고민, 고백,
골목, 공간, 공상, 구름, 그리움, 그림자, 기별, 기부, 기분, 기쁨,
기억, 기후, 긴장, 길목, 꿈, 나눔, 날씨, 날짜, 남루, 낭만, 낭비,
낮잠, 냄새, 노을, 녹음, 논쟁, 농담, 눈물, 눈빛, 눈웃음, 눈치,

능선, 다림질, 단수, 단지, 단추, 달, 달맞이꽃, 달빛, 닻, 닻나비,

대나무, 대화, 댕기, 덩굴손, 도라지꽃, 도망, 도시, 도전, 도토리,

독살, 독수리, 독자, 독주, 돈, 돌, 돌격, 돌기, 다람쥐, 돌직구,

돌파, 동굴, 동그라미, 동무, 동물, 동백꽃, 동사, 동심, 동요, 동작,

동전, 동정, 동지, 동파, 돛, 돼지, 두레박, 두목, 두부, 딸, 딸기,

땅, 땡삐, 똥, 뜀박질, 뜰, 마음, 마중, 밀씨, 명예, 모정, 목소리,

목숨, 몰락, 몸짓, 문양, 문자, 문장, 물결, 미담, 미련, 미로, 미모,

미움, 미행, 믿음, 바람, 바람결, 바램, 반가움, 발음, 발표, 발행,

발효, 발휘, 밝음, 밤, 방목, 방문, 배려, 배반, 배움, 배웅, 벗,

변명, 별명, 별빛, 보폭, 보행, 복종, 불경, 불쾌지수, 불행, 붓질,

비명, 비밀, 비방, 빗소리, 사물, 사상, 사색, 사선, 사연, 사이,

사지, 사춘기, 산란기, 산맥, 산문, 삶, 상상력, 상처, 새소리,

생, 생각, 세월, 소름, 소리, 소, 손짓, 수모, 숙성, 숨소리, 숫자,

슬픔, 시간, 시련, 신세, 실망, 심기, 쓸모, 아침, 아픔, 안개, 애도,

애정, 약속, 양육, 어둠, 언어, 여름, 여백, 연금술, 열매, 예언,

오류, 온기, 온도, 열정, 욕망, 우울, 우정, 울음소리, 웃음, 위독,

유배, 유산, 유언, 윤슬, 이랑, 인연, 입김, 자살, 자연, 장담, 재회,

전망, 전언, 절망, 절명, 정열, 제압, 조립, 조망, 종자, 주름, 죽음,

지저귐, 지혜, 직감, 진맥, 진실, 짜증, 차례, 차이, 찬스, 초롱,

촛불, 최고, 추억, 추월, 출근, 출발, 출생, 출세, 충고, 충전, 취미, 친구, 침, 침대, 침묵, 칭찬, 청탁, 춤, 카드, 카라, 카멜레온냄새, 칼륨, 커피익는소리, 코끼리방귀, 코끼리울음, 콧물냄새, 콧털, 콩향기, 크는소리, 키소리, 키움, 카네이션, 칸나, 칼, 커피, 컵, 코, 코스모스, 코카나무, 코코아, 콜라비, 콩, 클로버, 키, 키위, 타령, 타악기, 타인, 타협, 탁구, 탈선, 탈수, 탈영, 탈옥, 탈출, 탑, 태아, 태엽, 태클, 택시, 탱크, 터널, 턱걸이, 토론, 토지, 통, 투표, 특종, 틀니, 티끌, 팀, 파, 파격, 파괴, 파도, 파란, 파리, 파문, 파산, 파업, 파지, 파직, 판소리, 패, 패기, 패자부활전, 팽이, 펭귄, 편, 편견, 편지, 포기, 포섭, 포옹, 포용, 하늘, 하루, 하루살이, 하모니카, 하수, 하품, 학교, 학생, 학연, 한계, 한밤, 한숨, 함박꽃, 함박눈, 함성, 함수, 항해, 해독, 해안선, 행동, 행복, 허공, 허리, 허수아비, 헛소리, 헹가래, 혀, 혁명, 현실, 호수, 홈런, 화석, 화장, 확신, 확장, 환생, 활, 회초리, 효도, 후회, 훈수, 휘파람, 휴식, 휴유증, 휴일, 흉내, 흔적, 희망, 힘 …

아담아담한, 아득아득한, 아람아람한, 아롱아롱한,

아른아른한, 아름아름한, 아리아리한, 아릿아릿한,

아방아방한, 아삭아삭한, 아솔아솔한, 아솜아솜한,

아슬아슬한, 아슴아슴한, 아울아울한, 아장아장한,

아찔아찔한, 알강알강한, 알록알록한, 알송알송한,

알콩알콩한, 야글야글한, 야들야들한, 야리야리한,

야슬야슬한, 야실야실한, 얄랑얄랑한, 얄캉얄캉한,

얄팡얄팡한, 어글어글한, 어둑어둑한, 어림어림한,

어랑어랑한, 어룽어룽한, 어릿어릿한, 어물어물한,

어슬어슬한, 어질어질한, 얼랑얼랑한, 얼룩얼룩한,

오글오글한, 오돌오돌한, 오들오들한, 오랑오랑한,

오목오목한, 오물오물한, 올랑올랑한, 올망올망한,

올팡올팡한, 옹글옹글한, 옹알옹알한, 와글와글한,

요들요들한, 우글우글한, 우람우람한, 우렁우렁한,

우룽우룽한, 우물우물한, 우슬우슬한, 욱신욱신한,

울렁울렁한, 웅성웅성한, 웅얼웅얼한, 유들유들한,

으슬으슬한, 이글이글한, 이랑이랑한, 이슬이슬한,

잉글잉글한 …

㉙ ㅇ + ㅇ = 우렁우렁한 (여백, 윤슬, 이랑, 인연 …)

· ㅇ + ㄱ = 아담아담한 (고뇌, 고독, 고립, 고민 …)

· ㅇ + ㄴ = 아득아득한 (논쟁, 농담, 눈물, 눈빛 …)

· ㅇ + ㄷ = 아람아람한 (다람쥐, 돌직구, 돌파, 돌파 …)

· ㅇ + ㅁ = 아롱아롱한 (몰락, 몸짓, 문양, 문자 …)

· ㅇ + ㅂ = 아른아른한 (붓질, 비명, 비밀, 비방 …)

· ㅇ + ㅅ = 아름아름한 (시간, 시련, 신세, 실망 …)

· ㅇ + ㅈ = 아리아리한 (절명, 정열, 제압, 조립 …)

· ㅇ + ㅊ = 아릿아릿한 (추억, 추월, 출근, 출발 …)

· ㅇ + ㅋ = 아방아방한 (카라, 카멜레온냄새, 칼륨, 커피익는소리 …)

· ㅇ + ㅌ = 아삭아삭한 (타인, 타협, 탁구, 탈선 …)

· ㅇ + ㅍ = 아솔아솔한 (파리, 파문, 파산, 파업 …)

・ㅁ + ㅎ = 아솜아솜한 (혁명, 현실, 호수, 홈런 …)

가격, 가곡, 가난, 가락, 가뭄, 가을, 각오, 각주, 간섭, 간증, 갈등,
감동, 감사, 강물, 거짓말, 걱정, 걸음, 겨울, 결심, 겸손, 경계,
경고, 경구, 경쟁, 경험, 계절, 계획, 고뇌, 고독, 고립, 고민, 고백,
골목, 공간, 공상, 구름, 그리움, 그림자, 기별, 기부, 기분, 기쁨,
기억, 기후, 긴장, 길목, 꿈, 나눔, 날씨, 날짜, 남루, 낭만, 낭비,
낮잠, 냄새, 노을, 녹음, 논쟁, 농담, 눈물, 눈빛, 눈웃음, 눈치,
능선, 다림질, 단수, 단지, 단추, 달, 달맞이꽃, 달빛, 닻, 닻나비,
대나무, 대화, 댕기, 덩굴손, 도라지꽃, 도망, 도시, 도전, 도토리,
독살, 독수리, 독자, 독주, 돈, 돌, 돌격, 돌기, 다람쥐, 돌직구,
돌파, 동굴, 동그라미, 동무, 동물, 동백꽃, 동사, 동심, 동요, 동작,
동선, 동정, 동지, 동파, 돛, 돼지, 두레박, 두목, 두부, 딸, 딸기,
땅, 땡삐, 똥, 뜀박질, 뜰, 마음, 마중, 말씨, 명예, 모정, 목소리,
목숨, 몰락, 몸짓, 문양, 문자, 문장, 물결, 미담, 미련, 미로, 미모,
미움, 미행, 믿음, 바람, 바람결, 바램, 반가움, 발음, 발표, 발행,
발효, 발휘, 밝음, 밤, 방목, 방문, 배려, 배반, 배움, 배웅, 벗,
변명, 별명, 별빛, 보폭, 보행, 복종, 불경, 불쾌지수, 불행, 붓질,

비명, 비밀, 비방, 빗소리, 사물, 사상, 사색, 사선, 사연, 사이, 사지, 사춘기, 산란기, 산맥, 산문, 삶, 상상력, 상처, 새소리, 생, 생각, 세월, 소름, 소리, 소, 손짓, 수모, 숙성, 숨소리, 숫자, 슬픔, 시간, 시련, 신세, 실망, 심기, 쓸모, 아침, 아픔, 안개, 애도, 애정, 약속, 양육, 어둠, 언어, 여름, 여백, 연금술, 열매, 예언, 오류, 온기, 온도, 열정, 욕망, 우울, 우정, 울음소리, 웃음, 위독, 유배, 유산, 유언, 윤슬, 이랑, 인연, 입김, 자살, 자연, 장담, 재회, 전망, 전언, 절망, 절명, 정열, 제압, 조립, 조망, 종자, 주름, 죽음, 지저귐, 지혜, 직감, 진맥, 진실, 짜증, 차례, 차이, 찬스, 초롱, 촛불, 최고, 추억, 추월, 출근, 출발, 출생, 출세, 충고, 충전, 취미, 친구, 침, 침대, 침묵, 칭찬, 청탁, 춤, 카드, 카라, 카멜레온냄새, 칼륨, 커피익는소리, 코끼리방귀, 코끼리울음, 콧물냄새, 콧털, 콩향기, 크는소리, 키소리, 키움, 카네이션, 칸나, 칼, 커피, 컵, 코, 코스모스, 코카나무, 코코아, 콜라비, 콩, 클로버, 키, 키위, 타령, 타악기, 타인, 타협, 탁구, 탈선, 탈수, 탈영, 탈옥, 탈출, 탑, 태아, 태엽, 태클, 택시, 탱크, 터널, 턱걸이, 토론, 토지, 통, 투표, 특종, 틀니, 티끌, 팀, 파, 파격, 파괴, 파도, 파란, 파리, 파문, 파산, 파업, 파지, 파직, 판소리, 패, 패기, 패자부활전, 팽이, 펭귄, 편, 편견, 편지, 포기, 포섭, 포옹, 포용, 하늘, 하루, 하루살이, 하모니카,

하수, 하품, 학교, 학생, 학연, 한계, 한밤, 한숨, 함박꽃, 함박눈, 함성, 함수, 항해, 해독, 해안선, 행동, 행복, 허공, 허리, 허수아비, 헛소리, 헹가래, 혀, 혁명, 현실, 호수, 홈런, 화석, 화장, 확신, 확장, 환생, 활, 회초리, 효도, 후회, 훈수, 휘파람, 휴식, 휴유증, 휴일, 흉내, 흔적, 희망, 힘 …

자근자근한, 자글자글한, 자박자박한, 자올자올한,

자울자울한, 자작자작한, 잘름잘름한, 잘박잘박한,

잘방잘방한, 재잘재잘한, 저릿저릿한, 절둑절둑한,

절름절름한, 조랑조랑한, 조롱조롱한, 조용조용한,

조울조울한, 조잘조잘한, 졸랑졸랑한, 주글주글한,

주렁주렁한, 주뼛주뼛한, 주춤주춤한, 중얼중얼한,

지글지글한, 지긋지긋한, 지끈지끈한, 지릿지릿한,

지올지올한, 질근질근한, 질끈질끈한, 질벅질벅한,

징글징글한, 짜글짜글한, 짜릿짜릿한, 짤깍짤깍한,

짤랑짤랑한, 짤록짤록한, 짤막짤막한, 쪼글쪼글한,

쪼물쪼물한, 쪽빛쪽빛한, 쫀득쫀득한, 쫀들쫀들한,

쫄깃쫄깃한, 쫄랑쫄랑한, 쫑긋쫑긋한, 쭈글쭈글한,

쭈뼛쭈뼛한, 찌글찌글한, 찌릿찌릿한, 찐득찐득한,

찡긋찡긋한 …

예 ㅈ + ㅈ = 자근자근한 (자연, 조망, 종자, 주름 …)

- ㅈ + ㄱ = 자근자근한 (골목, 공간, 공상, 구름 …)

- ㅅ + ㄴ = 자글자글한 (눈웃음, 눈치, 능선, 나눔 …)

- ㅈ + ㄷ = 자박자박한 (동굴, 동그라미, 동무, 동물 …)

- ㅈ + ㅁ = 자올자올한 (문장, 물결, 미담, 미련 …)

- ㅈ + ㅂ = 자울자울한 (빗소리, 바람, 바람결, 바램 …)

- ㅈ + ㅅ = 자작자작한 (심기, 쓸모, 사물, 사상 …)

- ㅈ + ㅇ = 잘름잘름한 (입김, 아침, 아픔, 안개 …)

- ㅈ + ㅊ = 잘박잘박한 (출생, 출세, 충고, 충전 …)

- ㅈ + ㅋ = 잘방잘방한 (코끼리방귀, 코끼리울음, 콧물냄새, 콧털 …)

- ㅈ + ㅌ = 재잘재잘한 (탈수, 탈영, 탈옥, 탈출 …)

- ㅈ + ㅍ = 저릿저릿한 (파지, 파직, 판소리, 패 …)

- ㅈ + ㅎ = 절둑절둑한 (화석, 화장, 확신, 확장 …)

가격, 가곡, 가난, 가락, 가뭄, 가을, 각오, 각주, 간섭, 간증, 갈등,
감동, 감사, 강물, 거짓말, 걱정, 걸음, 겨울, 결심, 겸손, 경계,
경고, 경구, 경쟁, 경험, 계절, 계획, 고뇌, 고독, 고립, 고민, 고백,
골목, 공간, 공상, 구름, 그리움, 그림자, 기별, 기부, 기분, 기쁨,
기억, 기후, 긴장, 길목, 꿈, 나눔, 날씨, 날짜, 남루, 낭만, 낭비,
낮잠, 냄새, 노을, 녹음, 논쟁, 농담, 눈물, 눈빛, 눈웃음, 눈치,
능선, 다림질, 단수, 단지, 단추, 달, 달맞이꽃, 달빛, 닻, 닻나비,
대나무, 대화, 댕기, 덩굴손, 도라지꽃, 도망, 도시, 도전, 도토리,
독살, 독수리, 독자, 독주, 돈, 돌, 돌격, 돌기, 다람쥐, 돌직구,
돌파, 동굴, 동그라미, 동무, 동물, 동백꽃, 동사, 동심, 동요, 동작,
동전, 동정, 동지, 동파, 돛, 돼지, 두레박, 두목, 두부, 딸, 딸기,
땅, 땡삐, 똥, 뜀박질, 뜰, 마음, 마중, 말씨, 명예, 모정, 목소리,
목숨, 몰락, 몸짓, 문양, 문자, 문장, 물결, 미담, 미련, 미로, 미모,
미움, 미행, 믿음, 바람, 바람결, 바램, 반가움, 발음, 발표, 발행,
발효, 발휘, 밝음, 밤, 방목, 방문, 배려, 배반, 배움, 배웅, 벗,
변명, 별명, 별빛, 보폭, 보행, 복종, 불경, 불쾌지수, 불행, 붓질,
비명, 비밀, 비방, 빗소리, 사물, 사상, 사색, 사선, 사연, 사이,
사지, 사춘기, 산란기, 산맥, 산문, 삶, 상상력, 상처, 새소리,
생, 생각, 세월, 소름, 소리, 소, 손짓, 수모, 숙성, 숨소리, 숫자,

슬픔, 시간, 시련, 신세, 실망, 심기, 쓸모, 아침, 아픔, 안개, 애도,
애정, 약속, 양육, 어둠, 언어, 여름, 여백, 연금술, 열매, 예언,
오류, 온기, 온도, 열정, 욕망, 우울, 우정, 울음소리, 웃음, 위독,
유배, 유산, 유언, 윤슬, 이랑, 인연, 입김, 자살, 자연, 장담, 재회,
전망, 전언, 절망, 절명, 정열, 제압, 조립, 조망, 종자, 주름, 죽음,
지저귐, 지혜, 직감, 진맥, 진실, 짜증, 차례, 차이, 찬스, 초롱,
촛불, 최고, 추억, 추월, 출근, 출발, 출생, 출세, 충고, 충전, 취미,
친구, 침, 침대, 침묵, 칭찬, 청탁, 춤, 카드, 카라, 카멜레온냄새,
칼륨, 커피익는소리, 코끼리방귀, 코끼리울음, 콧물냄새, 콧털,
콩향기, 크는소리, 키소리, 키움, 카네이션, 칸나, 칼, 커피, 컵, 코,
코스모스, 코카나무, 코코아, 콜라비, 콩, 클로버, 키, 키위, 타령,
타악기, 타인, 타협, 탁구, 탈선, 탈수, 탈영, 탈옥, 탈출, 탑, 태아,
태엽, 태클, 택시, 탱크, 터널, 턱걸이, 토론, 토지, 통, 투표, 특종,
틀니, 티끌, 팀, 파, 파격, 파괴, 파도, 파란, 파리, 파문, 파산, 파업,
파지, 파직, 판소리, 패, 패기, 패자부활전, 팽이, 펭귄, 편, 편견,
편지, 포기, 포섭, 포옹, 포용, 하늘, 하루, 하루살이, 하모니카,
하수, 하품, 학교, 학생, 학연, 한계, 한밤, 한숨, 함박꽃, 함박눈,
함성, 함수, 항해, 해독, 해안선, 행동, 행복, 허공, 허리, 허수아비,
헛소리, 행가래, 혀, 혁명, 현실, 호수, 홈런, 화석, 화장, 확신,

확장, 환생, 활, 회초리, 효도, 후회, 훈수, 휘파람, 휴식, 휴유증,
휴일, 흉내, 흔적, 희망, 힘 …

차근차근한, 차랑차랑한, 찰랑찰랑한, 찰박찰박한,

찰방찰방한, 참방참방한, 철렁철렁한, 첨벙첨벙한,

초람초람한, 초랑초랑한, 초롱초롱한, 촐랑촐랑한,

추적추적한, 출렁출렁한, 치렁치렁한, 칭얼칭얼한 …

예 ㅊ + ㅊ = 초랑초랑한 (청탁, 취미, 친구, 침 …)

· ㅊ + ㄱ = 차근차근한 (그리움, 그림자, 기별, 기부 …)

· ㅊ + ㄴ = 차랑차랑한 (날씨, 날짜, 남루, 낭만 …)

· ㅊ + ㄷ = 찰랑찰랑한 (동백꽃, 동사, 동심, 동요 …)

· ㅊ + ㅁ = 찰박찰박한 (미로, 미모, 미움, 미행 …)

· ㅊ + ㅂ = 찰방찰방한 (반가움, 발음, 발표, 발행 …)

· ㅊ + ㅅ = 참방참방한 (사색, 사선, 사연, 사이 …)

- ㅊ + ㅇ = 철렁철렁한 (애도, 애정, 약속, 양육 …)

- ㅊ + ㅈ = 첨벙첨벙한 (죽음, 지저귐, 지혜, 직감 …)

- ㅊ + ㅋ = 초람초람한 (콩향기, 큰소리, 키소리, 키움 …)

- ㅊ + ㅌ = 초랑초랑한 (탑, 태아, 태엽, 태클 …)

- ㅊ + ㅍ = 초롱초롱한 (패기, 패자부활전, 펭귄, 팽이 …)

- ㅊ + ㅎ = 촐랑촐랑한 (환생, 활, 회초리, 효도 …)

가격, 가곡, 가난, 가락, 가뭄, 가을, 각오, 각주, 간섭, 간증, 갈등, 감동, 감사, 강물, 거짓말, 걱정, 걸음, 겨울, 결심, 겸손, 경계, 경고, 경구, 경쟁, 경험, 계절, 계획, 고뇌, 고독, 고립, 고민, 고백, 골목, 공간, 공상, 구름, 그리움, 그림자, 기별, 기부, 기분, 기쁨, 기억, 기후, 긴장, 길목, 꿈, 나눔, 날씨, 날짜, 남루, 낭만, 낭비, 낮잠, 냄새, 노을, 녹음, 논쟁, 농담, 눈물, 눈빛, 눈웃음, 눈치, 능선, 다림질, 단수, 단지, 단추, 달, 달맞이꽃, 달빛, 닻, 닻나비, 대나무, 대화, 댕기, 덩굴손, 도라지꽃, 도망, 도시, 도전, 도토리, 독살, 독수리, 독자, 독주, 돈, 돌, 돌격, 돌기, 다람쥐, 돌직구, 돌파, 동굴, 동그라미, 동무, 동물, 동백꽃, 동사, 동심, 동요, 동작, 동전, 동정, 동지, 동파, 돛, 돼지, 두레박, 두목, 두부, 딸, 딸기,

땅, 땡삐, 똥, 뜀박질, 뜰, 마음, 마중, 말씨, 명예, 모정, 목소리, 목숨, 몰락, 몸짓, 문양, 문자, 문장, 물결, 미담, 미련, 미로, 미모, 미움, 미행, 믿음, 바람, 바람결, 바램, 반가움, 발음, 발표, 발행, 발효, 발휘, 밝음, 밤, 방목, 방문, 배려, 배반, 배움, 배웅, 벗, 변명, 별명, 별빛, 보폭, 보행, 복종, 불경, 불쾌지수, 불행, 붓질, 비명, 비밀, 비방, 빗소리, 사물, 사상, 사색, 사선, 사연, 사이, 사지, 사춘기, 산란기, 산맥, 산문, 삶, 상상력, 상처, 새소리, 생, 생각, 세월, 소름, 소리, 소, 손짓, 수모, 숙성, 숨소리, 숫자, 슬픔, 시간, 시련, 신세, 실망, 심기, 쓸모, 아침, 아픔, 안개, 애도, 애정, 약속, 양육, 어둠, 언어, 여름, 여백, 연금술, 열매, 예언, 오류, 온기, 온도, 열정, 욕망, 우울, 우정, 울음소리, 웃음, 위독, 유배, 유산, 유언, 윤슬, 이랑, 인연, 입김, 자살, 자연, 장담, 재회, 전망, 전언, 절망, 절명, 정열, 제압, 조립, 조망, 종자, 주름, 죽음, 지저귐, 지혜, 직감, 진맥, 진실, 짜증, 차례, 차이, 찬스, 초롱, 촛불, 최고, 추억, 추월, 출근, 출발, 출생, 출세, 충고, 충전, 취미, 친구, 침, 침대, 침묵, 칭찬, 청탁, 춤, 카드, 카라, 카멜레온냄새, 칼륨, 커피익는소리, 코끼리방귀, 코끼리울음, 콧물냄새, 콧털, 콩향기, 크는소리, 키소리, 키움, 카네이션, 칸나, 칼, 커피, 컵, 코, 코스모스, 코카나무, 코코아, 콜라비, 콩, 클로버, 키, 키위, 타령,

타악기, 타인, 타협, 탁구, 탈선, 탈수, 탈영, 탈옥, 탈출, 탑, 태아, 태엽, 태클, 택시, 탱크, 터널, 턱걸이, 토론, 토지, 통, 투표, 특종, 틀니, 티끌, 팀, 파, 파격, 파괴, 파도, 파란, 파리, 파문, 파산, 파업, 파지, 파직, 판소리, 패, 패기, 패자부활전, 팽이, 펭귄, 편, 편견, 편지, 포기, 포섭, 포옹, 포용, 하늘, 하루, 하루살이, 하모니카, 하수, 하품, 학교, 학생, 학연, 한계, 한밤, 한숨, 함박꽃, 함박눈, 함성, 함수, 항해, 해독, 해안선, 행동, 행복, 허공, 허리, 허수아비, 헛소리, 헹가래, 혀, 혁명, 현실, 호수, 홈런, 화석, 화장, 확신, 확장, 환생, 활, 회초리, 효도, 후회, 훈수, 휘파람, 휴식, 휴유증, 휴일, 흉내, 흔적, 희망, 힘 …

ㅋ

카랑카랑한, 코랑코랑한, 코롱코롱한, 콜랑콜랑한,

콜록콜록한, 콩닥콩닥한, 콩당콩당한, 콩알콩알한,

쿨렁쿨렁한, 쿵당쿵당한, 크림크림한, 쿵얼쿵얼한,

키들키들한 …

예 ㅋ + ㅋ = 콩알콩알한 (콩향기, 카네이션, 칸나, 칼 …)

· ㅋ + ㄱ = 카랑카랑한 (기분, 기쁨, 기억, 기후 …)

· ㅋ + ㄴ = 코랑코랑한 (낭비, 낮잠, 냄새, 노을 …)

· ㅋ + ㄷ = 코롱코롱한 (동작. 동전, 동정, 동지 …)

· ㅋ + ㅁ = 콜랑콜랑한 (믿음, 마음, 마중, 말씨 …)

· ㅋ + ㅂ = 콜록콜록한 (발효, 발휘, 밝음, 밤 …)

· ㅋ + ㅅ = 콩닥콩닥한 (사지, 사춘기, 산란기, 산맥 …)

- ㅋ + ㅁ = 콩당콩당한 (어둠, 언어, 여름, 여백 …)

- ㅋ + ㅈ = 콩알콩알한 (진맥, 진실, 짜증, 자살 …)

- ㅋ + ㅊ = 쿨렁쿨렁한 (침대, 침묵, 칭찬, 청탁 …)

- ㅋ + ㅌ = 쿵당쿵당한 (택시, 탱크, 터널, 턱걸이 …)

- ㅋ + ㅍ = 크림크림한 (편, 편견, 편지, 포기 …)

- ㅋ + ㅎ = 킁얼킁얼한 (후회, 훈수, 휘파람, 휴식 …)

가격, 가곡, 가난, 가락, 가뭄, 가을, 각오, 각주, 간섭, 간증, 갈등,
감동, 감사, 강물, 거짓말, 걱정, 걸음, 겨울, 결심, 겸손, 경계,
경고, 경구, 경쟁, 경험, 계절, 계획, 고뇌, 고독, 고립, 고민, 고백,
골목, 공간, 공상, 구름, 그리움, 그림자, 기별, 기부, 기분, 기쁨,
기억, 기후, 긴장, 길목, 꿈, 나눔, 날씨, 날짜, 남루, 낭만, 낭비,
낮잠, 냄새, 노을, 녹음, 논쟁, 농담, 눈물, 눈빛, 눈웃음, 눈치,
능선, 다림질, 단수, 단지, 단추, 달, 달맞이꽃, 달빛, 닻, 닻나비,
대나무, 대화, 댕기, 덩굴손, 도라지꽃, 도망, 도시, 도전, 도토리,
독살, 독수리, 독자, 독주, 돈, 돌, 돌격, 돌기, 다람쥐, 돌직구,
돌파, 동굴, 동그라미, 동무, 동물, 동백꽃, 동사, 동심, 동요, 동작,
동전, 동정, 동지, 동파, 돛, 돼지, 두레박, 두목, 두부, 딸, 딸기,

땅, 땡삐, 똥, 뜀박질, 뜰, 마음, 마중, 말씨, 명예, 모정, 목소리, 목숨, 몰락, 몸짓, 문양, 문자, 문장, 물결, 미담, 미련, 미로, 미모, 미움, 미행, 믿음, 바람, 바람결, 바램, 반가움, 발음, 발표, 발행, 발효, 발휘, 밝음, 밤, 방목, 방문, 배려, 배반, 배움, 배웅, 벗, 변명, 별명, 별빛, 보폭, 보행, 복종, 불경, 불쾌지수, 불행, 붓질, 비명, 비밀, 비방, 빗소리, 사물, 사상, 사색, 시선, 사연, 사이, 사지, 사춘기, 산란기, 산맥, 산문, 삶, 상상력, 상처, 새소리, 생, 생각, 세월, 소름, 소리, 소, 손짓, 수모, 숙성, 숨소리, 숫자, 슬픔, 시간, 시련, 신세, 실망, 심기, 쓸모, 아침, 아픔, 안개, 애도, 애정, 약속, 양육, 어둠, 언어, 여름, 여백, 연금술, 열매, 예언, 오류, 온기, 온도, 열정, 욕망, 우울, 우정, 울음소리, 웃음, 위독, 유배, 유산, 유언, 윤슬, 이랑, 인연, 입김, 자살, 자연, 장담, 재회, 전망, 전언, 절망, 절명, 정열, 제압, 조립, 조망, 종자, 주름, 죽음, 지저귐, 지혜, 직감, 진맥, 진실, 짜증, 차례, 차이, 찬스, 초롱, 촛불, 최고, 추억, 추월, 출근, 출발, 출생, 출세, 충고, 충전, 취미, 친구, 침, 침대, 침묵, 칭찬, 청탁, 춤, 카드, 카라, 카멜레온냄새, 칼륨, 커피익는소리, 코끼리방귀, 코끼리울음, 콧물냄새, 콧털, 콩향기, 크는소리, 키소리, 키움, 카네이션, 칸나, 칼, 커피, 컵, 코, 코스모스, 코카나무, 코코아, 콜라비, 콩, 클로버, 키, 키위, 타령,

타악기, 타인, 타협, 탁구, 탈선, 탈수, 탈영, 탈옥, 탈출, 탑, 태아, 태엽, 태클, 택시, 탱크, 터널, 턱걸이, 토론, 토지, 통, 투표, 특종, 틀니, 티끌, 팀, 파, 파격, 파괴, 파도, 파란, 파리, 파문, 파산, 파업, 파지, 파직, 판소리, 패, 패기, 패자부활전, 팽이, 펭귄, 편, 편견, 편지, 포기, 포섭, 포옹, 포용, 하늘, 하루, 하루살이, 하모니카, 하수, 하품, 학교, 학생, 학연, 한계, 한밤, 한숨, 함박꽃, 함박눈, 함성, 함수, 항해, 해독, 해안선, 행동, 행복, 허공, 허리, 허수아비, 헛소리, 헹가래, 혀, 혁명, 현실, 호수, 홈런, 화석, 화장, 확신, 확장, 환생, 활, 회초리, 효도, 후회, 훈수, 휘파람, 휴식, 휴유증, 휴일, 흉내, 흔적, 희망, 힘 …

ㅌ

타닥타닥한, 타울타울한, 탈랑탈랑한, 태글태글한,

탱글탱글한, 텀벙텀벙한, 토끼토끼한, 토닥토닥한,

토방토방한, 토실토실한, 톨랑톨랑한, 톨방톨방한,

톰방톰방한 …

예 ㅌ + ㅌ = 타울타울한 (특종, 토론, 토지, 통 …)

· ㅌ + ㄱ = 타닥타닥한 (긴장, 길목, 꿈, 가격 …)

· ㅌ + ㄴ = 탈랑탈랑한 (녹음, 논쟁, 농담, 눈물 …)

· ㅌ + ㄷ = 태글태글한 (동파, 돛, 돼지, 두레박 …)

· ㅌ + ㅁ = 탱글탱글한 (명예, 모정, 목소리, 목숨 …)

· ㅌ + ㅂ = 텀벙텀벙한 (방목, 방문, 배려, 배반 …)

· ㅌ + ㅅ = 토끼토끼한 (산문, 삶, 상상력, 상처 …)

- ㅌ + ㅇ = 토닥토닥한 (연금술, 열매, 예언, 오류 …)

- ㅌ + ㅈ = 토방토방한 (자연, 장담, 재회, 전망 …)

- ㅌ + ㅊ = 토실토실한 (춤, 차례, 차이, 찬스 …)

- ㅌ + ㅋ = 톨랑톨랑한 (커피, 컵, 코, 코스모스 …)

- ㅌ + ㅍ = 톨방톨방한 (포섭, 포옹, 포용, 파 …)

- ㅌ + ㅎ = 톰방톰방한 (휴유증, 휴일, 흉내, 흔적 …)

가격, 가곡, 가난, 가락, 가뭄, 가을, 각오, 각주, 간섭, 간증, 갈등, 감동, 감사, 강물, 거짓말, 걱정, 걸음, 겨울, 결심, 겸손, 경계, 경고, 경구, 경쟁, 경험, 계절, 계획, 고뇌, 고독, 고립, 고민, 고백, 골목, 공간, 공상, 구름, 그리움, 그림자, 기별, 기부, 기분, 기쁨, 기억, 기후, 긴장, 길목, 꿈, 나눔, 날씨, 날짜, 남루, 낭만, 낭비, 낮잠, 냄새, 노을, 녹음, 논쟁, 농담, 눈물, 눈빛, 눈웃음, 눈치, 능선, 다림질, 단수, 단지, 단추, 달, 달맞이꽃, 달빛, 닻, 닻나비, 대나무, 대화, 댕기, 덩굴손, 도라지꽃, 도망, 도시, 도전, 도토리, 독살, 독수리, 독자, 독주, 돈, 돌, 돌격, 돌기, 다람쥐, 돌직구, 돌파, 동굴, 동그라미, 동무, 동물, 동백꽃, 동사, 동심, 동요, 동작, 동전, 동정, 동지, 동파, 돛, 돼지, 두레박, 두목, 두부, 딸, 딸기,

땅, 땡삐, 똥, 뜀박질, 뜰, 마음, 마중, 말씨, 명예, 모정, 목소리,
목숨, 몰락, 몸짓, 문양, 문자, 문장, 물결, 미담, 미련, 미로, 미모,
미움, 미행, 믿음, 바람, 바람결, 바램, 반가움, 발음, 발표, 발행,
발효, 발휘, 밝음, 밤, 방목, 방문, 배려, 배반, 배움, 배웅, 벗,
변명, 별명, 별빛, 보폭, 보행, 복종, 불경, 불쾌지수, 불행, 붓질,
비명, 비밀, 비방, 빗소리, 사물, 사상, 사색, 사선, 사연, 사이,
사지, 사춘기, 산란기, 산맥, 산문, 삶, 상상력, 상처, 새소리,
생, 생각, 세월, 소름, 소리, 소, 손짓, 수모, 숙성, 숨소리, 숫자,
슬픔, 시간, 시련, 신세, 실망, 심기, 쓸모, 아침, 아픔, 안개, 애도,
애정, 약속, 양육, 어둠, 언어, 여름, 여백, 연금술, 열매, 예언,
오류, 온기, 온도, 열정, 욕망, 우울, 우정, 울음소리, 웃음, 위독,
유배, 유산, 유언, 윤슬, 이랑, 인연, 입김, 자살, 자연, 장담, 재회,
전망, 전언, 절망, 절명, 정열, 제압, 조립, 조망, 종자, 주름, 죽음,
지저귐, 지혜, 직감, 진맥, 진실, 짜증, 차례, 차이, 찬스, 초롱,
촛불, 최고, 추억, 추월, 출근, 출발, 출생, 출세, 충고, 충전, 취미,
친구, 침, 침대, 침묵, 칭찬, 청탁, 춤, 카드, 카라, 카멜레온냄새,
칼륨, 커피익는소리, 코끼리방귀, 코끼리울음, 콧물냄새, 콧털,
콩향기, 크는소리, 키소리, 키움, 카네이션, 칸나, 칼, 커피, 컵, 코,
코스모스, 코카나무, 코코아, 콜라비, 콩, 클로버, 키, 키위, 타령,

타악기, 타인, 타협, 탁구, 탈선, 탈수, 탈영, 탈옥, 탈출, 탑, 태아, 태엽, 태클, 택시, 탱크, 터널, 턱걸이, 토론, 토지, 통, 투표, 특종, 틀니, 티끌, 팀, 파, 파격, 파괴, 파도, 파란, 파리, 파문, 파산, 파업, 파지, 파직, 판소리, 패, 패기, 패자부활전, 팽이, 펭귄, 편, 편견, 편지, 포기, 포섭, 포옹, 포용, 하늘, 하루, 하루살이, 하모니카, 하수, 하품, 학교, 학생, 학연, 한계, 한밤, 한숨, 함박꽃, 함박눈, 함성, 함수, 항해, 해독, 해안선, 행동, 행복, 허공, 허리, 허수아비, 헛소리, 헹가래, 혀, 혁명, 현실, 호수, 홈런, 화석, 화장, 확신, 확장, 환생, 활, 회초리, 효도, 후회, 훈수, 휘파람, 휴식, 휴유증, 휴일, 흉내, 흔적, 희망, 힘 …

ㅍ

파닥파닥한, 파들파들한, 파랑파랑한, 파릇파릇한,

파삭파삭한, 팔닥팔닥한, 팔락팔락한, 팔랑팔랑한,

퍼들퍼들한, 펄럭펄럭한, 포근포근한, 포동포동한,

포롱포롱한, 포슬포슬한, 폴짝폴짝한, 퐁당퐁당한,

푸들푸들한, 푸릇푸릇한, 푸석푸석한, 푸슬푸슬한,

푹신푹신한 …

예 ㅍ + ㅍ = 포슬포슬한 (폭력, 파격, 파괴, 파도 …)

· ㅍ + ㄱ = 파닥파닥한 (가곡, 가난, 가락, 가뭄 …)

· ㅍ + ㄴ = 파들파들한 (눈빛, 눈웃음, 눈치, 능선 …)

· ㅍ + ㄷ = 파랑파랑한 (두목, 두부, 딸, 딸기 …)

· ㅍ + ㅁ = 파릇파릇한 (몰락, 몸짓, 문양, 문자 …)

- ㅍ + ㅂ = 파삭파삭한 (배움, 배웅, 벗, 변명 …)

- ㅍ + ㅅ = 팔닥팔닥한 (새소리, 생, 생각, 세월 …)

- ㅍ + ㅇ = 팔락팔락한 (온기, 온도, 열정, 욕망 …)

- ㅍ + ㅈ = 팔랑팔랑한 (전언, 절망, 절명, 정열 …)

- ㅍ + ㅊ = 퍼들퍼들한 (초롱, 촛불, 최고, 추억 …)

- ㅍ + ㅋ = 펄럭펄럭한 (코카나무, 코코아, 콜라비, 콩 …)

- ㅍ + ㅌ = 포근포근한 (투표, 특종, 틀니, 티끌 …)

- ㅍ + ㅎ = 포동포동한 (희망, 힘, 하늘, 하루 …)

가격, 가곡, 가난, 가락, 가뭄, 가을, 각오, 각주, 간섭, 간증, 갈등,
감동, 감사, 강물, 거짓말, 걱정, 걸음, 겨울, 결심, 겸손, 경계,
경고, 경구, 경쟁, 경험, 계절, 계획, 고뇌, 고독, 고립, 고민, 고백,
골목, 공간, 공상, 구름, 그리움, 그림자, 기별, 기부, 기분, 기쁨,
기억, 기후, 긴장, 길목, 꿈, 나눔, 날씨, 날짜, 남루, 낭만, 낭비,
낮잠, 냄새, 노을, 녹음, 논쟁, 농담, 눈물, 눈빛, 눈웃음, 눈치,
능선, 다림질, 단수, 단지, 단추, 달, 달맞이꽃, 달빛, 닻, 닻나비,
대나무, 대화, 댕기, 덩굴손, 도라지꽃, 도망, 도시, 도전, 도토리,
독살, 독수리, 독자, 독주, 돈, 돌, 돌격, 돌기, 다람쥐, 돌직구,

돌파, 동굴, 동그라미, 동무, 동물, 동백꽃, 동사, 동심, 동요, 동작,
동전, 동정, 동지, 동파, 돛, 돼지, 두레박, 두목, 두부, 딸, 딸기,
땅, 땡삐, 똥, 뜀박질, 뜰, 마음, 마중, 말씨, 명예, 모정, 목소리,
목숨, 몰락, 몸짓, 문양, 문자, 문장, 물결, 미담, 미련, 미로, 미모,
미움, 미행, 믿음, 바람, 바람결, 바램, 반가움, 발음, 발표, 발행,
발효, 발휘, 밝음, 밤, 방목, 방문, 배려, 배반, 배움, 배웅, 벗,
변명, 별명, 별빛, 보폭, 보행, 복종, 불경, 불쾌지수, 불행, 붓질,
비명, 비밀, 비방, 빗소리, 사물, 사상, 사색, 사선, 사연, 사이,
사지, 사춘기, 산란기, 산맥, 산문, 삶, 상상력, 상처, 새소리,
생, 생각, 세월, 소름, 소리, 소, 손짓, 수모, 숙성, 숨소리, 숫자,
슬픔, 시간, 시련, 신세, 실망, 심기, 쓸모, 아침, 아픔, 안개, 애도,
애정, 약속, 양육, 어둠, 언어, 여름, 여백, 연금술, 열매, 예언,
오류, 온기, 온도, 열정, 욕망, 우울, 우정, 울음소리, 웃음, 위독,
유배, 유산, 유언, 윤슬, 이랑, 인연, 입김, 자살, 자연, 장담, 재회,
전망, 전언, 절망, 절명, 정열, 제압, 조립, 조망, 종자, 주름, 죽음,
지저귐, 지혜, 직감, 진맥, 진실, 짜증, 차례, 차이, 찬스, 초롱,
촛불, 최고, 추억, 추월, 출근, 출발, 출생, 출세, 충고, 충전, 취미,
친구, 침, 침대, 침묵, 칭찬, 청탁, 춤, 카드, 카라, 카멜레온냄새,
칼륨, 커피익는소리, 코끼리방귀, 코끼리울음, 콧물냄새, 콧털,

콩향기, 크는소리, 키소리, 키움, 카네이션, 칸나, 칼, 커피, 컵, 코, 코스모스, 코카나무, 코코아, 콜라비, 콩, 클로버, 키, 키위, 타령, 타악기, 타인, 타협, 탁구, 탈선, 탈수, 탈영, 탈옥, 탈출, 탑, 태아, 태엽, 태클, 택시, 탱크, 터널, 턱걸이, 토론, 토지, 통, 투표, 특종, 틀니, 티끌, 팀, 파, 파격, 파괴, 파도, 파란, 파리, 파문, 파산, 파업, 파지, 파직, 판소리, 패, 패기, 패자부활전, 팽이, 펭귄, 편, 편견, 편지, 포기, 포섭, 포옹, 포용, 하늘, 하루, 하루살이, 하모니카, 하수, 하품, 학교, 학생, 학연, 한계, 한밤, 한숨, 함박꽃, 함박눈, 함성, 함수, 항해, 해독, 해안선, 행동, 행복, 허공, 허리, 허수아비, 헛소리, 헹가래, 혀, 혁명, 현실, 호수, 홈런, 화석, 화장, 확신, 확장, 환생, 활, 회초리, 효도, 후회, 훈수, 휘파람, 휴식, 휴유증, 휴일, 흉내, 흔적, 희망, 힘 …

ㅎ

하늘하늘한, 하들하들한, 하란하란한, 하랑하랑한,

하롱하롱한, 하붓하붓한, 하슬하슬한, 하양하양한,

한들한들한, 할랑할랑한, 함박함박한, 해롱해롱한,

해빗해빗한, 해솔해솔한, 해슬해슬한, 해실해실한,

해죽해죽한, 향글향글한, 향긋향긋한, 허둥허둥한,

허랑허랑한, 허방허방한, 허벅허벅한, 헐렁헐렁한,

호락호락한, 호랑호랑한, 호롱호롱한, 호리호리한,

홍실홍실한, 후둑후둑한, 후락후락한, 후룩후룩한,

훔칫훔칫한, 휘청휘청한, 흐물흐물한, 흐벅흐벅한,

흔들흔들한, 희끗희끗한 …

예 ㅎ + ㅎ = 하늘하늘한 (행복, 하루살이, 하모니카, 하수 …)

- ㅎ + ㄱ = 하늘하늘한 (가을, 각오, 각주, 간섭 …)

- ㅎ + ㄴ = 하들하들한 (나눔, 날씨, 날짜, 남루 …)

- ㅎ + ㄷ = 하란하란한 (땅, 땡삐, 똥, 뜀박질 …)

- ㅎ + ㅁ = 하랑하랑한 (문장, 물결, 미담, 미련 …)

- ㅎ + ㅂ = 하롱하롱한 (별명, 별빛, 보폭, 보행 …)

- ㅎ + ㅅ = 하붓하붓한 (소름, 소리, 소, 손짓 …)

- ㅎ + ㅇ = 하슬하슬한 (우울, 우정, 울음소리, 웃음 …)

- ㅎ + ㅈ = 하양하양한 (제압, 조립, 조망, 종자 …)

- ㅎ + ㅊ = 한들한들한 (추월, 출근, 출발, 출생 …)

- ㅎ + ㅋ = 할랑할랑한 (클로버, 키, 키위, 카드 …)

- ㅎ + ㅌ = 함박함박한 (팀, 타령, 타악기, 타인 …)

- ㅎ + ㅍ = 해롱해롱한 (파란, 파리, 파문, 파산 …)

가격, 가곡, 가난, 가락, 가뭄, 가을, 각오, 각주, 간섭, 간증, 갈등, 감동, 감사, 강물, 거짓말, 걱정, 걸음, 겨울, 결심, 겸손, 경계, 경고, 경구, 경쟁, 경험, 계절, 계획, 고뇌, 고독, 고립, 고민, 고백, 골목, 공간, 공상, 구름, 그리움, 그림자, 기별, 기부, 기분, 기쁨,

기억, 기후, 긴장, 길목, 꿈, 나눔, 날씨, 날짜, 남루, 낭만, 낭비,
낮잠, 냄새, 노을, 녹음, 논쟁, 농담, 눈물, 눈빛, 눈웃음, 눈치,
능선, 다림질, 단수, 단지, 단추, 달, 달맞이꽃, 달빛, 닻, 닻나비,
대나무, 대화, 댕기, 덩굴손, 도라지꽃, 도망, 도시, 도전, 도토리,
독살, 독수리, 독자, 독주, 돈, 돌, 돌격, 돌기, 다람쥐, 돌직구,
돌싸, 동굴, 동그라미, 동무, 동물, 동백꽃, 동사, 동심, 동요, 동작,
동전, 동정, 동지, 동파, 돛, 돼지, 두레박, 두목, 두부, 딸, 딸기,
땅, 땡삐, 똥, 뜀박질, 뜰, 마음, 마중, 말씨, 명예, 모정, 목소리,
목숨, 몰락, 몸짓, 문양, 문자, 문장, 물결, 미담, 미련, 미로, 미모,
미움, 미행, 믿음, 바람, 바람결, 바램, 반가움, 발음, 발표, 발행,
발효, 발휘, 밝음, 밤, 방목, 방문, 배려, 배반, 배움, 배웅, 벗,
변명, 별명, 별빛, 보폭, 보행, 복종, 불경, 불쾌지수, 불행, 붓질,
비명, 비밀, 비방, 빗소리, 사물, 사상, 사색, 사선, 사연, 사이,
사지, 사춘기, 산란기, 산맥, 산문, 삶, 상상력, 상처, 새소리,
생, 생각, 세월, 소름, 소리, 소, 손짓, 수모, 숙성, 숨소리, 숫자,
슬픔, 시간, 시련, 신세, 실망, 심기, 쓸모, 아침, 아픔, 안개, 애도,
애정, 약속, 양육, 어둠, 언어, 여름, 여백, 연금술, 열매, 예언,
오류, 온기, 온도, 열정, 욕망, 우울, 우정, 울음소리, 웃음, 위독,
유배, 유산, 유언, 윤슬, 이랑, 인연, 입김, 자살, 자연, 장담, 재회,

전망, 전언, 절망, 절명, 정열, 제압, 조립, 조망, 종자, 주름, 죽음, 지저귐, 지혜, 직감, 진맥, 진실, 짜증, 차례, 차이, 찬스, 초롱, 촛불, 최고, 추억, 추월, 출근, 출발, 출생, 출세, 충고, 충전, 취미, 친구, 침, 침대, 침묵, 칭찬, 청탁, 춤, 카드, 카라, 카멜레온냄새, 칼륨, 커피익는소리, 코끼리방귀, 코끼리울음, 콧물냄새, 콧털, 콩향기, 크는소리, 키소리, 키움, 카네이션, 칸나, 칼, 커피, 컵, 코, 코스모스, 코카나무, 코코아, 콜라비, 콩, 클로버, 키, 키위, 타령, 타악기, 타인, 타협, 탁구, 탈선, 탈수, 탈영, 탈옥, 탈출, 탑, 태아, 태엽, 태클, 택시, 탱크, 터널, 턱걸이, 토론, 토지, 통, 투표, 특종, 틀니, 티끌, 팀, 파, 파격, 파괴, 파도, 파란, 파리, 파문, 파산, 파업, 파지, 파직, 판소리, 패, 패기, 패자부활전, 팽이, 펭귄, 편, 편견, 편지, 포기, 포섭, 포옹, 포용, 하늘, 하루, 하루살이, 하모니카, 하수, 하품, 학교, 학생, 학연, 한계, 한밤, 한숨, 함박꽃, 함박눈, 함성, 함수, 항해, 해독, 해안선, 행동, 행복, 허공, 허리, 허수아비, 헛소리, 헹가래, 혀, 혁명, 현실, 호수, 홈런, 화석, 화장, 확신, 확장, 환생, 활, 회초리, 효도, 후회, 훈수, 휘파람, 휴식, 휴유증, 휴일, 흉내, 흔적, 희망, 힘 …

제6부
동사·형용사 1

가닿다, 가들랑대다, 가렵다, 가로놓이다, 가로눕다, 가로막히다, 가로서다, 가로채다, 가리다, 간드락대다, 갈앉다, 갑신대다, 강총대다, 개울거리다, 건뎅거리다, 건들먹대다, 건중거리다, 겔겔대다, 고소하다, 곱다, 곱삭대다, 괴로워하다, 구른다, 구릉거리다, 구부러지다, 구불거리다, 근심하다, 급습하다, 급정거하다, 급전진하다, 급파하다, 기각되다, 기대다, 기생하다, 기습하다, 기울다, 깃들다, 깝삭대다, 깝진대다, 깨어나다, 깨우치다, 깨지다, 꺾인다, 꼬부리다, 꼬불거리다, 꽂히다, 꾸부리다, 끌어안다, 끓다 …

예 ㄱ + ㄱ = 가을이 (가렵다, 가닿다, 가들랑대다, 가로놓이다 …)

· ㄴ + ㄱ = 나눔이 (가로눕다, 가로막히다, 가로서다, 가로채다 …)

• ㄷ + ㄱ = 달이 (가리다, 간드락대다, 갈앉다, 갑신대다 …)

• ㅁ + ㄱ = 마음이 (강총대다, 개울거리다, 건뎅거리다, 건들먹대다 …)

• ㅂ + ㄱ = 바람이 (건중거리다, 겔겔대다, 고소하다, 곱다 …)

• ㅅ + ㄱ = 사랑이 (곱삭대다, 괴로워하다, 구른다, 구릉거리다 …)

• ㅇ + ㄱ = 아침이 (구부러지다, 구불거리다, 근심하다, 급습하다 …)

• ㅈ + ㄱ = 지랑이 (급정거하다, 급전진하다, 급파하다, 기긱되다 …)

• ㅊ + ㄱ = 착각이 (기대다, 기생하다, 기습하다, 기울다 …)

• ㅋ + ㄱ = 카네이션이 (깃들다, 깝삭대다, 깝진대다, 깨어나다 …)

• ㅌ + ㄱ = 타인이 (깨우치다, 깨지다, 꺾인다, 꼬부리다 …)

• ㅍ + ㄱ = 파격이 (끌어안다, 끓다, 가닿다, 가들랑대다 …)

• ㅎ + ㄱ = 하늘이 (가렵다, 가로놓이다, 가로눕다, 가로막히다 …)

가을이, 갈등이, 갈증이, 감동이, 거짓말이, 거품이, 걱정이,

겨울이, 결혼이, 겸손이, 계절이, 고독이, 고립이, 고백이, 구름이,

권력이, 그늘이, 극락이, 기다림이, 기쁨이, 기억력이, 기적이,

꽃이, 꿈이, 나눔이, 낙원이, 낭만이, 낮이, 낮잠이, 노동이,

노력이, 노을이, 논쟁이, 뇌물이, 눈물이, 눈빛이, 눈웃음이,

늙음이, 능력이, 능선이, 달이, 달맞이꽃이, 달빛이, 도덕이,

도박이, 도전이, 독립이, 두통이, 단점이, 덩굴손이, 동굴이,

동백꽃이, 동심이, 동작이, 동정이, 두목이, 마음이, 만족이,

망상이, 매력이, 멋이, 모순이, 몸부림이, 문장이, 문학이, 물결이,

미련이, 미신이, 미움이, 믿음이, 밀물이, 바람이, 바람결이,

반성이, 반올림이, 밝음이, 밤이, 방심이, 방황이, 배웅이, 법이,

별빛이, 봄이, 부작용이, 부탁이, 불면증이, 불발이, 불시착이,

불신이, 불안이, 불운이, 불충분이, 불침범이, 불편이, 불평이,

불행이, 비관이, 비극이, 비밀이, 빈곤이, 사랑이, 사망이, 사직이,

상식이, 상징이, 생각이, 생명이, 생활이, 성장이, 세월이, 소문이,

소질이, 수명이, 순간이, 슬픔이, 습관이, 시간이, 실력이, 썰물이,

아침이, 아픔이, 악연이, 안심이, 애국이, 약속이, 약혼이, 양심이,

어둠이, 여름이, 여백이, 열정이, 영원이, 예술이, 오만이, 오전이,

외로움이, 외면이, 요약이, 욕심이, 우정이, 운명이, 울음이,

웃음이, 유행이, 이별이, 이혼이, 인생이, 인연이, 자랑이, 자살이,

자연이, 장점이, 저녁이, 저승이, 저항이, 절망이, 젊음이, 존경이,

주름살이, 중독이, 지식이, 지옥이, 집착이, 짜증이, 착각이,

천당이, 청춘이, 청탁이, 초롱이, 촛불이, 추억, 추월이, 출근이,

출발이, 출생이, 춤이, 침묵이, 칭찬이, 카네이션이, 칼륨이, 칼이,

칼타령이, 커피향이, 컵이, 코끼리울음이, 코스모스꽃이, 콧털이,

콩이, 콩향이, 키움이, 타인이, 타협이, 탈선이, 탈영이, 탈옥이,
탈출이, 탑이, 태엽이, 태클이, 터널이, 토론이, 통이, 특종이,
티끌이, 팀이, 파격이, 파란이, 파문이, 파산이, 파업이, 파직이,
펭귄이, 편견이, 평균이, 평등이, 포섭이, 포옹이, 포용이, 폭력이,
하늘이, 하품이, 학생이, 한숨이, 함박꽃이, 함박눈이, 함성이,
해안선이, 행동이, 행복이, 행운이, 허공이, 혁명이, 현실이,
확신이, 확장이, 환생이, 휘파람이, 휴유증이, 휴일이, 흔적이,
희망이, 힘이 …

나뒹굴다, 나부끼다, 나앉다, 나직하다, 나풀거리다, 나풀되다,
나풋대다, 낙상하다, 낚시되다, 난잡하다, 난초롱하다, 날다,
날뛰다, 날랜다, 날렵하다, 날씬하다, 날카롭다, 남용되다,
납작하다, 납치되다, 낭창거리다, 낭창하다, 낯설다, 너그럽다,
너울대다, 너풋대다, 넌들대다, 널부러지다, 넓다, 넓어지다,
넘어가다, 넘어오다, 넘어지다, 네모지다, 노랗다, 녹다, 논쟁하다,
높다, 누렇다, 누추하다, 눅눅하다, 눈뜨다, 눕다, 느긋하다,
느닷없다, 느리다, 느슨하다, 늘어서다, 늙는다, 능란하다,
니글거리다 …

예 ㄴ + ㄴ = **낭만이** (나뒹굴다, 나부끼다, 나앉다, 나직하다 …)

· ㄱ + ㄴ = 갈등이 (나풀거리다, 나풀되다, 나풋대다, 낙상하다 …)

· ㄷ + ㄴ = 달맞이꽃이 (낚시되다, 난잡하다, 난초롱하다, 날다 …)

· ㅁ + ㄴ = 만족이 (날카롭다, 남용되다, 납작하다, 납치되다 …)

· ㅂ + ㄴ = 바람결이 (낭창거리다, 낭창하다, 낯설다, 너그럽다 …)

· ㅅ + ㄴ = 사망이 (너울대다, 너풋대다, 넌들대다, 널부러지다 …)

· ㅇ + ㄴ = 아픔이 (넓다, 넒다, 넓어지다, 넘어가다 …)

· ㅈ + ㄴ = 사살이 (넘어오다, 넘어지다, 넘어지다, 네모시나 …)

· ㅊ + ㄴ = 천당이 (노랗다, 녹다, 논쟁하다, 높다 …)

· ㅋ + ㄴ = 칼륨이 (누렇다, 누추하다, 눅눅하다, 눈뜨다 …)

· ㅌ + ㄴ = 타협이 (눕다, 느긋하다, 느닷없다, 느리다 …)

· ㅍ + ㄴ = 파란이 (느슨하다, 늘어서다, 늙는다, 능란하다 …)

· ㅎ + ㄴ = 하품이 (니글거리다, 나뒹굴다, 나부끼다, 나앉다…)

가을이, 갈등이, 갈증이, 감동이, 거짓말이, 거품이, 걱정이,
겨울이, 결혼이, 겸손이, 계절이, 고독이, 고립이, 고백이, 구름이,
권력이, 그늘이, 극락이, 기다림이, 기쁨이, 기억력이, 기적이,
꽃이, 꿈이, 나눔이, 낙원이, 낭만이, 낮이, 낮잠이, 노동이,
노력이, 노을이, 논쟁이, 뇌물이, 눈물이, 눈빛이, 눈웃음이,
늙음이, 능력이, 능선이, 달이, 달맞이꽃이, 달빛이, 도덕이,

도박이, 도전이, 독립이, 두통이, 단점이, 덩굴손이, 동굴이,

동백꽃이, 동심이, 동작이, 동정이, 두목이, 마음이, 만족이,

망상이, 매력이, 멋이, 모순이, 몸부림이, 문장이, 문학이, 물결이,

미련이, 미신이, 미움이, 믿음이, 밀물이, 바람이, 바람결이,

반성이, 반올림이, 밝음이, 밤이, 방심이, 방황이, 배웅이, 법이,

별빛이, 봄이, 부작용이, 부탁이, 불면증이, 불발이, 불시착이,

불신이, 불안이, 불운이, 불충분이, 불침범이, 불편이, 불평이,

불행이, 비관이, 비극이, 비밀이, 빈곤이, 사랑이, 사망이, 사직이,

상식이, 상징이, 생각이, 생명이, 생활이, 성장이, 세월이, 소문이,

소질이, 수명이, 순간이, 슬픔이, 습관이, 시간이, 실력이, 썰물이,

아침이, 아픔이, 악연이, 안심이, 애국이, 약속이, 약혼이, 양심이,

어둠이, 여름이, 여백이, 열정이, 영원이, 예술이, 오만이, 오전이,

외로움이, 외면이, 요약이, 욕심이, 우정이, 운명이, 울음이,

웃음이, 유행이, 이별이, 이혼이, 인생이, 인연이, 자랑이, 자살이,

자연이, 장점이, 저녁이, 저승이, 저항이, 절망이, 젊음이, 존경이,

주름살이, 중독이, 지식이, 지옥이, 집착이, 짜증이, 착각이,

천당이, 청춘이, 청탁이, 초롱이, 촛불이, 추억, 추월이, 출근이,

출발이, 출생이, 춤이, 침묵이, 칭찬이, 카네이션이, 칼륨이, 칼이,

칼타령이, 커피향이, 컵이, 코끼리울음이, 코스모스꽃이, 콧털이,

콩이, 콩향이, 키움이, 타인이, 타협이, 탈선이, 탈영이, 탈옥이,

탈출이, 탑이, 태엽이, 태클이, 터널이, 토론이, 통이, 특종이,

티끌이, 팀이, 파격이, 파란이, 파문이, 파산이, 파업이, 파직이,

펭귄이, 편견이, 평균이, 평등이, 포섭이, 포옹이, 포용이, 폭력이,

하늘이, 하품이, 학생이, 한숨이, 함박꽃이, 함박눈이, 함성이,

해안선이, 행동이, 행복이, 행운이, 허공이, 혁명이, 현실이,

확신이, 확장이, 환생이, 휘파람이, 휴유증이, 휴일이, 흔적이,

희망이, 힘이 …

ㄷ

다가앉다, 다릉대다, 다정하다, 달다, 달달하다, 달뜨다, 달라붙다,
달린다, 달붉다, 달삭이다, 달콤하다, 당당하다, 당돌하다,
대롱거리다, 대패하다, 대피하다, 대행하다, 더럽다, 덜렁되다,
덜썩대다, 덥다, 덩그렇대다, 덮이다, 도도하다, 돌변하다,
돌아서다, 돌아오다, 동요하다, 돼먹잖다, 둔갑하다, 둘러싸다,
둘러앉다, 둥그레지다, 뒤척이다, 뒹굴다, 드나들다, 들붙다,
들썩이다, 따갑다, 따스하다, 딱딱하다, 딱하다, 떠나가다,
떠내려가다, 떠돌아다니다, 떨어진다, 떫다, 똘똘하다, 뚱뚱하다,
뛰어나다, 뛰어놀다, 뜨겁다 …

예 ㄷ + ㄷ = **달빛이** (달콤하다, 다가앉다, 다릉대다, 다정하다 …)

· ㄱ + ㄷ = 갈증이 (달다, 달달하다, 달뜨다, 달라붙다 …)

• ㄴ + ㄷ = 낙원이 (달린다, 달붉다, 달삭이다, 달콤하다 …)

• ㅁ + ㄷ = 망상이 (당당하다, 당돌하다, 대롱거리다, 대패하다 …)

• ㅂ + ㄷ = 반성이 (대피하다, 대행하다, 더럽다, 덜렁되다 …)

• ㅅ + ㄷ = 사직이 (덜썩대다, 덥다, 덩그렁대다, 덮이다 …)

• ㅇ + ㄷ = 악연이 (도도하다, 돌변하다, 돌아서다, 돌아오다 …)

• ㅈ + ㄷ - 자연이 (동요하다, 돼먹잖다, 둔갑하다, 둘러싸다 …)

• ㅊ + ㄷ = 청춘이 (둘러앉다, 둥그레지다, 뒤척이다, 뒹굴다 …)

• ㅋ + ㄷ = 칼이 (드나들다, 들붙다, 들썩이다, 따갑다 …)

• ㅌ + ㄷ = 탈선이 (따스하다, 딱딱하다, 딱하다, 떠나가다 …)

• ㅍ + ㄷ = 파문이 (떠내려가다, 떠돌아다니다, 떨어진다, 떫다 …)

• ㅎ + ㄷ = 학생이 (똘똘하다, 뚱뚱하다, 뛰어나다, 뛰어놀다 …)

가을이, 갈등이, 갈증이, 감동이, 거짓말이, 거품이, 걱정이,
겨울이, 결혼이, 겸손이, 계절이, 고독이, 고립이, 고백이, 구름이,
권력이, 그늘이, 극락이, 기다림이, 기쁨이, 기억력이, 기적이,
꽃이, 꿈이, 나눔이, 낙원이, 낭만이, 낮이, 낮잠이, 노동이,
노력이, 노을이, 논쟁이, 뇌물이, 눈물이, 눈빛이, 눈웃음이,
늙음이, 능력이, 능선이, 달이, 달맞이꽃이, 달빛이, 도덕이,

도박이, 도전이, 독립이, 두통이, 단점이, 덩굴손이, 동굴이,

동백꽃이, 동심이, 동작이, 동정이, 두목이, 마음이, 만족이,

망상이, 매력이, 멋이, 모순이, 몸부림이, 문장이, 문학이, 물결이,

미련이, 미신이, 미움이, 믿음이, 밀물이, 바람이, 바람결이,

반성이, 반올림이, 밝음이, 밤이, 방심이, 방황이, 배웅이, 법이,

별빛이, 봄이, 부작용이, 부탁이, 불면증이, 불발이, 불시착이,

불신이, 불안이, 불운이, 불충분이, 불침범이, 불편이, 불평이,

불행이, 비관이, 비극이, 비밀이, 빈곤이, 사랑이, 사망이, 사직이,

상식이, 상징이, 생각이, 생명이, 생활이, 성장이, 세월이, 소문이,

소질이, 수명이, 순간이, 슬픔이, 습관이, 시간이, 실력이, 썰물이,

아침이, 아픔이, 악연이, 안심이, 애국이, 약속이, 약혼이, 양심이,

어둠이, 여름이, 여백이, 열정이, 영원이, 예술이, 오만이, 오전이,

외로움이, 외면이, 요약이, 욕심이, 우정이, 운명이, 울음이,

웃음이, 유행이, 이별이, 이혼이, 인생이, 인연이, 자랑이, 자살이,

자연이, 장점이, 저녁이, 저승이, 저항이, 절망이, 젊음이, 존경이,

주름살이, 중독이, 지식이, 지옥이, 집착이, 짜증이, 착각이,

천당이, 청춘이, 청탁이, 초롱이, 촛불이, 추억, 추월이, 출근이,

출발이, 출생이, 춤이, 침묵이, 칭찬이, 카네이션이, 칼륨이, 칼이,

칼타령이, 커피향이, 컵이, 코끼리울음이, 코스모스꽃이, 콧털이,

콩이, 콩향이, 키움이, 타인이, 타협이, 탈선이, 탈영이, 탈옥이,

탈출이, 탑이, 태엽이, 태클이, 터널이, 토론이, 통이, 특종이,

티끌이, 팀이, 파격이, 파란이, 파문이, 파산이, 파업이, 파직이,

펭귄이, 편견이, 평균이, 평등이, 포섭이, 포옹이, 포용이, 폭력이,

하늘이, 하품이, 학생이, 한숨이, 함박꽃이, 함박눈이, 함성이,

해안선이, 행동이, 행복이, 행운이, 허공이, 혁명이, 현실이,

확신이, 확장이, 환생이, 휘파람이, 휴유증이, 휴일이, 흔적이,

희망이, 힘이 …

ㅁ

마디다, 마렵다, 마르다, 마른다, 마비되다, 막강하다, 만져지다, 말갛다, 말끔하다, 말똥거리다, 말랑거리다, 말쑥하다, 맛깔스럽다, 맛있다, 매끈하다, 매달리다, 매장되다, 맨드름하다, 맵다, 멀뚱거리다, 멀리뛰다, 멀어지다, 메마르다, 메스껍다, 모이다, 모자라다, 모질다, 목마르다, 목욕하다, 몰랑하다, 몰수되다, 못박히다, 몽울대다, 묘하다, 무겁다, 무섭다, 무성하다, 무자비하다, 묵묵하다, 묵직하다, 문열다, 물러나다, 물렁하다, 물씬거리다, 물컹대다, 뭉그러지다, 미끄러지다, 미끄럽다, 미련하다, 미지근하다, 믿음직스럽다, 밀리다 …

예 ㅁ + ㅁ = **목소리가** (말랑하다, 마디다, 마렵다, 마르다 …)

· ㄱ + ㅁ = **감동이** (마른다, 마비되다, 막강하다, 만져지다 …)

· ㄴ + ㅁ = 낭만이 (말갛다, 말끔하다, 말똥거리다, 말랑거리다 …)

· ㄷ + ㅁ = 도덕이 (말쑥하다, 맛깔스럽다, 맛있다, 매끈하다 …)

· ㅂ + ㅁ = 반올림이 (매달리다, 매장되다, 맨드름하다, 맵다 …)

· ㅅ + ㅁ = 상식이 (멀뚱거리다, 멀리뛰다, 멀어지다, 메마르다 …)

· ㅇ + ㅁ = 안심이 (메스껍다, 모이다, 모자라다, 모질다 …)

· ㅈ + ㅁ = 장점이 (목마르나, 목욕하다, 몰랑하다, 몰수되다 …)

· ㅊ + ㅁ = 청탁이 (못박히다, 몽울대다, 묘하다, 무겁다 …)

· ㅋ + ㅁ = 칼타령이 (무섭다, 무성하다, 무자비하다, 묵묵하다 …)

· ㅌ + ㅁ = 탈영이 (묵직하다, 문열다, 물러나다, 물렁하다 …)

· ㅍ + ㅁ = 파산이 (물씬거리다, 물컹대다, 뭉그러지다, 미끄러지다 …)

· ㅎ + ㅁ = 한숨이 (미끄럽다, 미련하다, 미지근하다, 믿음직스럽다 …)

가을이, 갈등이, 갈증이, 감동이, 거짓말이, 거품이, 걱정이,
겨울이, 결혼이, 겸손이, 계절이, 고독이, 고립이, 고백이, 구름이,
권력이, 그늘이, 극락이, 기다림이, 기쁨이, 기억력이, 기적이,
꽃이, 꿈이, 나눔이, 낙원이, 낭만이, 낮이, 낮잠이, 노동이,
노력이, 노을이, 논쟁이, 뇌물이, 눈물이, 눈빛이, 눈웃음이,
늙음이, 능력이, 능선이, 달이, 달맞이꽃이, 달빛이, 도덕이,

도박이, 도전이, 독립이, 두통이, 단점이, 덩굴손이, 동굴이, 동백꽃이, 동심이, 동작이, 동정이, 두목이, 마음이, 만족이, 망상이, 매력이, 멋이, 모순이, 몸부림이, 문장이, 문학이, 물결이, 미련이, 미신이, 미움이, 믿음이, 밀물이, 바람이, 바람결이, 반성이, 반올림이, 밝음이, 밤이, 방심이, 방황이, 배웅이, 법이, 별빛이, 봄이, 부작용이, 부탁이, 불면증이, 불발이, 불시착이, 불신이, 불안이, 불운이, 불충분이, 불침범이, 불편이, 불평이, 불행이, 비관이, 비극이, 비밀이, 빈곤이, 사랑이, 사망이, 사직이, 상식이, 상징이, 생각이, 생명이, 생활이, 성장이, 세월이, 소문이, 소질이, 수명이, 순간이, 슬픔이, 습관이, 시간이, 실력이, 썰물이, 아침이, 아픔이, 악연이, 안심이, 애국이, 약속이, 약혼이, 양심이, 어둠이, 여름이, 여백이, 열정이, 영원이, 예술이, 오만이, 오전이, 외로움이, 외면이, 요약이, 욕심이, 우정이, 운명이, 울음이, 웃음이, 유행이, 이별이, 이혼이, 인생이, 인연이, 자랑이, 자살이, 자연이, 장점이, 저녁이, 저승이, 저항이, 절망이, 젊음이, 존경이, 주름살이, 중독이, 지식이, 지옥이, 집착이, 짜증이, 착각이, 천당이, 청춘이, 청탁이, 초롱이, 촛불이, 추억, 추월이, 출근이, 출발이, 출생이, 춤이, 침묵이, 칭찬이, 카네이션이, 칼륨이, 칼이, 칼타령이, 커피향이, 컵이, 코끼리울음이, 코스모스꽃이, 콧털이,

콩이, 콩향이, 키움이, 타인이, 타협이, 탈선이, 탈영이, 탈옥이,

탈출이, 탑이, 태엽이, 태클이, 터널이, 토론이, 통이, 특종이,

티끌이, 팀이, 파격이, 파란이, 파문이, 파산이, 파업이, 파직이,

펭귄이, 편견이, 평균이, 평등이, 포섭이, 포옹이, 포용이, 폭력이,

하늘이, 하품이, 학생이, 한숨이, 함박꽃이, 함박눈이, 함성이,

해안선이, 행동이, 행복이, 행운이, 허공이, 혁명이, 현실이,

확신이, 확장이, 환생이, 휘파람이, 휴유증이, 휴일이, 흔적이,

희망이, 힘이 …

ㅂ

바둥거리다, 바람피다, 반기다, 반성하다, 반송되다, 반짝이다,
발가벗다, 발기하다, 발딱이다, 발발떨다, 발아되다, 발작하다,
발전되다, 발정하다, 발효되다, 밝다, 밝아지다, 배송되다,
번지다, 벌벌떨다, 벌어지다, 벙글다, 벙싯거리다, 보드랍다,
보듬다, 보채다, 부드럽다, 부러지다, 부르짖다, 부른다, 부릅뜨다,
부서지다, 부식하다, 부임하다, 부풀다, 부활하다, 분노하다, 불다,
불어터지다, 붉다, 붐비다, 비싸다, 비아냥거리다, 비틀되다,
빵빵하다, 뺑소니치다, 뻐끔거리다, 뻗어나가다, 뽀글거리다
뽀송거리다, 뽀얗다 …

예 ㅂ + ㅂ = **밝음이** (발효되다, 바둥거리다, 바람피다, 반기다 …)

· ㄱ + ㅂ = **거짓말이** (반성하다, 반송되다, 반짝이다, 발가벗다 …)

• ㄴ + ㅂ = 낮이 (발기하다, 발딱이다, 발발떨다, 발아되다 …)

• ㄷ + ㅂ = 도박이 (발작하다, 발전되다, 발정하다, 발효되다 …)

• ㅁ + ㅂ = 매력이 (밝다, 밝아지다, 배송되다, 번지다 …)

• ㅅ + ㅂ = 상징이 (벌벌떨다, 벌어지다, 벙글다, 벙싯거리다 …)

• ㅇ + ㅂ = 애국이 (보드랍다, 보듬다, 보채다, 부드럽다 …)

• ㅈ + ㅂ = 저녁이 (부러지다, 부르짖다, 부른다, 부룹뜨다 …)

• ㅊ + ㅂ = 초롱이 (부서지다, 부식하다, 부임하다, 부풀다 …)

• ㅋ + ㅂ = 커피향이 (부활하다, 분노하다, 불다, 불어터지다 …)

• ㅌ + ㅂ = 탈옥이 (붉다, 붐비다, 비싸다, 비아냥거리다 …)

• ㅍ + ㅂ = 파업이 (비틀되다, 빵빵하다, 뺑소니치다, 뻐끔거리다 …)

• ㅎ + ㅂ = 함박꽃이 (뻗어나가다, 뽀글거리다, 뽀송거리다, 뽀얗다 …)

가을이, 갈등이, 갈증이, 감동이, 거짓말이, 거품이, 걱정이,
겨울이, 결혼이, 겸손이, 계절이, 고독이, 고립이, 고백이, 구름이,
권력이, 그늘이, 극락이, 기다림이, 기쁨이, 기억력이, 기적이,
꽃이, 꿈이, 나눔이, 낙원이, 낭만이, 낮이, 낮잠이, 노동이,
노력이, 노을이, 논쟁이, 뇌물이, 눈물이, 눈빛이, 눈웃음이,
늙음이, 능력이, 능선이, 달이, 달맞이꽃이, 달빛이, 도덕이,

도박이, 도전이, 독립이, 두통이, 단점이, 덩굴손이, 동굴이,

동백꽃이, 동심이, 동작이, 동정이, 두목이, 마음이, 만족이,

망상이, 매력이, 멋이, 모순이, 몸부림이, 문장이, 문학이, 물결이,

미련이, 미신이, 미움이, 믿음이, 밀물이, 바람이, 바람결이,

반성이, 반올림이, 밝음이, 밤이, 방심이, 방황이, 배웅이, 법이,

별빛이, 봄이, 부작용이, 부탁이, 불면증이, 불발이, 불시착이,

불신이, 불안이, 불운이, 불충분이, 불침범이, 불편이, 불평이,

불행이, 비관이, 비극이, 비밀이, 빈곤이, 사랑이, 사망이, 사직이,

상식이, 상징이, 생각이, 생명이, 생활이, 성장이, 세월이, 소문이,

소질이, 수명이, 순간이, 슬픔이, 습관이, 시간이, 실력이, 썰물이,

아침이, 아픔이, 악연이, 안심이, 애국이, 약속이, 약혼이, 양심이,

어둠이, 여름이, 여백이, 열정이, 영원이, 예술이, 오만이, 오전이,

외로움이, 외면이, 요약이, 욕심이, 우정이, 운명이, 울음이,

웃음이, 유행이, 이별이, 이혼이, 인생이, 인연이, 자랑이, 자살이,

자연이, 장점이, 저녁이, 저승이, 저항이, 절망이, 젊음이, 존경이,

주름살이, 중독이, 지식이, 지옥이, 집착이, 짜증이, 착각이,

천당이, 청춘이, 청탁이, 초롱이, 촛불이, 추억, 추월이, 출근이,

출발이, 출생이, 춤이, 침묵이, 칭찬이, 카네이션이, 칼륨이, 칼이,

칼타령이, 커피향이, 컵이, 코끼리울음이, 코스모스꽃이, 콧털이,

콩이, 콩향이, 키움이, 타인이, 타협이, 탈선이, 탈영이, 탈옥이,
탈출이, 탑이, 태엽이, 태클이, 터널이, 토론이, 통이, 특종이,
티끌이, 팀이, 파격이, 파란이, 파문이, 파산이, 파업이, 파직이,
펭귄이, 편견이, 평균이, 평등이, 포섭이, 포옹이, 포용이, 폭력이,
하늘이, 하품이, 학생이, 한숨이, 함박꽃이, 함박눈이, 함성이,
해안선이, 행동이, 행복이, 행운이, 허공이, 혁명이, 현실이,
확신이, 확장이, 환생이, 휘파람이, 휴유증이, 휴일이, 흔적이,
희망이, 힘이 …

ㅅ

사죄하다, 사직하다, 삭다, 삭발하다, 살갑다, 살다, 살랑이다, 살벌하다, 살지다, 새롭다, 생글거리다, 서거하다, 서글프다, 서러워하다, 서리다, 서있다, 서툴다, 섞이다, 설치다, 속삭이다, 솔방이다, 솔직하다, 수다스럽다, 수북하다, 수척하다, 쉬다, 스미다, 슬기롭다, 슬프다, 습격하다, 시들다, 시럽다, 시리다, 시시하다, 시원찮다, 시원하다, 시큼하다, 신선하다, 신음하다, 실려오다, 싱싱하다, 싸다, 쌀쌀하다, 쌉쌀하다, 쌓이다, 쌩뚱맞다, 썩다, 쏜살같다, 쏟아지다, 쓰다, 쓰리다, 쓸려가다 …

⑩ ㅅ + ㅅ = **소문이** (수북하다, 사죄하다, 사직하다, 삭다 …)

· ㄱ + ㅅ = **거품이** (삭발하다, 살갑다, 살다, 살랑이다 …)

· ㄴ + ㅅ = **낮잠이** (살벌하다, 살지다, 새롭다, 생글거리다 …)

· ㄷ + ㅅ = 도전이 (서거하다, 서글프다, 서러워하다, 서리다 …)

· ㅁ + ㅅ = 멋이 (서있다, 서툴다, 섞이다, 설치다 …)

· ㅂ + ㅅ = 밤이 (속삭이다, 솔방이다, 솔직하다, 수다스럽다 …)

· ㅇ + ㅅ = 약속이 (수북하다, 수척하다, 쉬다, 스미다 …)

· ㅈ + ㅅ = 저승이 (슬기롭다, 슬프다, 습격하다, 시들다 …)

· ㅊ + ㅅ = 촛불이 (시립다, 시리다, 시시하다, 시원찮다 …)

· ㅋ + ㅅ = 컵이 (시원하다, 시큼하다, 신선하다, 신음하다 …)

· ㅌ + ㅅ = 탈출이 (실려오다, 싱싱하다, 싸다, 쌀쌀하다 …)

· ㅍ + ㅅ = 파직이 (쌉쌀하다, 쌓이다, 쌩뚱맞다, 썩다 …)

· ㅎ + ㅅ = 함박눈이 (쏜살같다, 쏟아지다, 쓰다, 쓰리다, 쓸려가다 …)

가을이, 갈등이, 갈증이, 감동이, 거짓말이, 거품이, 걱정이,

겨울이, 결혼이, 겸손이, 계절이, 고독이, 고립이, 고백이, 구름이,

권력이, 그늘이, 극락이, 기다림이, 기쁨이, 기억력이, 기적이,

꽃이, 꿈이, 나눔이, 낙원이, 낭만이, 낮이, 낮잠이, 노동이,

노력이, 노을이, 논쟁이, 뇌물이, 눈물이, 눈빛이, 눈웃음이,

늙음이, 능력이, 능선이, 달이, 달맞이꽃이, 달빛이, 도덕이,

도박이, 도전이, 독립이, 두통이, 단점이, 덩굴손이, 동굴이,

동백꽃이, 동심이, 동작이, 동정이, 두목이, 마음이, 만족이,
망상이, 매력이, 멋이, 모순이, 몸부림이, 문장이, 문학이, 물결이,
미련이, 미신이, 미움이, 믿음이, 밀물이, 바람이, 바람결이,
반성이, 반올림이, 밝음이, 밤이, 방심이, 방황이, 배웅이, 법이,
별빛이, 봄이, 부작용이, 부탁이, 불면증이, 불발이, 불시착이,
불신이, 불안이, 불운이, 불충분이, 불침범이, 불편이, 불평이,
불행이, 비관이, 비극이, 비밀이, 빈곤이, 사랑이, 사망이, 사직이,
상식이, 상징이, 생각이, 생명이, 생활이, 성장이, 세월이, 소문이,
소질이, 수명이, 순간이, 슬픔이, 습관이, 시간이, 실력이, 썰물이,
아침이, 아픔이, 악연이, 안심이, 애국이, 약속이, 약혼이, 양심이,
어둠이, 여름이, 여백이, 열정이, 영원이, 예술이, 오만이, 오전이,
외로움이, 외면이, 요약이, 욕심이, 우정이, 운명이, 울음이,
웃음이, 유행이, 이별이, 이혼이, 인생이, 인연이, 자랑이, 자살이,
자연이, 장점이, 저녁이, 저승이, 저항이, 절망이, 젊음이, 존경이,
주름살이, 중독이, 지식이, 지옥이, 집착이, 짜증이, 착각이,
천당이, 청춘이, 청탁이, 초롱이, 촛불이, 추억, 추월이, 출근이,
출발이, 출생이, 춤이, 침묵이, 칭찬이, 카네이션이, 칼륨이, 칼이,
칼타령이, 커피향이, 컵이, 코끼리울음이, 코스모스꽃이, 콧털이,
콩이, 콩향이, 키움이, 타인이, 타협이, 탈선이, 탈영이, 탈옥이,

탈출이, 탑이, 태엽이, 태클이, 터널이, 토론이, 통이, 특종이,
티끌이, 팀이, 파격이, 파란이, 파문이, 파산이, 파업이, 파직이,
펭귄이, 편견이, 평균이, 평등이, 포섭이, 포옹이, 포용이, 폭력이,
하늘이, 하품이, 학생이, 한숨이, 함박꽃이, 함박눈이, 함성이,
해안선이, 행동이, 행복이, 행운이, 허공이, 혁명이, 현실이,
확신이, 확장이, 환생이, 휘파람이, 휴유증이, 휴일이, 흔적이,
희망이, 힘이 …

아니꼽다, 아롱이다, 아릿하다, 아찔하다, 아프다, 안쓰럽다,
안타깝다, 앉다, 앙상하다, 야위다, 약다, 약빠르다, 얄궂다,
얄밉다, 얇다, 어둡다, 어렵다, 어리다, 어수룩하다, 어질다,
억눌리다, 언짢다, 얼다, 얼룩지다, 얼싸안다, 여물다, 여울지다,
여위다, 열리다, 열린다, 오방지다, 올곧다, 올바르다, 옳다,
외출하다, 외치다, 우습다, 울다, 울린다, 울적하다, 움찔거린다,
움푹하다, 웃다, 의심쩍다, 이직하다, 익다, 익사하다, 일어나다,
일렁이다, 입덧하다, 입적하다 …

예 ㅁ + ㅇ = 운명이 (앙상하다, 아니꼽다, 아롱이다, 아릿하다 …)

· ㄱ + ㅇ = 걱정이 (아찔하다, 아프다, 안쓰럽다, 안타깝다 …)

· ㄴ + ㅇ = 노동이 (앉다, 앙상하다, 야위다, 약다 …)

· ㄷ + ㅇ = 독립이 (약빠르다, 얄궂다, 얄밉다, 얇다 …)

· ㅁ + ㅇ = 모순이 (어둡다, 어렵다, 어리다, 어수룩하다 …)

· ㅂ + ㅇ = 방심이 (어질다, 억눌리다, 언짢다, 얼다 …)

· ㅅ + ㅇ = 생각이 (얼룩지다, 얼싸안다, 여물다, 여울지다 …)

· ㅈ + ㅇ = 저항이 (여위다, 열리다, 열린다, 오방지다 …)

· ㅊ + ㅇ = 추억이 (올곧다, 올바르다, 옳다, 외출히다 …)

· ㅋ + ㅇ = 코끼리울음이 (외치다, 우습다, 울다, 울린다 …)

· ㅌ + ㅇ = 탑이 (울적하다, 움찔거린다, 움푹하다, 웃다 …)

· ㅍ + ㅇ = 펭귄이 (의심쩍다, 이직하다, 익다, 익사하다 …)

· ㅎ + ㅇ = 함성이 (일어나다, 일렁이다, 입덧하다, 입적하다 …)

가을이, 갈등이, 갈증이, 감동이, 거짓말이, 거품이, 걱정이,
겨울이, 결혼이, 겸손이, 계절이, 고독이, 고립이, 고백이, 구름이,
권력이, 그늘이, 극락이, 기다림이, 기쁨이, 기억력이, 기적이,
꽃이, 꿈이, 나눔이, 낙원이, 낭만이, 낮이, 낮잠이, 노동이,
노력이, 노을이, 논쟁이, 뇌물이, 눈물이, 눈빛이, 눈웃음이,
늙음이, 능력이, 능선이, 달이, 달맞이꽃이, 달빛이, 도덕이,
도박이, 도전이, 독립이, 두통이, 단점이, 덩굴손이, 동굴이,

동백꽃이, 동심이, 동작이, 동정이, 두목이, 마음이, 만족이,

망상이, 매력이, 멋이, 모순이, 몸부림이, 문장이, 문학이, 물결이,

미련이, 미신이, 미움이, 믿음이, 밀물이, 바람이, 바람결이,

반성이, 반올림이, 밝음이, 밤이, 방심이, 방황이, 배웅이, 법이,

별빛이, 봄이, 부작용이, 부탁이, 불면증이, 불발이, 불시착이,

불신이, 불안이, 불운이, 불충분이, 불침범이, 불편이, 불평이,

불행이, 비관이, 비극이, 비밀이, 빈곤이, 사랑이, 사망이, 사직이,

상식이, 상징이, 생각이, 생명이, 생활이, 성장이, 세월이, 소문이,

소질이, 수명이, 순간이, 슬픔이, 습관이, 시간이, 실력이, 썰물이,

아침이, 아픔이, 악연이, 안심이, 애국이, 약속이, 약혼이, 양심이,

어둠이, 여름이, 여백이, 열정이, 영원이, 예술이, 오만이, 오전이,

외로움이, 외면이, 요약이, 욕심이, 우정이, 운명이, 울음이,

웃음이, 유행이, 이별이, 이혼이, 인생이, 인연이, 자랑이, 자살이,

자연이, 장점이, 저녁이, 저승이, 저항이, 절망이, 젊음이, 존경이,

주름살이, 중독이, 지식이, 지옥이, 집착이, 짜증이, 착각이,

천당이, 청춘이, 청탁이, 초롱이, 촛불이, 추억, 추월이, 출근이,

출발이, 출생이, 춤이, 침묵이, 칭찬이, 카네이션이, 칼륨이, 칼이,

칼타령이, 커피향이, 컵이, 코끼리울음이, 코스모스꽃이, 콧털이,

콩이, 콩향이, 키움이, 타인이, 타협이, 탈선이, 탈영이, 탈옥이,

탈출이, 탑이, 태엽이, 태클이, 터널이, 토론이, 통이, 특종이, 티끌이, 팀이, 파격이, 파란이, 파문이, 파산이, 파업이, 파직이, 펭귄이, 편견이, 평균이, 평등이, 포섭이, 포옹이, 포용이, 폭력이, 하늘이, 하품이, 학생이, 한숨이, 함박꽃이, 함박눈이, 함성이, 해안선이, 행동이, 행복이, 행운이, 허공이, 혁명이, 현실이, 확신이, 확장이, 환생이, 휘파람이, 휴유증이, 휴일이, 흔적이, 희망이, 힘이 …

자다, 자라다, 작다, 작열하다, 잘다, 잘달막하다, 잘록하다,
잘리다, 잘잘하다, 잠그다, 잠기다, 잠복하다, 잠수하다, 잠자다,
장수하다, 장악하다, 재미있다, 재생되다, 적다, 전염되다,
전파되다, 절다, 절룩이다, 젊다, 젖다, 조신하다, 조용하다,
조절되다, 조제되다, 졸다, 주절되다, 주제넘다, 죽다, 줄기차다,
줄다, 줄서다, 줄어들다, 중얼거리다, 증여되다, 지나가다,
지워지다, 지혜롭다, 질기다, 질주하다, 짓궂다, 짙다, 짜다, 짧다,
찌그러지다, 찌들다, 찡그리다, 찢어지다 …

예 ㅈ + ㅈ = 주름살이 (젊다, 자다, 자라다, 작다 …)

· ㄱ + ㅈ = 겨울이 (작열하다, 잘다, 잘달막하다, 잘록하다 …)

· ㄴ + ㅈ = 노력이 (잘리다, 잘잘하다, 잠그다, 잠기다 …)

· ㄷ + ㅈ = 두통이 (잠복하다, 잠수하다, 잠자다, 장수하다 …)

· ㅁ + ㅈ = 몸부림이 (장악하다, 재미있다, 재생되다, 적다 …)

· ㅂ + ㅈ = 방황이 (전염되다, 전파되다, 절다, 절룩이다 …)

· ㅅ + ㅈ = 생명이 (젊다, 젖다, 조신하다, 조용하다 …)

· ㅇ + ㅈ = 약혼이 (조절되다, 조제되다, 졸다, 주절되다 …)

· ㅊ + ㅈ = 추월이 (주제넘다, 죽다, 줄기차다, 줄다 …)

· ㅋ + ㅈ = 코스모스꽃이 (줄서다, 줄어들다, 중얼거리다, 증여되다 …)

· ㅌ + ㅈ = 태엽이 (지나가다, 지워지다, 지혜롭다, 질기다 …)

· ㅍ + ㅈ = 편견이 (질주하다, 짓궂다, 짙다, 짜다 …)

· ㅎ + ㅈ = 해안선이 (짧다, 찌그러지다, 찌들다, 찡그리다, 찢어지다 …)

가을이, 갈등이, 갈증이, 감동이, 거짓말이, 거품이, 걱정이,
겨울이, 결혼이, 겸손이, 계절이, 고독이, 고립이, 고백이, 구름이,
권력이, 그늘이, 극락이, 기다림이, 기쁨이, 기억력이, 기적이,
꽃이, 꿈이, 나눔이, 낙원이, 낭만이, 낮이, 낮잠이, 노동이,
노력이, 노을이, 논쟁이, 뇌물이, 눈물이, 눈빛이, 눈웃음이,
늙음이, 능력이, 능선이, 달이, 달맞이꽃이, 달빛이, 도덕이,
도박이, 도전이, 독립이, 두통이, 단점이, 덩굴손이, 동굴이,

동백꽃이, 동심이, 동작이, 동정이, 두목이, 마음이, 만족이,
망상이, 매력이, 멋이, 모순이, 몸부림이, 문장이, 문학이, 물결이,
미련이, 미신이, 미움이, 믿음이, 밀물이, 바람이, 바람결이,
반성이, 반올림이, 밝음이, 밤이, 방심이, 방황이, 배웅이, 법이,
별빛이, 봄이, 부작용이, 부탁이, 불면증이, 불발이, 불시착이,
불신이, 불안이, 불운이, 불충분이, 불침범이, 불편이, 불평이,
불행이, 비관이, 비극이, 비밀이, 빈곤이, 사랑이, 사망이, 사직이,
상식이, 상징이, 생각이, 생명이, 생활이, 성장이, 세월이, 소문이,
소질이, 수명이, 순간이, 슬픔이, 습관이, 시간이, 실력이, 썰물이,
아침이, 아픔이, 악연이, 안심이, 애국이, 약속이, 약혼이, 양심이,
어둠이, 여름이, 여백이, 열정이, 영원이, 예술이, 오만이, 오전이,
외로움이, 외면이, 요약이, 욕심이, 우정이, 운명이, 울음이,
웃음이, 유행이, 이별이, 이혼이, 인생이, 인연이, 자랑이, 자살이,
자연이, 장점이, 저녁이, 저승이, 저항이, 절망이, 젊음이, 존경이,
주름살이, 중독이, 지식이, 지옥이, 집착이, 짜증이, 착각이,
천당이, 청춘이, 청탁이, 초롱이, 촛불이, 추억, 추월이, 출근이,
출발이, 출생이, 춤이, 침묵이, 칭찬이, 카네이션이, 칼륨이, 칼이,
칼타령이, 커피향이, 컵이, 코끼리울음이, 코스모스꽃이, 콧털이,
콩이, 콩향이, 키움이, 타인이, 타협이, 탈선이, 탈영이, 탈옥이,

탈출이, 탑이, 태엽이, 태클이, 터널이, 토론이, 통이, 특종이, 티끌이, 팀이, 파격이, 파란이, 파문이, 파산이, 파업이, 파직이, 펭귄이, 편견이, 평균이, 평등이, 포섭이, 포옹이, 포용이, 폭력이, 하늘이, 하품이, 학생이, 한숨이, 함박꽃이, 함박눈이, 함성이, 해안선이, 행동이, 행복이, 행운이, 허공이, 혁명이, 현실이, 확신이, 확장이, 환생이, 휘파람이, 휴유증이, 휴일이, 흔적이, 희망이, 힘이 …

차갑다, 차출하다, 착석하다, 착실하다, 착하다, 찰랑이다, 찰박이다, 찰방거리다, 찰지다, 찰지다, 참방거리다, 참수하다, 참여하다, 참하다, 창궐한다, 창창하다, 처량하다, 처참하다, 처형되다, 철들다, 청렴하다, 청빈하다, 초라하다, 촉촉하다, 출삭되다, 추격하다, 추근대다, 축축하다, 출근하다, 출렁이다, 출몰하다, 출발하다, 출생하다, 출세하다, 춤추다, 춥다, 침몰하다, 침묵하다, 칭얼되다, 칭찬하다 …

⑩ ㅊ + ㅊ = 춤이 (창백하다, 차갑다, 차출하다, 착석하다 …)

· ㄱ + ㅊ = 결혼이 (착실하다, 착하다, 찰랑이다, 찰박이다 …)

· ㄴ + ㅊ = 노을이 (찰방거리다, 찰지다, 찰지다, 참방거리다 …)

· ㄷ + ㅊ = 단점이 (참수하다, 참여하다, 참하다, 창궐한다 …)

· ㅁ + ㅊ = 문장이 (창창하다, 처량하다, 처참하다, 처형되다 …)

· ㅂ + ㅊ = 배웅이 (철들다, 청렴하다, 청빈하다, 초라하다 …)

· ㅅ + ㅊ = 생활이 (촉촉하다, 촐삭되다, 추격하다, 추근대다 …)

· ㅇ + ㅊ = 양심이 (축축하다, 출근하다, 출렁이다, 출몰하다 …)

· ㅈ + ㅊ = 절망이 (출발하다, 출생하다, 출세하다, 춤추다 …)

· ㅋ + ㅊ = 콧털이 (춥다, 침몰하다, 친무하다, 칭얼되다 …)

· ㅌ + ㅊ = 태클이 (칭찬하다, 차갑다, 차출하다, 착석하다 …)

· ㅍ + ㅊ = 평균이 (착실하다, 착하다, 찰랑이다, 찰박이다 …)

· ㅎ + ㅊ = 해안선이 (찰방거리다, 찰지다, 찰지다, 참방거리다 …)

가을이, 갈등이, 갈증이, 감동이, 거짓말이, 거품이, 걱정이,

겨울이, 결혼이, 겸손이, 계절이, 고독이, 고립이, 고백이, 구름이,

권력이, 그늘이, 극락이, 기다림이, 기쁨이, 기억력이, 기적이,

꽃이, 꿈이, 나눔이, 낙원이, 낭만이, 낮이, 낮잠이, 노동이,

노력이, 노을이, 논쟁이, 뇌물이, 눈물이, 눈빛이, 눈웃음이,

늙음이, 능력이, 능선이, 달이, 달맞이꽃이, 달빛이, 도덕이,

도박이, 도전이, 독립이, 두통이, 단점이, 덩굴손이, 동굴이,

동백꽃이, 동심이, 동작이, 동정이, 두목이, 마음이, 만족이,

망상이, 매력이, 멋이, 모순이, 몸부림이, 문장이, 문학이, 물결이,

미련이, 미신이, 미움이, 믿음이, 밀물이, 바람이, 바람결이,

반성이, 반올림이, 밝음이, 밤이, 방심이, 방황이, 배웅이, 법이,

별빛이, 봄이, 부작용이, 부탁이, 불면증이, 불발이, 불시착이,

불신이, 불안이, 불운이, 불충분이, 불침범이, 불편이, 불평이,

불행이, 비관이, 비극이, 비밀이, 빈곤이, 사랑이, 사망이, 사직이,

상식이, 상징이, 생각이, 생명이, 생활이, 성장이, 세월이, 소문이,

소질이, 수명이, 순간이, 슬픔이, 습관이, 시간이, 실력이, 썰물이,

아침이, 아픔이, 악연이, 안심이, 애국이, 약속이, 약혼이, 양심이,

어둠이, 여름이, 여백이, 열정이, 영원이, 예술이, 오만이, 오전이,

외로움이, 외면이, 요약이, 욕심이, 우정이, 운명이, 울음이,

웃음이, 유행이, 이별이, 이혼이, 인생이, 인연이, 자랑이, 자살이,

자연이, 장점이, 저녁이, 저승이, 저항이, 절망이, 젊음이, 존경이,

주름살이, 중독이, 지식이, 지옥이, 집착이, 짜증이, 착각이,

천당이, 청춘이, 청탁이, 초롱이, 촛불이, 추억, 추월이, 출근이,

출발이, 출생이, 춤이, 침묵이, 칭찬이, 카네이션이, 칼륨이, 칼이,

칼타령이, 커피향이, 컵이, 코끼리울음이, 코스모스꽃이, 콧털이,

콩이, 콩향이, 키움이, 타인이, 타협이, 탈선이, 탈영이, 탈옥이,

탈출이, 탑이, 태엽이, 태클이, 터널이, 토론이, 통이, 특종이,

티끌이, 팀이, 파격이, 파란이, 파문이, 파산이, 파업이, 파직이,
펭귄이, 편견이, 평균이, 평등이, 포섭이, 포옹이, 포용이, 폭력이,
하늘이, 하품이, 학생이, 한숨이, 함박꽃이, 함박눈이, 함성이,
해안선이, 행동이, 행복이, 행운이, 허공이, 혁명이, 현실이,
확신이, 확장이, 환생이, 휘파람이, 휴유증이, 휴일이, 흔적이,
희망이, 힘이 …

ㅋ

케케묵다, 카랑거리다, 콜록이다, 칼칼하다, 컬컬하다, 콜콜하다,

키스하다, 키질하다, 키재기하다, 크다, 큼직하다, 퀭하다,

쿵쿵거리다, 쾅쾅거리다, 콩알거리다, 콩양거리다, 쿵쾅거리다,

캑캑거리다, 캥캥거리다, 캘캘거리다, 카랑거리다, 코랑거리다,

쿨하다, 콸콸쏟아지다, 콸콸넘치다, 쾅쾅박다, 콧노래를하다,

콧수염을휘날리다, 콧방귀를뀌다, 코를잡고웃다, 칼춤추다,

캉캉짖다, 컹컹짖다, 쿵쿵뛰다, 콩콩뛰다,

⑩ ㅋ + ㅋ = 커피향이 (칼칼하다, 케케묵다, 카랑거리다 …)

· ㄱ + ㅋ = 겸손이 (콜록이다, 칼칼하다, 컬컬하다 …)

· ㄴ + ㅋ = 논쟁이 (콜콜하다, 키스하다, 키질하다 …)

· ㄷ + ㅋ = 덩굴손이 (키재기하다, 크다, 큼직하다 …)

- ㅁ + ㅋ = 물결이 (퀭하다, 쿵쿵거리다, 쾅쾅거리다 …)

- ㅂ + ㅋ = 법이 (콩알거리다, 콩양거리다, 쿵쾅거리다 …)

- ㅅ + ㅋ = 성장이 (캑캑거리다, 캥캥거리다, 캘캘거리다 …)

- ㅇ + ㅋ = 어둠이 (카랑거리다, 코랑거리다, 쿨하다 …)

- ㅈ + ㅋ = 젊음이 (콸콸쏟아지다, 콸콸넘치다 …)

- ㅊ + ㅋ = 출근이 (쾅쾅박다, 콧노래를하다, 콧수염을휘날리다 …)

- ㅌ + ㅋ = 터널이 (콧방귀를 뀌다, 코를 잡고 웃다 …)

- ㅍ + ㅋ = 평등이 (칼춤 추다, 캉캉짖다, 킹킹짖다 …)

- ㅎ + ㅋ = 행동이 (쿵쿵 뛰다, 콩콩 뛰다, 케케묵다 …)

가을이, 갈등이, 갈증이, 감동이, 거짓말이, 거품이, 걱정이,
겨울이, 결혼이, 겸손이, 계절이, 고독이, 고립이, 고백이, 구름이,
권력이, 그늘이, 극락이, 기다림이, 기쁨이, 기억력이, 기적이,
꽃이, 꿈이, 나눔이, 낙원이, 낭만이, 낮이, 낮잠이, 노동이,
노력이, 노을이, 논쟁이, 뇌물이, 눈물이, 눈빛이, 눈웃음이,
늙음이, 능력이, 능선이, 달이, 달맞이꽃이, 달빛이, 도덕이,
도박이, 도전이, 독립이, 두통이, 단점이, 덩굴손이, 동굴이,
동백꽃이, 동심이, 동작이, 동정이, 두목이, 마음이, 만족이,

망상이, 매력이, 멋이, 모순이, 몸부림이, 문장이, 문학이, 물결이,
미련이, 미신이, 미움이, 믿음이, 밀물이, 바람이, 바람결이,
반성이, 반올림이, 밝음이, 밤이, 방심이, 방황이, 배웅이, 법이,
별빛이, 봄이, 부작용이, 부탁이, 불면증이, 불발이, 불시착이,
불신이, 불안이, 불운이, 불충분이, 불침범이, 불편이, 불평이,
불행이, 비관이, 비극이, 비밀이, 빈곤이, 사랑이, 사망이, 사직이,
상식이, 상징이, 생각이, 생명이, 생활이, 성장이, 세월이, 소문이,
소질이, 수명이, 순간이, 슬픔이, 습관이, 시간이, 실력이, 썰물이,
아침이, 아픔이, 악연이, 안심이, 애국이, 약속이, 약혼이, 양심이,
어둠이, 여름이, 여백이, 열정이, 영원이, 예술이, 오만이, 오전이,
외로움이, 외면이, 요약이, 욕심이, 우정이, 운명이, 울음이,
웃음이, 유행이, 이별이, 이혼이, 인생이, 인연이, 자랑이, 자살이,
자연이, 장점이, 저녁이, 저승이, 저항이, 절망이, 젊음이, 존경이,
주름살이, 중독이, 지식이, 지옥이, 집착이, 짜증이, 착각이,
천당이, 청춘이, 청탁이, 초롱이, 촛불이, 추억, 추월이, 출근이,
출발이, 출생이, 춤이, 침묵이, 칭찬이, 카네이션이, 칼륨이, 칼이,
칼타령이, 커피향이, 컵이, 코끼리울음이, 코스모스꽃이, 콧털이,
콩이, 콩향이, 키움이, 타인이, 타협이, 탈선이, 탈영이, 탈옥이,
탈출이, 탑이, 태엽이, 태클이, 터널이, 토론이, 통이, 특종이,

티끌이, 팀이, 파격이, 파란이, 파문이, 파산이, 파업이, 파직이,

펭귄이, 편견이, 평균이, 평등이, 포섭이, 포옹이, 포용이, 폭력이,

하늘이, 하품이, 학생이, 한숨이, 함박꽃이, 함박눈이, 함성이,

해안선이, 행동이, 행복이, 행운이, 허공이, 혁명이, 현실이,

확신이, 확장이, 환생이, 휘파람이, 휴유증이, 휴일이, 흔적이,

희망이, 힘이 …

타다, 타전되다, 타협되다, 탁발되다, 탄로나다, 탄탄하다,
탈선하다, 탈수되다, 탈영하다, 탈출하다, 탈탈털다, 탐방거리다,
탐스럽다, 탑을 쌓다, 태어나다, 태연하다, 탱글거리다, 탱탱하다,
터지다, 털다, 털털하다, 텁텁하다, 토라지다, 토론하다,
토실거리다, 톰방거리다, 통과되다, 통실거리다, 통싯거리다,
통용되다, 통통거리다, 퇴각하다, 투덜거리다, 툴툴대다,
퉁퉁대다, 튼실하다, 튼튼하다, 틀어지다 …

㉠ ㅌ + ㅌ = 터널이 (톰방거리다, 타다, 타전되다 …)

· ㄱ + ㅌ = 겸손이 (타협되다, 탁발되다, 탄로나다 …)

· ㄴ + ㅌ = 뇌물이 (탄탄하다, 탈선하다, 탈수되다 …)

· ㄷ + ㅌ = 동굴이 (탈영하다, 탈출하다, 탈탈털다 …)

- ㅁ + ㅌ = 미련이 (탐방거리다, 탐스럽다, 탑을 쌓다 …)

- ㅂ + ㅌ = 별빛이 (태어나다, 태연하다, 탱글거리다 …)

- ㅅ + ㅌ = 세월이 (탱탱하다, 터지다, 털다 …)

- ㅇ + ㅌ = 여름이 (털털하다, 텁텁하다, 토라지다 …)

- ㅈ + ㅌ = 존경이 (토론하다, 토실거리다, 톰방거리다 …)

- ㅊ + ㅌ = 출발이 (통과되다, 통실거리다, 통싯거리다 …)

- ㅋ + ㅌ = 콩이 (통용되다, 통통거리다, 퇴각하다 …)

- ㅍ + ㅌ = 포섭이 (투덜거리다, 툴툴대다, 퉁퉁대다 …)

- ㅎ + ㅌ = 행복이 (튼실하다, 튼튼하다, 틀어지다 …)

가을이, 갈등이, 갈증이, 감동이, 거짓말이, 거품이, 걱정이,

겨울이, 결혼이, 겸손이, 계절이, 고독이, 고립이, 고백이, 구름이,

권력이, 그늘이, 극락이, 기다림이, 기쁨이, 기억력이, 기적이,

꽃이, 꿈이, 나눔이, 낙원이, 낭만이, 낮이, 낮잠이, 노동이,

노력이, 노을이, 논쟁이, 뇌물이, 눈물이, 눈빛이, 눈웃음이,

늙음이, 능력이, 능선이, 달이, 달맞이꽃이, 달빛이, 도덕이,

도박이, 도전이, 독립이, 두통이, 단점이, 덩굴손이, 동굴이,

동백꽃이, 동심이, 동작이, 동정이, 두목이, 마음이, 만족이,

망상이, 매력이, 멋이, 모순이, 몸부림이, 문장이, 문학이, 물결이,
미련이, 미신이, 미움이, 믿음이, 밀물이, 바람이, 바람결이,
반성이, 반올림이, 밝음이, 밤이, 방심이, 방황이, 배웅이, 법이,
별빛이, 봄이, 부작용이, 부탁이, 불면증이, 불발이, 불시착이,
불신이, 불안이, 불운이, 불충분이, 불침범이, 불편이, 불평이,
불행이, 비관이, 비극이, 비밀이, 빈곤이, 사랑이, 사망이, 사직이,
상식이, 상징이, 생각이, 생명이, 생활이, 성장이, 세월이, 소문이,
소질이, 수명이, 순간이, 슬픔이, 습관이, 시간이, 실력이, 썰물이,
아침이, 아픔이, 악연이, 안심이, 애국이, 약속이, 약혼이, 양심이,
어둠이, 여름이, 여백이, 열정이, 영원이, 예술이, 오만이, 오전이,
외로움이, 외면이, 요약이, 욕심이, 우정이, 운명이, 울음이,
웃음이, 유행이, 이별이, 이혼이, 인생이, 인연이, 자랑이, 자살이,
자연이, 장점이, 저녁이, 저승이, 저항이, 절망이, 젊음이, 존경이,
주름살이, 중독이, 지식이, 지옥이, 집착이, 짜증이, 착각이,
천당이, 청춘이, 청탁이, 초롱이, 촛불이, 추억, 추월이, 출근이,
출발이, 출생이, 춤이, 침묵이, 칭찬이, 카네이션이, 칼륨이, 칼이,
칼타령이, 커피향이, 컵이, 코끼리울음이, 코스모스꽃이, 콧털이,
콩이, 콩향이, 키움이, 타인이, 타협이, 탈선이, 탈영이, 탈옥이,
탈출이, 탑이, 태엽이, 태클이, 터널이, 토론이, 통이, 특종이,

티끌이, 팀이, 파격이, 파란이, 파문이, 파산이, 파업이, 파직이,

펭귄이, 편견이, 평균이, 평등이, 포섭이, 포옹이, 포용이, 폭력이,

하늘이, 하품이, 학생이, 한숨이, 함박꽃이, 함박눈이, 함성이,

해안선이, 행동이, 행복이, 행운이, 허공이, 혁명이, 현실이,

확신이, 확장이, 환생이, 휘파람이, 휴유증이, 휴일이, 흔적이,

희망이, 힘이 …

ㅍ

〇〇〇〇〇〇〇〇〇〇

파괴되다, 파랗다, 파리하다, 파묻치다, 파묻히다, 파산하다,
파업하다, 파직하다, 파하다, 팍신하다, 팍팍하다, 팔랑거리다,
팔리다, 팔팔끓다, 팔팔뛰다, 팔팔하다, 팡팡하다, 팽창하다,
팽행하다, 퍼지다, 펄럭이다, 펄펄날다, 펄펄뛰다, 펑퍼짐하다,
편편하다, 펼쳐지다, 평등하다, 평평하다, 폐지되다, 포로되다,
포롱대다, 포살되다, 포섭되다, 포슬대다, 포옹하다, 폭력적이다,
폭발적이다, 폭발하다, 폭신하다, 폴폴날다, 풀리다,
풀풀날아내리다, 피다, 피신하다 …

예 ㅍ + ㅍ = 파문이 (파리하다, 파괴되다, 파랗다, 파리하다 …)

· ㄱ + ㅍ = 계절이 (파묻치다, 파묻히다, 파산하다, 파업하다 …)

· ㄴ + ㅍ = 눈물이 (파직하다, 파하다, 팍신하다, 팍팍하다 …)

- ㄷ + ㅍ = 동백꽃이 (팔랑거리다, 팔리다, 팔팔끓다, 팔팔뛰다 …)

- ㅁ + ㅍ = 미신이 (팔팔하다, 팡팡하다, 팽창하다, 팽행하다 …)

- ㅂ + ㅍ = 봄이 (퍼지다, 펄럭이다, 펄펄날다, 펄펄뛰다 …)

- ㅅ + ㅍ = 소문이 (펑퍼짐하다, 편편하다, 펼쳐지다, 평등하다 …)

- ㅇ + ㅍ = 여백이 (평평하다, 폐지되다, 포로되다, 포롱대다 …)

- ㅈ + ㅍ = 주름살이 (포살되다, 푸섭되다, 포슬대다, 포옹하다 …)

- ㅊ + ㅍ = 출생이 (폭력적이다, 폭발적이다, 폭발하다, 폭신하다 …)

- ㅋ + ㅍ = 콩향이 (폴폴날다, 풀리다, 풀풀 날아내리다, 피다 …)

- ㅌ + ㅍ = 토론이 (피신하다, 파괴되다, 파랗다, 파리하다 …)

- ㅎ + ㅍ = 행운이 (파묻치다, 파묻히다, 파산하다, 파업하다 …)

가을이, 갈등이, 갈증이, 감동이, 거짓말이, 거품이, 걱정이,

겨울이, 결혼이, 겸손이, 계절이, 고독이, 고립이, 고백이, 구름이,

권력이, 그늘이, 극락이, 기다림이, 기쁨이, 기억력이, 기적이,

꽃이, 꿈이, 나눔이, 낙원이, 낭만이, 낮이, 낮잠이, 노동이,

노력이, 노을이, 논쟁이, 뇌물이, 눈물이, 눈빛이, 눈웃음이,

늙음이, 능력이, 능선이, 달이, 달맞이꽃이, 달빛이, 도덕이,

도박이, 도전이, 독립이, 두통이, 단점이, 덩굴손이, 동굴이,

동백꽃이, 동심이, 동작이, 동정이, 두목이, 마음이, 만족이,

망상이, 매력이, 멋이, 모순이, 몸부림이, 문장이, 문학이, 물결이,

미련이, 미신이, 미움이, 믿음이, 밀물이, 바람이, 바람결이,

반성이, 반올림이, 밝음이, 밤이, 방심이, 방황이, 배웅이, 법이,

별빛이, 봄이, 부작용이, 부탁이, 불면증이, 불발이, 불시착이,

불신이, 불안이, 불운이, 불충분이, 불침범이, 불편이, 불평이,

불행이, 비관이, 비극이, 비밀이, 빈곤이, 사랑이, 사망이, 사직이,

상식이, 상징이, 생각이, 생명이, 생활이, 성장이, 세월이, 소문이,

소질이, 수명이, 순간이, 슬픔이, 습관이, 시간이, 실력이, 썰물이,

아침이, 아픔이, 악연이, 안심이, 애국이, 약속이, 약혼이, 양심이,

어둠이, 여름이, 여백이, 열정이, 영원이, 예술이, 오만이, 오전이,

외로움이, 외면이, 요약이, 욕심이, 우정이, 운명이, 울음이,

웃음이, 유행이, 이별이, 이혼이, 인생이, 인연이, 자랑이, 자살이,

자연이, 장점이, 저녁이, 저승이, 저항이, 절망이, 젊음이, 존경이,

주름살이, 중독이, 지식이, 지옥이, 집착이, 짜증이, 착각이,

천당이, 청춘이, 청탁이, 초롱이, 촛불이, 추억, 추월이, 출근이,

출발이, 출생이, 춤이, 침묵이, 칭찬이, 카네이션이, 칼륨이, 칼이,

칼타령이, 커피향이, 컵이, 코끼리울음이, 코스모스꽃이, 콧털이,

콩이, 콩향이, 키움이, 타인이, 타협이, 탈선이, 탈영이, 탈옥이,

탈출이, 탑이, 태엽이, 태클이, 터널이, 토론이, 통이, 특종이,
티끌이, 팀이, 파격이, 파란이, 파문이, 파산이, 파업이, 파직이,
펭귄이, 편견이, 평균이, 평등이, 포섭이, 포옹이, 포용이, 폭력이,
하늘이, 하품이, 학생이, 한숨이, 함박꽃이, 함박눈이, 함성이,
해안선이, 행동이, 행복이, 행운이, 허공이, 혁명이, 현실이,
확신이, 확장이, 환생이, 휘파람이, 휴유증이, 휴일이, 흔적이,
희망이, 힘이 …

ㅎ

◇◇◇◇◇◇◇◇◇◇

하늘거리다, 하얗다, 하품하다, 한가하다, 한결같다, 한숨쉬다, 한스럽다, 한심하다, 한적하다, 할랑하다, 합죽하다, 합하다, 항의하다, 항해하다, 해맑다, 해살되다, 핼쑥하다, 헐렁하다, 헤프다, 호기롭다, 호방하다, 호탕하다, 호화롭다, 화기애애하다, 화려하다, 환생하다, 활짝피다, 황량하다, 황홀하다, 효도하다, 후미지다, 후진하다, 훌치다, 휘다, 휘청이다, 휘파람불다, 휴양하다, 흐느끼다, 흐른다, 흐리다, 흐릿하다, 흔들리다, 흘기다, 흘러가다, 희망차다, 희미하다, 힘겹다, 힘차다 …

에 ㅎ + ㅎ = **휘파람이** (활짝피다, 하늘거리다, 하얗다, 하품하다 …)

· ㄱ + ㅎ = **고독이** (한가하다, 한결같다, 한숨쉬다, 한스럽다 …)

· ㄴ + ㅎ = **눈빛이** (한심하다, 한적하다, 할랑하다, 합죽하다 …)

· ㄷ + ㅎ = 동심이 (합하다, 항의하다, 항해하다, 해맑다 …)

· ㅁ + ㅎ = 미움이 (해살되다, 핼쑥하다, 헐렁하다, 헤프다 …)

· ㅂ + ㅎ = 부작용이 (호기롭다, 호방하다, 호탕하다, 호화롭다 …)

· ㅅ + ㅎ = 소질이 (화기애애하다, 화려하다, 환생하다, 활짝피다 …)

· ㅇ + ㅎ = 열정이 (황량하다, 황홀하다, 효도하다, 후미지다 …)

· ㅈ + ㅎ = 중독이 (후진하다, 훌치다, 휘다, 휘청이다 …)

· ㅊ + ㅎ = 춤이 (휘파람불다, 휴양하다, 흐느끼다, 흐른다 …)

· ㅋ + ㅎ = 키움이 (흐리다, 흐릿하다, 흔들리다, 흘기다 …)

· ㅌ + ㅎ = 통이 (흘러가다, 희망차다, 희미하다, 힘겹다 …)

· ㅍ + ㅎ = 포옹이 (힘차다, 하늘거리다, 하얗다, 하품하다 …)

가을이, 갈등이, 갈증이, 감동이, 거짓말이, 거품이, 걱정이,
겨울이, 결혼이, 겸손이, 계절이, 고독이, 고립이, 고백이, 구름이,
권력이, 그늘이, 극락이, 기다림이, 기쁨이, 기억력이, 기적이,
꽃이, 꿈이, 나눔이, 낙원이, 낭만이, 낮이, 낮잠이, 노동이,
노력이, 노을이, 논쟁이, 뇌물이, 눈물이, 눈빛이, 눈웃음이,
늙음이, 능력이, 능선이, 달이, 달맞이꽃이, 달빛이, 도덕이,
도박이, 도전이, 독립이, 두통이, 단점이, 덩굴손이, 동굴이,

동백꽃이, 동심이, 동작이, 동정이, 두목이, 마음이, 만족이,

망상이, 매력이, 멋이, 모순이, 몸부림이, 문장이, 문학이, 물결이,

미련이, 미신이, 미움이, 믿음이, 밀물이, 바람이, 바람결이,

반성이, 반올림이, 밝음이, 밤이, 방심이, 방황이, 배웅이, 법이,

별빛이, 봄이, 부작용이, 부탁이, 불면증이, 불발이, 불시착이,

불신이, 불안이, 불운이, 불충분이, 불침범이, 불편이, 불평이,

불행이, 비관이, 비극이, 비밀이, 빈곤이, 사랑이, 사망이, 사직이,

상식이, 상징이, 생각이, 생명이, 생활이, 성장이, 세월이, 소문이,

소질이, 수명이, 순간이, 슬픔이, 습관이, 시간이, 실력이, 썰물이,

아침이, 아픔이, 악연이, 안심이, 애국이, 약속이, 약혼이, 양심이,

어둠이, 여름이, 여백이, 열정이, 영원이, 예술이, 오만이, 오전이,

외로움이, 외면이, 요약이, 욕심이, 우정이, 운명이, 울음이,

웃음이, 유행이, 이별이, 이혼이, 인생이, 인연이, 자랑이, 자살이,

자연이, 장점이, 저녁이, 저승이, 저항이, 절망이, 젊음이, 존경이,

주름살이, 중독이, 지식이, 지옥이, 집착이, 짜증이, 착각이,

천당이, 청춘이, 청탁이, 초롱이, 촛불이, 추억, 추월이, 출근이,

출발이, 출생이, 춤이, 침묵이, 칭찬이, 카네이션이, 칼륨이, 칼이,

칼타령이, 커피향이, 컵이, 코끼리울음이, 코스모스꽃이, 콧털이,

콩이, 콩향이, 키움이, 타인이, 타협이, 탈선이, 탈영이, 탈옥이,

탈출이, 탑이, 태엽이, 태클이, 터널이, 토론이, 통이, 특종이,

티끌이, 팀이, 파격이, 파란이, 파문이, 파산이, 파업이, 파직이,

펭귄이, 편견이, 평균이, 평등이, 포섭이, 포옹이, 포용이, 폭력이,

하늘이, 하품이, 학생이, 한숨이, 함박꽃이, 함박눈이, 함성이,

해안선이, 행동이, 행복이, 행운이, 허공이, 혁명이, 현실이,

확신이, 확장이, 환생이, 휘파람이, 휴유증이, 휴일이, 흔적이,

희망이, 힘이 …

제7부

동사·형용사 2

가난한, 가냘픈, 가는, 가벼운, 가엾은, 가파른, 가혹한, 각진,

갇힌, 갈갈한, 갸름한, 거대한, 거센, 거친, 건강한, 걸걸한,

검소한, 검은, 게으른, 견고한, 경쾌한, 고결한, 고고한, 고달픈,

고독한, 고른, 고립된, 고마운, 고상한, 고요한, 고운, 고유한,

고즈넉한, 고집센, 곤란한, 곧은, 공손한, 공정한, 공평한, 관대한,

구름낀, 구석진, 굵은, 굶주린, 귀여운, 귀찮은, 극심한, 근면한,

기다란, 기름진, 기만적인, 기묘한, 기밀한, 기이한, 길쭉한,

김빠진, 까다로운, 까무룩한, 깎아지른, 깔깔한, 깨끗한, 꿀렁한,

끈적한, 끌끌한 …

예 ㄱ + ㄱ = **가난한** (거짓말, 가을, 갈등, 갈증 …)

· ㄱ + ㄴ = 가냘픈 (나눔, 나이, 낙서, 낙원 …)

- ㄱ + ㄷ = 가는 (단점, 달, 달맞이꽃, 달빛 …)

- ㄱ + ㅁ = 가없은 (마음, 마침표, 만족, 망상 …)

- ㄱ + ㅂ = 가파른 (바람, 바람결, 바람소리, 바보 …)

- ㄱ + ㅅ = 가혹한 (사랑, 사망, 사직, 사치 …)

- ㄱ + ㅇ = 각진 (아지랑이, 아침, 아픔, 악연 …)

- ㄱ + ㅈ = 갇힌 (자랑, 자몽, 자살, 자연 …)

- ㄱ + ㅊ = 갈갈한 (착각, 참여, 채찍, 천국 …)

- ㄱ + ㅋ = 갸름한 (카네이션, 칼, 칼륨, 칼타령 …)

- ㄱ + ㅌ = 거대한 (타인, 타협, 탈선, 탈영 …)

- ㄱ + ㅍ = 거센 (파격, 파도, 파란, 파문 …)

- ㄱ + ㅎ = 거친 (하늘, 하품, 한계, 한숨 …)

가을, 갈등, 갈증, 감기, 감동, 거짓말, 거품, 걱정, 겨울, 결혼,
겸손, 계절, 고독, 고립, 고백, 구름, 권력, 권태, 그늘, 극락,
기다림, 기도, 기쁨, 기억력, 기적, 꽃, 꿈, 나눔, 나이, 낙서, 낙원,
난리, 날씨, 낭만, 낮, 낮잠, 냄새, 노동, 노래, 노력, 노을, 논쟁,
뇌물, 느낌표, 늙음, 능력, 능선, 단점, 달, 달맞이꽃, 달빛, 도덕,
도박, 도전, 독립, 두통, 단점, 덩굴손, 동굴, 동백꽃, 동심, 동작,

동정, 두목, 마음, 마침표, 만족, 망상, 매력, 멀미, 멋, 메아리,

명중, 모순, 몸부림, 무지개, 무효, 문장, 문제, 문학, 물결, 물소리,

물음표, 미련, 미신, 미움, 믿음, 밀물, 바람, 바람결, 바람 소리,

바보, 박수, 반성, 반주, 밝음, 밤, 방심, 방황, 배려, 배웅, 법,

변화, 별빛, 복권, 복수, 봄, 봉사, 부자, 부작용, 부채, 부탁, 분노,

분수, 불신, 불안, 불운, 불편, 불평, 불행, 불효, 비관, 비교, 비극,

비밀, 빈곤, 빗소리, 사랑, 사망, 사직, 사치, 상식, 상징, 생각,

생명, 생활, 설마, 성장, 세뇌, 세월, 소나기, 소문, 소외, 소질,

속도, 손해, 수명, 순간, 쉼표, 스트레스, 슬럼프, 슬픔, 습관, 시간,

실력, 썰물, 가난, 아지랑이, 아침, 아픔, 악연, 안개, 안심, 안전,

안정, 알림, 압도, 애국, 약속, 약혼, 양반, 양심, 어둠, 여름, 여백,

여유, 연애, 열정, 영원, 예술, 오만, 오전, 오후, 외로움, 외면,

요약, 욕심, 우정, 우주, 운명, 운수, 울음, 웃음, 위기, 위로, 유행,

융합, 은퇴, 의견, 의무, 이별, 이승, 이혼, 인기, 인내, 인생, 인연,

일류, 입사, 자랑, 자몽, 자살, 자연, 자장가, 자화상, 잔소리, 잠,

장마, 장점, 재미, 재회, 저녁, 저승, 저장, 저축, 저항, 적자, 절망,

젊음, 정리, 존경, 종교, 죄, 주름살, 준비, 중독, 증오, 지식, 지옥,

집착, 짜증, 짝사랑, 착각, 참여, 채찍, 천국, 천재, 청춘, 청탁,

초대, 초롱, 초보, 촛불, 추억, 추월, 출근, 출발, 출생, 춤, 충고,

침묵, 칭찬, 카네이션, 칼, 칼륨, 칼타령, 커피향, 컵, 코끼리울음, 코스모스꽃, 콧털, 콩, 콩향, 키움, 타인, 타협, 탈선, 탈영, 탈옥, 탈출, 탑, 태엽, 태클, 터널, 토론, 통, 특종, 파격, 파도, 파란, 파문, 파산, 파업, 파직, 편견, 평균, 평등, 평화, 포기, 포섭, 포옹, 포용, 포위, 폭력, 핑계, 하늘, 하품, 한계, 한숨, 함박꽃, 함박눈, 함성, 해안선, 행복, 행운, 향기, 허공, 혁명, 현실, 확신, 확장, 환생, 휘파람, 후유증, 휴일, 흔적, 흥미, 희망, 힘 …

나른한, 나태한, 난잡한, 난폭한, 날랜, 날씬한, 날카로운, 납작한,

냉냉한, 넓은, 네모난, 노련한, 녹녹한, 느긋한, 느슨한, 늙은,

능숙한 …

例 ㄴ + ㄴ = **날씬한** (냄새, 날씨, 낭만, 낮 …)

· ㄴ + ㄱ = 나른한 (감기, 감동, 거짓말, 거품 …)

· ㄴ + ㄷ = 난잡한 (도덕, 도박, 도전, 독립 …)

· ㄴ + ㅁ = 난폭한 (매력, 멀미, 멋, 메아리 …)

· ㄴ + ㅂ = 날랜 (박수, 반성, 반주, 밝음 …)

· ㄴ + ㅅ = 날씬한 (상식, 상징, 생각, 생명 …)

· ㄴ + ㅇ = 날카로운 (안개, 안심, 안전, 안정 …)

· ㄴ + ㅈ = 납작한 (자장가, 자화상, 잔소리, 잠 …)

- ㄴ + ㅊ = 냉냉한 (천재, 청춘, 청탁, 초대 …)

- ㄴ + ㅋ = 넓은 (커피향, 컵, 코끼리울음, 코스모스꽃 …)

- ㄴ + ㅌ = 네모난 (탈옥, 탈출, 탑, 태엽 …)

- ㄴ + ㅍ = 노련한 (파산, 파업, 파직, 편견 …)

- ㄴ + ㅎ = 녹녹한 (함박꽃, 함박눈, 함성, 해안선 …)

가을, 갈등, 갈증, 감기, 감동, 거짓말, 거품, 걱정, 겨울, 결혼, 겸손, 계절, 고독, 고립, 고백, 구름, 권력, 권태, 그늘, 극락, 기다림, 기도, 기쁨, 기억력, 기적, 꽃, 꿈, 나눔, 나이, 낙서, 낙원, 난리, 날씨, 낭만, 낮, 낮잠, 냄새, 노동, 노래, 노력, 노을, 논쟁, 뇌물, 느낌표, 늙음, 능력, 능선, 단점, 달, 달맞이꽃, 달빛, 도덕, 도박, 도전, 독립, 두통, 단점, 덩굴손, 동굴, 동백꽃, 동심, 동작, 동정, 두목, 마음, 마침표, 만족, 망상, 매력, 멀미, 멋, 메아리, 명중, 모순, 몸부림, 무지개, 무효, 문장, 문제, 문학, 물결, 물소리, 물음표, 미련, 미신, 미움, 믿음, 밀물, 바람, 바람결, 바람 소리, 바보, 박수, 반성, 반주, 밝음, 밤, 방심, 방황, 배려, 배웅, 법, 변화, 별빛, 복권, 복수, 봄, 봉사, 부자, 부작용, 부채, 부탁, 분노, 분수, 불신, 불안, 불운, 불편, 불평, 불행, 불효, 비관, 비교, 비극, 비밀, 빈곤, 빗소리, 사랑, 사망, 사직,

사치, 상식, 상징, 생각, 생명, 생활, 설마, 성장, 세뇌, 세월, 소나기, 소문, 소외, 소질, 속도, 손해, 수명, 순간, 쉼표, 스트레스, 슬럼프, 슬픔, 습관, 시간, 실력, 썰물, 가난, 아지랑이, 아침, 아픔, 악연, 안개, 안심, 안전, 안정, 알림, 압도, 애국, 약속, 약혼, 양반, 양심, 어둠, 여름, 여백, 여유, 연애, 열정, 영원, 예술, 오만, 오전, 오후, 외로움, 외면, 요약, 욕심, 우정, 우주, 운명, 운수, 울음, 웃음, 위기, 위로, 유행, 융합, 은퇴, 의견, 의무, 이별, 이승, 이혼, 인기, 인내, 인생, 인연, 일류, 입사, 자랑, 자몽, 자살, 자연, 자장가, 자화상, 잔소리, 잠, 장마, 장점, 재미, 재회, 저녁, 저승, 저장, 저축, 저항, 적자, 절망, 젊음, 정리, 존경, 종교, 죄, 주름살, 준비, 중독, 증오, 지식, 지옥, 집착, 짜증, 짝사랑, 착각, 참여, 채찍, 천국, 천재, 청춘, 청탁, 초대, 초롱, 초보, 촛불, 추억, 추월, 출근, 출발, 출생, 춤, 충고, 침묵, 칭찬, 카네이션, 칼, 칼륨, 칼타령, 커피향, 컵, 코끼리울음, 코스모스꽃, 콧털, 콩, 콩향, 키움, 타인, 타협, 탈선, 탈영, 탈옥, 탈출, 탑, 태엽, 태클, 터널, 토론, 통, 특종, 파격, 파도, 파란, 파문, 파산, 파업, 파직, 편견, 평균, 평등, 평화, 포기, 포섭, 포옹, 포용, 포위, 폭력, 핑계, 하늘, 하품, 한계, 한숨, 함박꽃, 함박눈, 함성, 해안선, 행복, 행운, 향기, 허공, 혁명, 현실, 확신, 확장, 환생, 휘파람, 후유증, 휴일, 흔적, 흥미, 희망, 힘 …

ㄷ

다정한, 단정한, 단호한, 답답한, 대담한, 독특한, 돌돌한, 동그란,

두꺼운, 두툼한, 둥근, 따뜻한, 땡땡한, 또랑한, 똑똑한, 똑바른,

뚜렷한, 뚱뚱한 …

예 ㄷ + ㄷ = 뚱뚱한 (달빛, 두통, 단점, 덩굴손 …)

· ㄷ + ㄱ = 다정한 (걱정, 거울, 결혼, 겸손 …)

· ㄷ + ㄴ = 단정한 (낮잠, 냄새, 넝마주이, 노동 …)

· ㄷ + ㅁ = 단호한 (명중, 모순, 몸부림, 마음 …)

· ㄷ + ㅂ = 답답한 (밤, 방심, 방황, 배려 …)

· ㄷ + ㅅ = 대담한 (생활, 설마, 성장, 세뇌 …)

· ㄷ + ㅇ = 독특한 (알림, 압도, 애국, 약속 …)

· ㄷ + ㅈ = 돌돌한 (장마, 장점, 재미, 재회 …)

- ㄷ + ㅊ = 동그란 (초롱, 초보, 촛불, 추억 …)

- ㄷ + ㅋ = 두꺼운 (콧털, 콩, 콩향, 키움 …)

- ㄷ + ㅌ = 두툼한 (태클, 터널 토론, 통 …)

- ㄷ + ㅍ = 둥근 (평균, 평등, 평화, 포기 …)

- ㄷ + ㅎ = 따뜻한 (해안선, 행복, 행운, 향기 …)

가을, 갈등, 갈증, 감기, 감동, 거짓말, 거품, 걱정, 겨울, 결혼, 겸손, 계절, 고독, 고립, 고백, 구름, 권력, 권태, 그늘, 극락, 기다림, 기도, 기쁨, 기억력, 기적, 꽃, 꿈, 나눔, 나이, 낙서, 낙원, 난리, 날씨, 낭만, 낮, 낮잠, 냄새, 노동, 노래, 노력, 노을, 논쟁, 뇌물, 느낌표, 늙음, 능력, 능선, 단점, 달, 달맞이꽃, 달빛, 도덕, 도박, 도전, 독립, 두통, 단점, 덩굴손, 동굴, 동백꽃, 동심, 동작, 동정, 두목, 마음, 마침표, 만족, 망상, 매력, 멀미, 멋, 메아리, 명중, 모순, 몸부림, 무지개, 무효, 문장, 문제, 문학, 물결, 물소리, 물음표, 미련, 미신, 미움, 믿음, 밀물, 바람, 바람결, 바람 소리, 바보, 박수, 반성, 반주, 밝음, 밤, 방심, 방황, 배려, 배웅, 법, 변화, 별빛, 복권, 복수, 봄, 봉사, 부자, 부작용, 부채, 부탁, 분노, 분수, 불신, 불안, 불운, 불편, 불평, 불행, 불효, 비관, 비교, 비극, 비밀, 빈곤, 빗소리, 사랑, 사망, 사직,

사치, 상식, 상징, 생각, 생명, 생활, 설마, 성장, 세뇌, 세월, 소나기, 소문, 소외, 소질, 속도, 손해, 수명, 순간, 쉼표, 스트레스, 슬럼프, 슬픔, 습관, 시간, 실력, 썰물, 가난, 아지랑이, 아침, 아픔, 악연, 안개, 안심, 안전, 안정, 알림, 압도, 애국, 약속, 약혼, 양반, 양심, 어둠, 여름, 여백, 여유, 연애, 열정, 영원, 예술, 오만, 오전, 오후, 외로움, 외면, 요약, 욕심, 우정, 우주, 운명, 운수, 울음, 웃음, 위기, 위로, 유행, 융합, 은퇴, 의견, 의무, 이별, 이승, 이혼, 인기, 인내, 인생, 인연, 일류, 입사, 자랑, 자몽, 자살, 자연, 자장가, 자화상, 잔소리, 잠, 장마, 장점, 재미, 재회, 저녁, 저승, 저장, 저축, 저항, 적자, 절망, 젊음, 정리, 존경, 종교, 죄, 주름살, 준비, 중독, 증오, 지식, 지옥, 집착, 짜증, 짝사랑, 착각, 참여, 채찍, 천국, 천재, 청춘, 청탁, 초대, 초롱, 초보, 촛불, 추억, 추월, 출근, 출발, 출생, 춤, 충고, 침묵, 칭찬, 카네이션, 칼, 칼륨, 칼타령, 커피향, 컵, 코끼리울음, 코스모스꽃, 콧털, 콩, 콩향, 키움, 타인, 타협, 탈선, 탈영, 탈옥, 탈출, 탑, 태엽, 태클, 터널, 토론, 통, 특종, 파격, 파도, 파란, 파문, 파산, 파업, 파직, 편견, 평균, 평등, 평화, 포기, 포섭, 포옹, 포용, 포위, 폭력, 핑계, 하늘, 하품, 한계, 한숨, 함박꽃, 함박눈, 함성, 해안선, 행복, 행운, 향기, 허공, 혁명, 현실, 확신, 확장, 환생, 휘파람, 후유증, 휴일, 흔적, 흥미, 희망, 힘 …

막막한, 말랑한, 매끈한, 매운, 매정한, 멍청한, 메마른, 메스꺼운,

모난, 모진, 못난, 못된, 못생긴, 무감각한, 무거운, 무딘, 무른,

무식한, 묵직한, 묽은, 뭉툭한, 미끈한, 미련한, 미묘한, 미숙한 …

예 ㅁ + ㅁ = **말랑한** (매력, 무지개, 무효, 문장 …)

· ㅁ + ㄱ = **막막한** (계절, 고독, 고립, 고백 …)

· ㅁ + ㄴ = **매끈한** (노래, 노력, 노을, 논쟁 …)

· ㅁ + ㄷ = **매운** (동굴, 동백꽃, 동심, 동작 …)

· ㅁ + ㅂ = **매정한** (배웅, 법, 변화, 별빛 …)

· ㅁ + ㅅ = **멍청한** (세월, 소나기, 소문, 소외 …)

· ㅁ + ㅇ = **메마른** (약혼, 양반, 양심, 어둠 …)

· ㅁ + ㅈ = **메스꺼운** (저녁, 저승, 저장, 저축 …)

- ㅁ + ㅊ = 모난 (추월, 출근, 출발, 출생 …)

- ㅁ + ㅋ = 모진 (카네이션, 칼, 칼륨, 칼타령 …)

- ㅁ + ㅌ = 못난 (특종, 타인, 타협, 탈선 …)

- ㅁ + ㅍ = 못된 (포섭, 포옹, 포용, 포위 …)

- ㅁ + ㅎ = 못생긴 (허공, 혁명, 현실, 확신 …)

가을, 갈등, 갈증, 감기, 감동, 거짓말, 거품, 걱정, 겨울, 결혼, 겸손, 계절, 고독, 고립, 고백, 구름, 권력, 권태, 그늘, 극락, 기다림, 기도, 기쁨, 기억력, 기적, 꽃, 꿈, 나눔, 나이, 낙서, 낙원, 난리, 날씨, 낭만, 낮, 낮잠, 냄새, 노동, 노래, 노력, 노을, 논쟁, 뇌물, 느낌표, 늙음, 능력, 능선, 단점, 달, 달맞이꽃, 달빛, 도덕, 도박, 도전, 독립, 두통, 단점, 덩굴손, 동굴, 동백꽃, 동심, 동작, 동정, 두목, 마음, 마침표, 만족, 망상, 매력, 멀미, 멋, 메아리, 명중, 모순, 몸부림, 무지개, 무효, 문장, 문제, 문학, 물결, 물소리, 물음표, 미련, 미신, 미움, 믿음, 밀물, 바람, 바람결, 바람 소리, 바보, 박수, 반성, 반주, 밝음, 밤, 방심, 방황, 배려, 배웅, 법, 변화, 별빛, 복권, 복수, 봄, 봉사, 부자, 부작용, 부채, 부탁, 분노, 분수, 불신, 불안, 불운, 불편, 불평, 불행, 불효, 비관, 비교, 비극, 비밀, 빈곤, 빗소리, 사랑, 사망, 사직,

사치, 상식, 상징, 생각, 생명, 생활, 설마, 성장, 세뇌, 세월, 소나기, 소문, 소외, 소질, 속도, 손해, 수명, 순간, 쉼표, 스트레스, 슬럼프, 슬픔, 습관, 시간, 실력, 썰물, 가난, 아지랑이, 아침, 아픔, 악연, 안개, 안심, 안전, 안정, 알림, 압도, 애국, 약속, 약혼, 양반, 양심, 어둠, 여름, 여백, 여유, 연애, 열정, 영원, 예술, 오만, 오전, 오후, 외로움, 외면, 요약, 욕심, 우정, 우주, 운명, 운수, 울음, 웃음, 위기, 위로, 유행, 융합, 은퇴, 의견, 의무, 이별, 이승, 이혼, 인기, 인내, 인생, 인연, 일류, 입사, 자랑, 자몽, 자살, 자연, 자장가, 자화상, 잔소리, 잠, 장마, 장점, 재미, 재회, 저녁, 저승, 저장, 저축, 저항, 적자, 절망, 젊음, 정리, 존경, 종교, 죄, 주름살, 준비, 중독, 증오, 지식, 지옥, 집착, 짜증, 짝사랑, 착각, 참여, 채찍, 천국, 천재, 청춘, 청탁, 초대, 초롱, 초보, 촛불, 추억, 추월, 출근, 출발, 출생, 춤, 충고, 침묵, 칭찬, 카네이션, 칼, 칼륨, 칼타령, 커피향, 컵, 코끼리울음, 코스모스꽃, 콧털, 콩, 콩향, 키움, 타인, 타협, 탈선, 탈영, 탈옥, 탈출, 탑, 태엽, 태클, 터널, 토론, 통, 특종, 파격, 파도, 파란, 파문, 파산, 파업, 파직, 편견, 평균, 평등, 평화, 포기, 포섭, 포옹, 포용, 포위, 폭력, 핑계, 하늘, 하품, 한계, 한숨, 함박꽃, 함박눈, 함성, 해안선, 행복, 행운, 향기, 허공, 혁명, 현실, 확신, 확장, 환생, 휘파람, 후유증, 휴일, 흔적, 흥미, 희망, 힘 …

창의력 사전

바쁜, 바삭한, 바짝 마른, 발효된, 부드러운, 부패한, 불쾌한,

불편한, 비린, 비싼, 빈곤한, 빽빽한, 뽀시시한, 뽀얀, 뾰족한,

뿌연 …

㉢ ㅂ + ㅂ = 뽀얀 (배웅, 복권, 복수, 봄 …)

· ㅂ + ㄱ = 바쁜 (구름, 권력, 권태, 그늘 …)

· ㅂ + ㄴ = 바삭한 (뇌물, 느낌표, 늙음, 능력 …)

· ㅂ + ㄷ = 바짝 마른 (동정, 두목, 단점, 달 …)

· ㅂ + ㅁ = 발효된 (문제, 문학, 물결, 물소리 …)

· ㅂ + ㅅ = 부드러운 (소질, 속도, 손해, 수명 …)

· ㅂ + ㅇ = 부패한 (여름, 여백, 여유, 연애 …)

· ㅂ + ㅈ = 불쾌한 (저항, 적자, 절망, 젊음 …)

· ㅂ + ㅊ = 불편한 (춤, 충고, 침묵, 칭찬 …)

- ㅂ + ㅋ = 비린 (커피향, 컵, 코끼리울음, 코스모스꽃 …)

- ㅂ + ㅌ = 비싼 (탈영, 탈옥, 탈출, 탑 …)

- ㅂ + ㅍ = 빈곤한 (폭력, 핑계, 파격, 파도 …)

- ㅂ + ㅎ = 빽빽한 (확장, 환생, 휘파람, 휴유증 …)

가을, 갈등, 갈증, 감기, 감동, 거짓말, 거품, 걱정, 겨울, 결혼, 겸손, 계절, 고독, 고립, 고백, 구름, 권력, 권태, 그늘, 극락, 기다림, 기도, 기쁨, 기억력, 기적, 꽃, 꿈, 나눔, 나이, 낙서, 낙원, 난리, 날씨, 낭만, 낮, 낮잠, 냄새, 노동, 노래, 노력, 노을, 논쟁, 뇌물, 느낌표, 늙음, 능력, 능선, 단점, 달, 달맞이꽃, 달빛, 도덕, 도박, 도전, 독립, 두통, 단점, 덩굴손, 동굴, 동백꽃, 동심, 동작, 동정, 두목, 마음, 마침표, 만족, 망상, 매력, 멀미, 멋, 메아리, 명중, 모순, 몸부림, 무지개, 무효, 문장, 문제, 문학, 물결, 물소리, 물음표, 미련, 미신, 미움, 믿음, 밀물, 바람, 바람결, 바람 소리, 바보, 박수, 반성, 반주, 밝음, 밤, 방심, 방황, 배려, 배웅, 법, 변화, 별빛, 복권, 복수, 봄, 봉사, 부자, 부작용, 부채, 부탁, 분노, 분수, 불신, 불안, 불운, 불편, 불평, 불행, 불효, 비관, 비교, 비극, 비밀, 빈곤, 빗소리, 사랑, 사망, 사직, 사치, 상식, 상징, 생각,

생명, 생활, 설마, 성장, 세뇌, 세월, 소나기, 소문, 소외, 소질,
속도, 손해, 수명, 순간, 쉼표, 스트레스, 슬럼프, 슬픔, 습관, 시간,
실력, 썰물, 가난, 아지랑이, 아침, 아픔, 악연, 안개, 안심, 안전,
안정, 알림, 압도, 애국, 약속, 약혼, 양반, 양심, 어둠, 여름, 여백,
여유, 연애, 열정, 영원, 예술, 오만, 오전, 오후, 외로움, 외면,
요약, 욕심, 우정, 우주, 운명, 운수, 울음, 웃음, 위기, 위로, 유행,
융합, 은퇴, 의견, 의무, 이별, 이승, 이혼, 인기, 인내, 인생, 인연,
일류, 입사, 자랑, 자몽, 자살, 자연, 자장가, 자화상, 잔소리, 잠,
장마, 장점, 재미, 재회, 저녁, 저승, 저장, 저축, 저항, 적자, 절망,
젊음, 정리, 존경, 종교, 죄, 주름살, 준비, 중독, 증오, 지식, 지옥,
집착, 짜증, 짝사랑, 착각, 참여, 채찍, 천국, 천재, 청춘, 청탁,
초대, 초롱, 초보, 촛불, 추억, 추월, 출근, 출발, 출생, 춤, 충고,
침묵, 칭찬, 카네이션, 칼, 칼륨, 칼타령, 커피향, 컵, 코끼리울음,
코스모스꽃, 콧털, 콩, 콩향, 키움, 타인, 타협, 탈선, 탈영, 탈옥,
탈출, 탑, 태엽, 태클, 터널, 토론, 통, 특종, 파격, 파도, 파란, 파문,
파산, 파업, 파직, 편견, 평균, 평등, 평화, 포기, 포섭, 포옹, 포용,
포위, 폭력, 핑계, 하늘, 하품, 한계, 한숨, 함박꽃, 함박눈, 함성,
해안선, 행복, 행운, 향기, 허공, 혁명, 현실, 확신, 확장, 환생,
휘파람, 후유증, 휴일, 흔적, 흥미, 희망, 힘 …

ㅅ

상냥한, 새콤한, 서글픈, 신선한, 섬뜩한, 성난, 성성한, 성숙한,

성실한, 섬세한, 소박한, 솔직한, 수다스러운, 수북한, 수상한,

수수한, 수줍은, 슬기로운, 슬픈, 신나는, 신선한, 심각한, 심오한,

싱거운, 싱싱한, 싼, 쌀쌀맞은, 쓰디쓴, 쓰린, 쓸쓸한 …

예 ㅅ + ㅅ = 수척한 (생각, 순간, 쉼표, 스트레스 …)

· ㅅ + ㄱ = 상냥한 (극락, 기다림, 기도, 기쁨 …)

· ㅅ + ㄴ = 새콤한 (능선, 나눔, 나이, 낙서 …)

· ㅅ + ㄷ = 서글픈 (달맞이꽃, 달빛, 도덕, 도박 …)

· ㅅ + ㅁ = 신선한 (물음표, 미련, 미신, 미움 …)

· ㅅ + ㅂ = 섬뜩한 (봉사, 부자, 부작용, 부채 …)

· ㅅ + ㅇ = 성난 (열정, 영원, 예술, 오만 …)

- ㅅ + ㅈ = 성성한 (정리, 존경, 종교, 죄 …)

- ㅅ + ㅊ = 성숙한 (착각, 참여, 채찍, 천국 …)

- ㅅ + ㅋ = 성실한 (콧털, 콩, 콩향, 키움 …)

- ㅅ + ㅌ = 섬세한 (태엽, 태클, 터널 토론 …)

- ㅅ + ㅍ = 소박한 (파란, 파문, 파산, 파업 …)

- ㅅ + ㅎ = 솔직한 (휴일, 흔적, 흥미, 회망 …)

가을, 갈등, 갈증, 감기, 감동, 거짓말, 거품, 걱정, 겨울, 결혼,
겸손, 계절, 고독, 고립, 고백, 구름, 권력, 권태, 그늘, 극락,
기다림, 기도, 기쁨, 기억력, 기적, 꽃, 꿈, 나눔, 나이, 낙서, 낙원,
난리, 날씨, 낭만, 낮, 낮잠, 냄새, 노동, 노래, 노력, 노을, 논쟁,
뇌물, 느낌표, 늙음, 능력, 능선, 단점, 달, 달맞이꽃, 달빛, 도덕,
도박, 도전, 독립, 두통, 단점, 덩굴손, 동굴, 동백꽃, 동심, 동작,
동정, 두목, 마음, 마침표, 만족, 망상, 매력, 멀미, 멋, 메아리,
명중, 모순, 몸부림, 무지개, 무효, 문장, 문제, 문학, 물결, 물소리,
물음표, 미련, 미신, 미움, 믿음, 밀물, 바람, 바람결, 바람 소리,
바보, 박수, 반성, 반주, 밝음, 밤, 방심, 방황, 배려, 배웅, 법,
변화, 별빛, 복권, 복수, 봄, 봉사, 부자, 부작용, 부채, 부탁, 분노,

분수, 불신, 불안, 불운, 불편, 불평, 불행, 불효, 비관, 비교, 비극,
비밀, 빈곤, 빗소리, 사랑, 사망, 사직, 사치, 상식, 상징, 생각,
생명, 생활, 설마, 성장, 세뇌, 세월, 소나기, 소문, 소외, 소질,
속도, 손해, 수명, 순간, 쉼표, 스트레스, 슬럼프, 슬픔, 습관, 시간,
실력, 썰물, 가난, 아지랑이, 아침, 아픔, 악연, 안개, 안심, 안전,
안정, 알림, 압도, 애국, 약속, 약혼, 양반, 양심, 어둠, 여름, 여백,
여유, 연애, 열정, 영원, 예술, 오만, 오전, 오후, 외로움, 외면,
요약, 욕심, 우정, 우주, 운명, 운수, 울음, 웃음, 위기, 위로, 유행,
융합, 은퇴, 의견, 의무, 이별, 이승, 이혼, 인기, 인내, 인생, 인연,
일류, 입사, 자랑, 자몽, 자살, 자연, 자장가, 자화상, 잔소리, 잠,
장마, 장점, 재미, 재회, 저녁, 저승, 저장, 저축, 저항, 적자, 절망,
젊음, 정리, 존경, 종교, 죄, 주름살, 준비, 중독, 증오, 지식, 지옥,
집착, 짜증, 짝사랑, 착각, 참여, 채찍, 천국, 천재, 청춘, 청탁,
초대, 초롱, 초보, 촛불, 추억, 추월, 출근, 출발, 출생, 춤, 충고,
침묵, 칭찬, 카네이션, 칼, 칼륨, 칼타령, 커피향, 컵, 코끼리울음,
코스모스꽃, 콧털, 콩, 콩향, 키움, 타인, 타협, 탈선, 탈영, 탈옥,
탈출, 탑, 태엽, 태클, 터널, 토론, 통, 특종, 파격, 파도, 파란, 파문,
파산, 파업, 파직, 편견, 평균, 평등, 평화, 포기, 포섭, 포옹, 포용,
포위, 폭력, 핑계, 하늘, 하품, 한계, 한숨, 함박꽃, 함박눈, 함성,

해안선, 행복, 행운, 향기, 허공, 혁명, 현실, 확신, 확장, 환생,
휘파람, 후유증, 휴일, 흔적, 흥미, 희망, 힘 …

아늑한, 아득한, 아삭한, 아찔한, 안락한, 알싸한, 알알한, 애석한, 애절한, 야릇한, 약빠른, 얄궂은, 얄팍한, 얇은, 얕은, 어둑한, 어리석은, 어린, 엄밀한, 엄중한, 여문, 역겨운, 연한, 영롱한, 영리한, 예민한, 오목한, 오묘한, 오싹한, 온화한, 올올한, 완고한, 외로운, 용감한, 우둔한, 우렁한, 우울한, 위조된, 유명한, 육중한, 이기적인 …

예 ㅇ + ㅇ = **얇은** (오만, 오전, 오후, 외로움 …)

- ㅇ + ㄱ = 아늑한 (기억력, 기적, 꽃, 꿈 …)

- ㅇ + ㄴ = 아득한 (낙원, 난리, 날씨, 낭만 …)

- ㅇ + ㄷ = 아삭한 (도전, 독립, 두통, 단점 …)

- ㅇ + ㅁ = 아찔한 (믿음, 밀물, 마음, 마침표 …)

- ㅇ + ㅂ = 안락한 (부탁, 분노, 분수, 불신 …)

- ㅇ + ㅅ = 알싸한 (슬럼프, 슬픔, 습관, 시간 …)

- ㅇ + ㅈ = 알알한 (주름살, 준비, 중독, 증오 …)

- ㅇ + ㅊ = 애석한 (천재, 청춘, 청탁, 초대 …)

- ㅇ + ㅋ = 애절한 (카네이션, 칼, 칼륨, 칼타령 …)

- ㅇ + ㅌ = 야릇한 (통, 특종, 타인, 타협 …)

- ㅇ + ㅍ = 약빠른 (파직, 편견, 평균, 평등 …)

- ㅇ + ㅎ = 얄궂은 (힘, 하늘, 하품, 한계 …)

가을, 갈등, 갈증, 감기, 감동, 거짓말, 거품, 걱정, 겨울, 결혼, 겸손, 계절, 고독, 고립, 고백, 구름, 권력, 권태, 그늘, 극락, 기다림, 기도, 기쁨, 기억력, 기적, 꽃, 꿈, 나눔, 나이, 낙서, 낙원, 난리, 날씨, 낭만, 낮, 낮잠, 냄새, 노동, 노래, 노력, 노을, 논쟁, 뇌물, 느낌표, 늙음, 능력, 능선, 단점, 달, 달맞이꽃, 달빛, 도덕, 도박, 도전, 독립, 두통, 단점, 덩굴손, 동굴, 동백꽃, 동심, 동작, 동정, 두목, 마음, 마침표, 만족, 망상, 매력, 멀미, 멋, 메아리, 명중, 모순, 몸부림, 무지개, 무효, 문장, 문제, 문학, 물결, 물소리, 물음표, 미련, 미신, 미움, 믿음, 밀물, 바람, 바람결, 바람 소리,

바보, 박수, 반성, 반주, 밝음, 밤, 방심, 방황, 배려, 배웅, 법, 변화, 별빛, 복권, 복수, 봄, 봉사, 부자, 부작용, 부채, 부탁, 분노, 분수, 불신, 불안, 불운, 불편, 불평, 불행, 불효, 비관, 비교, 비극, 비밀, 빈곤, 빗소리, 사랑, 사망, 사직, 사치, 상식, 상징, 생각, 생명, 생활, 설마, 성장, 세뇌, 세월, 소나기, 소문, 소외, 소질, 속도, 손해, 수명, 순간, 쉼표, 스트레스, 슬럼프, 슬픔, 습관, 시간, 실력, 썰물, 가난, 아지랑이, 아침, 아픔, 악연, 안개, 안심, 안전, 안정, 알림, 압도, 애국, 약속, 약혼, 양반, 양심, 어둠, 여름, 여백, 여유, 연애, 열정, 영원, 예술, 오만, 오전, 오후, 외로움, 외면, 요약, 욕심, 우정, 우주, 운명, 운수, 울음, 웃음, 위기, 위로, 유행, 융합, 은퇴, 의견, 의무, 이별, 이승, 이혼, 인기, 인내, 인생, 인연, 일류, 입사, 자랑, 자몽, 자살, 자연, 자장가, 자화상, 잔소리, 잠, 장마, 장점, 재미, 재회, 저녁, 저승, 저장, 저축, 저항, 적자, 절망, 젊음, 정리, 존경, 종교, 죄, 주름살, 준비, 중독, 증오, 지식, 지옥, 집착, 짜증, 짝사랑, 착각, 참여, 채찍, 천국, 천재, 청춘, 청탁, 초대, 초롱, 초보, 촛불, 추억, 추월, 출근, 출발, 출생, 춤, 충고, 침묵, 칭찬, 카네이션, 칼, 칼륨, 칼타령, 커피향, 컵, 코끼리울음, 코스모스꽃, 콧털, 콩, 콩향, 키움, 타인, 타협, 탈선, 탈영, 탈옥, 탈출, 탑, 태엽, 태클, 터널, 토론, 통, 특종, 파격, 파도, 파란, 파문,

파산, 파업, 파직, 편견, 평균, 평등, 평화, 포기, 포섭, 포옹, 포용, 포위, 폭력, 핑계, 하늘, 하품, 한계, 한숨, 함박꽃, 함박눈, 함성, 해안선, 행복, 행운, 향기, 허공, 혁명, 현실, 확신, 확장, 환생, 휘파람, 후유증, 휴일, 흔적, 흥미, 희망, 힘 …

ㅈ

잔잔한, 잘록한, 저속한, 적막한, 젊은, 점잖은, 지루한, 지혜로운,

진실한, 질긴, 질퍽한, 짓궂은, 짤록한 …

예 **ㅈ + ㅈ = 지루한** (재미, 지식, 지옥, 집착 …)

· ㅈ + ㄱ = 잔잔한 (가을, 갈등, 갈증, 감기 …)

· ㅈ + ㄴ = 잘록한 (낮, 낮잠, 냄새, 넝마주이 …)

· ㅈ + ㄷ = 저속한 (덩굴손, 동굴, 동백꽃, 동심 …)

· ㅈ + ㅁ = 적막한 (만족, 망상, 매력, 멀미 …)

· ㅈ + ㅂ = 젊은 (불안, 불운, 불편, 불평 …)

· ㅈ + ㅅ = 점잖은 (실력, 썰물, 사랑, 사망 …)

· ㅈ + ㅇ = 지루한 (외면, 요약, 욕심, 우정 …)

· ㅈ + ㅊ = 지혜로운 (초롱, 초보, 촛불, 추억 …)

- ㅈ + ㅋ = 진실한 (커피향, 컵, 코끼리울음, 코스모스꽃 …)

- ㅈ + ㅌ = 질긴 (탈선, 탈영, 탈옥, 탈출 …)

- ㅈ + ㅍ = 질퍽한 (평화, 포기, 포섭, 포용 …)

- ㅈ + ㅎ = 짖궂은 (한숨, 함박꽃, 함박눈, 함성 …)

가을, 갈등, 갈증, 감기, 감동, 거짓말, 거품, 걱정, 겨울, 결혼, 겸손, 계절, 고독, 고립, 고백, 구름, 권력, 권태, 그늘, 극락, 기다림, 기도, 기쁨, 기억력, 기적, 꽃, 꿈, 나눔, 나이, 낙서, 낙원, 난리, 날씨, 낭만, 낮, 낮잠, 냄새, 노동, 노래, 노력, 노을, 논쟁, 뇌물, 느낌표, 늙음, 능력, 능선, 단점, 달, 달맞이꽃, 달빛, 도덕, 도박, 도전, 독립, 두통, 단점, 덩굴손, 동굴, 동백꽃, 동심, 동작, 동정, 두목, 마음, 마침표, 만족, 망상, 매력, 멀미, 멋, 메아리, 명중, 모순, 몸부림, 무지개, 무효, 문장, 문제, 문학, 물결, 물소리, 물음표, 미련, 미신, 미움, 믿음, 밀물, 바람, 바람결, 바람 소리, 바보, 박수, 반성, 반주, 밝음, 밤, 방심, 방황, 배려, 배웅, 법, 변화, 별빛, 복권, 복수, 봄, 봉사, 부자, 부작용, 부채, 부탁, 분노, 분수, 불신, 불안, 불운, 불편, 불평, 불행, 불효, 비관, 비교, 비극, 비밀, 빈곤, 빗소리, 사랑, 사망, 사직, 사치, 상식, 상징, 생각,

생명, 생활, 설마, 성장, 세뇌, 세월, 소나기, 소문, 소외, 소질,
속도, 손해, 수명, 순간, 쉼표, 스트레스, 슬럼프, 슬픔, 습관, 시간,
실력, 썰물, 가난, 아지랑이, 아침, 아픔, 악연, 안개, 안심, 안전,
안정, 알림, 압도, 애국, 약속, 약혼, 양반, 양심, 어둠, 여름, 여백,
여유, 연애, 열정, 영원, 예술, 오만, 오전, 오후, 외로움, 외면,
요약, 욕심, 우정, 우주, 운명, 운수, 울음, 웃음, 위기, 위로, 유행,
융합, 은퇴, 의견, 의무, 이별, 이승, 이혼, 인기, 인내, 인생, 인연,
일류, 입사, 자랑, 자몽, 자살, 자연, 자장가, 자화상, 잔소리, 잠,
장마, 장점, 재미, 재회, 저녁, 저승, 저장, 저축, 저항, 적자, 절망,
젊음, 정리, 존경, 종교, 죄, 주름살, 준비, 중독, 증오, 지식, 지옥,
집착, 짜증, 짝사랑, 착각, 참여, 채찍, 천국, 천재, 청춘, 청탁,
초대, 초롱, 초보, 촛불, 추억, 추월, 출근, 출발, 출생, 춤, 충고,
침묵, 칭찬, 카네이션, 칼, 칼륨, 칼타령, 커피향, 컵, 코끼리울음,
코스모스꽃, 콧털, 콩, 콩향, 키움, 타인, 타협, 탈선, 탈영, 탈옥,
탈출, 탑, 태엽, 태클, 터널, 토론, 통, 특종, 파격, 파도, 파란, 파문,
파산, 파업, 파직, 편견, 평균, 평등, 평화, 포기, 포섭, 포옹, 포용,
포위, 폭력, 핑계, 하늘, 하품, 한계, 한숨, 함박꽃, 함박눈, 함성,
해안선, 행복, 행운, 향기, 허공, 혁명, 현실, 확신, 확장, 환생,
휘파람, 후유증, 휴일, 흔적, 흥미, 희망, 힘 …

ㅊ

차가운, 차름한, 차분한, 착실한, 찰진, 참신한, 창백한, 천한, 촉촉한, 총명한, 추운, 축축한, 친절한 …

예 **ㅊ + ㅊ = 창백한** (청춘, 추월, 출근, 출발 …)

· ㅊ + ㄱ = 차가운 (감동, 거짓말, 거품, 걱정 …)

· ㅊ + ㄴ = 차름한 (노동, 노래, 노력, 노을 …)

· ㅊ + ㄷ = 차분한 (동작, 동정, 두목, 달 …)

· ㅊ + ㅁ = 착실한 (멋, 메아리, 명중, 모순 …)

· ㅊ + ㅂ = 찰진 (불행, 불효, 비관, 비교 …)

· ㅊ + ㅅ = 참신한 (사직, 사치, 상식, 상징 …)

· ㅊ + ㅇ = 창백한 (우주, 운명, 운수, 울음 …)

· ㅊ + ㅈ = 천한 (짜증, 짝사랑, 자랑, 자몽 …)

- ㅊ + ㅋ = 촉촉한 (콧털, 콩, 콩향, 키움 …)

- ㅊ + ㅌ = 총명한 (탑, 태엽, 태클, 터널 …)

- ㅊ + ㅍ = 추운 (포용, 포위, 폭력, 핑계 …)

- ㅊ + ㅎ = 축축한 (해안선, 행복, 행운, 향기 …)

가을, 갈등, 갈증, 감기, 감동, 거짓말, 거품, 걱정, 겨울, 결혼,

겸손, 계절, 고독, 고립, 고백, 구름, 권력, 권태, 그늘, 극락,

기다림, 기도, 기쁨, 기억력, 기적, 꽃, 꿈, 나눔, 나이, 낙서, 낙원,

난리, 날씨, 낭만, 낮, 낮잠, 냄새, 노동, 노래, 노력, 노을, 논쟁,

뇌물, 느낌표, 늙음, 능력, 능선, 단점, 달, 달맞이꽃, 달빛, 도덕,

도박, 도전, 독립, 두통, 단점, 덩굴손, 동굴, 동백꽃, 동심, 동작,

동정, 두목, 마음, 마침표, 만족, 망상, 매력, 멀미, 멋, 메아리,

명중, 모순, 몸부림, 무지개, 무효, 문장, 문제, 문학, 물결, 물소리,

물음표, 미련, 미신, 미움, 믿음, 밀물, 바람, 바람결, 바람 소리,

바보, 박수, 반성, 반주, 밝음, 밤, 방심, 방황, 배려, 배웅, 법,

변화, 별빛, 복권, 복수, 봄, 봉사, 부자, 부작용, 부채, 부탁, 분노,

분수, 불신, 불안, 불운, 불편, 불평, 불행, 불효, 비관, 비교, 비극,

비밀, 빈곤, 빗소리, 사랑, 사망, 사직, 사치, 상식, 상징, 생각,

생명, 생활, 설마, 성장, 세뇌, 세월, 소나기, 소문, 소외, 소질,
속도, 손해, 수명, 순간, 쉼표, 스트레스, 슬럼프, 슬픔, 습관, 시간,
실력, 썰물, 가난, 아지랑이, 아침, 아픔, 악연, 안개, 안심, 안전,
안정, 알림, 압도, 애국, 약속, 약혼, 양반, 양심, 어둠, 여름, 여백,
여유, 연애, 열정, 영원, 예술, 오만, 오전, 오후, 외로움, 외면,
요약, 욕심, 우정, 우주, 운명, 운수, 울음, 웃음, 위기, 위로, 유행,
융합, 은퇴, 의견, 의무, 이별, 이승, 이혼, 인기, 인내, 인생, 인연,
일류, 입사, 자랑, 자몽, 자살, 자연, 자장가, 자화상, 잔소리, 잠,
장마, 장점, 재미, 재회, 저녁, 저승, 저장, 저축, 저항, 적자, 절망,
젊음, 정리, 존경, 종교, 죄, 주름살, 준비, 중독, 증오, 지식, 지옥,
집착, 짜증, 짝사랑, 착각, 참여, 채찍, 천국, 천재, 청춘, 청탁,
초대, 초롱, 초보, 촛불, 추억, 추월, 출근, 출발, 출생, 춤, 충고,
침묵, 칭찬, 카네이션, 칼, 칼륨, 칼타령, 커피향, 컵, 코끼리울음,
코스모스꽃, 콧털, 콩, 콩향, 키움, 타인, 타협, 탈선, 탈영, 탈옥,
탈출, 탑, 태엽, 태클, 터널, 토론, 통, 특종, 파격, 파도, 파란, 파문,
파산, 파업, 파직, 편견, 평균, 평등, 평화, 포기, 포섭, 포옹, 포용,
포위, 폭력, 핑계, 하늘, 하품, 한계, 한숨, 함박꽃, 함박눈, 함성,
해안선, 행복, 행운, 향기, 허공, 혁명, 현실, 확신, 확장, 환생,
휘파람, 후유증, 휴일, 흔적, 흥미, 희망, 힘 …

ㅋ
◇◇◇◇◇◇◇◇◇

카랑한, 칸칸한, 칼칼한, 캄캄한, 캉캉한, 커다란, 컬컬한, 컴컴한,

컹컹한, 케케묵은, 코믹한, 콜콜한, 콩콩한, 콸콸한, 쿨한,

쿰쿰한, 쿵쿵한, 퀭한, 큰, 큼직한, 큼큼한 …

예 ㅋ + ㅋ = 캄캄한 (코끼리 울음, 카네이션, 칼, 칼륨 …)

· ㅋ + ㄱ = 카랑한 (겨울, 결혼, 겸손, 계절 …)

· ㅋ + ㄴ = 칸칸한 (논쟁, 뇌물, 느낌표, 늙음 …)

· ㅋ + ㄷ = 칼칼한 (달맞이꽃, 달빛, 도덕, 도박 …)

· ㅋ + ㅁ = 캄캄한 (몸부림, 무지개, 무효, 문장 …)

· ㅋ + ㅂ = 캉캉한 (비극, 비밀, 빈곤, 빗소리 …)

· ㅋ + ㅅ = 커다란 (생각, 생명, 생활, 설마 …)

· ㅋ + ㅇ = 컬컬한 (웃음, 위기, 위로, 유행 …)

- ㅋ + ㅈ = 컴컴한 (자살, 자연, 자장가, 자화상 …)

- ㅋ + ㅊ = 컹컹한 (출생, 춤, 충고, 침묵 …)

- ㅋ + ㅌ = 케케묵은 (토론, 통, 특종, 타인 …)

- ㅋ + ㅍ = 코믹한 (파격, 파도, 파란, 파문 …)

- ㅋ + ㅎ = 콜콜한 (향기, 허공, 혁명, 현실 …)

가을, 갈등, 갈증, 감기, 감동, 거짓말, 거품, 걱정, 겨울, 결혼, 겸손,
계절, 고독, 고립, 고백, 구름, 권력, 권태, 그늘, 극락, 기다림, 기도,
기쁨, 기억력, 기적, 꽃, 꿈, 나눔, 나이, 낙서, 낙원, 난리, 날씨, 낭만,
낮, 낮잠, 냄새, 노동, 노래, 노력, 노을, 논쟁, 뇌물, 느낌표, 늙음,
능력, 능선, 단점, 달, 달맞이꽃, 달빛, 도덕, 도박, 도전, 독립, 두통,
단점, 덩굴손, 동굴, 동백꽃, 동심, 동작, 동정, 두목, 마음, 마침표,
만족, 망상, 매력, 멀미, 멋, 메아리, 명중, 모순, 몸부림, 무지개,
무효, 문장, 문제, 문학, 물결, 물소리, 물음표, 미련, 미신, 미움,
믿음, 밀물, 바람, 바람결, 바람 소리, 바보, 박수, 반성, 반주, 밝음,
밤, 방심, 방황, 배려, 배웅, 법, 변화, 별빛, 복권, 복수, 봄, 봉사,
부자, 부작용, 부채, 부탁, 분노, 분수, 불신, 불안, 불운, 불편, 불평,
불행, 불효, 비관, 비교, 비극, 비밀, 빈곤, 빗소리, 사랑, 사망, 사직,

사치, 상식, 상징, 생각, 생명, 생활, 설마, 성장, 세뇌, 세월, 소나기,
소문, 소외, 소질, 속도, 손해, 수명, 순간, 쉼표, 스트레스, 슬럼프,
슬픔, 습관, 시간, 실력, 썰물, 가난, 아지랑이, 아침, 아픔, 악연,
안개, 안심, 안전, 안정, 알림, 압도, 애국, 약속, 약혼, 양반, 양심,
어둠, 여름, 여백, 여유, 연애, 열정, 영원, 예술, 오만, 오전, 오후,
외로움, 외면, 요약, 욕심, 우정, 우주, 운명, 운수, 울음, 웃음, 위기,
위로, 유행, 융합, 은퇴, 의견, 의무, 이별, 이승, 이혼, 인기, 인내,
인생, 인연, 일류, 입사, 자랑, 자몽, 자살, 자연, 자장가, 자화상,
잔소리, 잠, 장마, 장점, 재미, 재회, 저녁, 저승, 저장, 저축, 저항,
적자, 절망, 젊음, 정리, 존경, 종교, 죄, 주름살, 준비, 중독, 증오,
지식, 지옥, 집착, 짜증, 짝사랑, 착각, 참여, 채찍, 천국, 천재, 청춘,
청탁, 초대, 초롱, 초보, 촛불, 추억, 추월, 출근, 출발, 출생, 춤, 충고,
침묵, 칭찬, 카네이션, 칼, 칼륨, 칼타령, 커피향, 컵, 코끼리울음,
코스모스꽃, 콧털, 콩, 콩향, 키움, 타인, 타협, 탈선, 탈영, 탈옥,
탈출, 탑, 태엽, 태클, 터널, 토론, 통, 특종, 파격, 파도, 파란, 파문,
파산, 파업, 파직, 편견, 평균, 평등, 평화, 포기, 포섭, 포옹, 포용,
포위, 폭력, 핑계, 하늘, 하품, 한계, 한숨, 함박꽃, 함박눈, 함성,
해안선, 행복, 행운, 향기, 허공, 혁명, 현실, 확신, 확장, 환생,
휘파람, 후유증, 휴일, 흔적, 흥미, 희망, 힘 …

ㅌ

◇◇◇◇◇◇◇◇

탄탄한, 탈골한, 탈수한, 탈영한, 탈피한, 탐스러운, 탱탱한, 턱없는, 털털한, 텁텁한, 통알한, 퉁퉁한, 튼튼한 …

예 ㅌ + ㅌ = **탱탱한** (타협, 탈선, 탈영, 탈옥 …)

· ㅌ + ㄱ = 탄탄한 (고독, 고립, 고백, 구름 …)

· ㅌ + ㄴ = 탈골한 (능력, 능선, 나눔, 나이 …)

· ㅌ + ㄷ = 탈수한 (도전, 독립, 두통, 단점 …)

· ㅌ + ㅁ = 탈영한 (문제, 문학, 물결, 물소리 …)

· ㅌ + ㅂ = 탈탈한 (바람, 바람결, 바람소리, 바보 …)

· ㅌ + ㅅ = 탈피한 (성장, 세뇌, 세월, 소나기 …)

· ㅌ + ㅇ = 탐스러운 (융합, 은퇴, 의견, 의무 …)

· ㅌ + ㅈ = 탱탱한 (잔소리, 잠, 장마, 장점 …)

- ㅌ + ㅊ = 턱없는 (칭찬, 착각, 참여, 채찍 …)

- ㅌ + ㅋ = 털털한 (칼타령, 커피향, 컵, 코끼리울음 …)

- ㅌ + ㅍ = 텁텁한 (파산, 파업, 파직, 편견 …)

- ㅌ + ㅎ = 통알한 (확신, 확장, 환생, 휘파람 …)

가을, 갈등, 갈증, 감기, 감동, 거짓말, 거품, 걱정, 겨울, 결혼, 겸손, 계절, 고독, 고립, 고백, 구름, 권력, 권태, 그늘, 극락, 기다림, 기도, 기쁨, 기억력, 기적, 꽃, 꿈, 나눔, 나이, 낙서, 낙원, 난리, 날씨, 낭만, 낮, 낮잠, 냄새, 노동, 노래, 노력, 노을, 논쟁, 뇌물, 느낌표, 늙음, 능력, 능선, 단점, 달, 달맞이꽃, 달빛, 도덕, 도박, 도전, 독립, 두통, 단점, 덩굴손, 동굴, 동백꽃, 동심, 동작, 동정, 두목, 마음, 마침표, 만족, 망상, 매력, 멀미, 멋, 메아리, 명중, 모순, 몸부림, 무지개, 무효, 문장, 문제, 문학, 물결, 물소리, 물음표, 미련, 미신, 미움, 믿음, 밀물, 바람, 바람결, 바람 소리, 바보, 박수, 반성, 반주, 밝음, 밤, 방심, 방황, 배려, 배웅, 법, 변화, 별빛, 복권, 복수, 봄, 봉사, 부자, 부작용, 부채, 부탁, 분노, 분수, 불신, 불안, 불운, 불편, 불평, 불행, 불효, 비관, 비교, 비극, 비밀, 빈곤, 빗소리, 사랑, 사망, 사직, 사치, 상식, 상징, 생각,

생명, 생활, 설마, 성장, 세뇌, 세월, 소나기, 소문, 소외, 소질, 속도, 손해, 수명, 순간, 쉼표, 스트레스, 슬럼프, 슬픔, 습관, 시간, 실력, 썰물, 가난, 아지랑이, 아침, 아픔, 악연, 안개, 안심, 안전, 안정, 알림, 압도, 애국, 약속, 약혼, 양반, 양심, 어둠, 여름, 여백, 여유, 연애, 열정, 영원, 예술, 오만, 오전, 오후, 외로움, 외면, 요약, 욕심, 우정, 우주, 운명, 운수, 울음, 웃음, 위기, 위로, 유행, 융합, 은퇴, 의견, 의무, 이별, 이승, 이혼, 인기, 인내, 인생, 인연, 일류, 입사, 자랑, 자몽, 자살, 자연, 자장가, 자화상, 잔소리, 잠, 장마, 장점, 재미, 재회, 저녁, 저승, 저장, 저축, 저항, 적자, 절망, 젊음, 정리, 존경, 종교, 죄, 주름살, 준비, 중독, 증오, 지식, 지옥, 집착, 짜증, 짝사랑, 착각, 참여, 채찍, 천국, 천재, 청춘, 청탁, 초대, 초롱, 초보, 촛불, 추억, 추월, 출근, 출발, 출생, 춤, 충고, 침묵, 칭찬, 카네이션, 칼, 칼륨, 칼타령, 커피향, 컵, 코끼리울음, 코스모스꽃, 콧털, 콩, 콩향, 키움, 타인, 타협, 탈선, 탈영, 탈옥, 탈출, 탑, 태엽, 태클, 터널, 토론, 통, 특종, 파격, 파도, 파란, 파문, 파산, 파업, 파직, 편견, 평균, 평등, 평화, 포기, 포섭, 포옹, 포용, 포위, 폭력, 핑계, 하늘, 하품, 한계, 한숨, 함박꽃, 함박눈, 함성, 해안선, 행복, 행운, 향기, 허공, 혁명, 현실, 확신, 확장, 환생, 휘파람, 후유증, 휴일, 흔적, 흥미, 희망, 힘 …

파삭한, 팍팍한, 팔팔한, 퍽퍽한, 펄펄한, 펑퍼짐한, 편리한,

평탄한, 평평한, 폭신한, 폴폴한, 퐁퐁한, 푸석한, 푸짐한, 푹신한,

풀풀한, 풍부한 …

예 ㅍ + ㅍ = 푸석한 (평균, 평등, 파문, 평화 …)

· ㅍ + ㄱ = 팍팍한 (권력, 권태, 그늘, 극락 …)

· ㅍ + ㄴ = 팔팔한 (낙서, 낙원, 난리, 날씨 …)

· ㅍ + ㄷ = 퍽퍽한 (덩굴손, 동굴, 동백꽃, 동심 …)

· ㅍ + ㅁ = 펄펄한 (물음표, 미련, 미신, 미움 …)

· ㅍ + ㅂ = 펑퍼짐한 (박수, 반성, 반주, 밝음 …)

· ㅍ + ㅅ = 편리한 (소문, 소외, 소질, 속도 …)

· ㅍ + ㅇ = 평탄한 (이별, 이승, 이혼, 인기 …)

- ㅍ + ㅈ = 평평한 (재미, 재회, 저녁, 저승 …)

- ㅍ + ㅊ = 폭신한 (천국, 천재, 청춘, 청탁 …)

- ㅍ + ㅋ = 폴폴한 (코스모스꽃, 콧털, 콩, 콩향 …)

- ㅍ + ㅌ = 퐁퐁한 (탈출, 탑, 태엽, 태클 …)

- ㅍ + ㅎ = 푸석한 (휴유증, 휴일, 흔적, 흥미 …)

가을, 갈등, 갈증, 감기, 감동, 거짓말, 거품, 걱정, 겨울, 결혼, 겸손,
계절, 고독, 고립, 고백, 구름, 권력, 권태, 그늘, 극락, 기다림, 기도,
기쁨, 기억력, 기적, 꽃, 꿈, 나눔, 나이, 낙서, 낙원, 난리, 날씨, 낭만,
낮, 낮잠, 냄새, 노동, 노래, 노력, 노을, 논쟁, 뇌물, 느낌표, 늙음,
능력, 능선, 단점, 달, 달맞이꽃, 달빛, 도덕, 도박, 도전, 독립, 두통,
단점, 덩굴손, 동굴, 동백꽃, 동심, 동작, 동정, 두목, 마음, 마침표,
만족, 망상, 매력, 멀미, 멋, 메아리, 명중, 모순, 몸부림, 무지개,
무효, 문장, 문제, 문학, 물결, 물소리, 물음표, 미련, 미신, 미움,
믿음, 밀물, 바람, 바람결, 바람 소리, 바보, 박수, 반성, 반주, 밝음,
밤, 방심, 방황, 배려, 배웅, 법, 변화, 별빛, 복권, 복수, 봄, 봉사,
부자, 부작용, 부채, 부탁, 분노, 분수, 불신, 불안, 불운, 불편, 불평,
불행, 불효, 비관, 비교, 비극, 비밀, 빈곤, 빗소리, 사랑, 사망, 사직,

사치, 상식, 상징, 생각, 생명, 생활, 설마, 성장, 세뇌, 세월, 소나기,
소문, 소외, 소질, 속도, 손해, 수명, 순간, 쉼표, 스트레스, 슬럼프,
슬픔, 습관, 시간, 실력, 썰물, 가난, 아지랑이, 아침, 아픔, 악연,
안개, 안심, 안전, 안정, 알림, 압도, 애국, 약속, 약혼, 양반, 양심,
어둠, 여름, 여백, 여유, 연애, 열정, 영원, 예술, 오만, 오전, 오후,
외로움, 외면, 요약, 욕심, 우정, 우주, 운명, 운수, 울음, 웃음, 위기,
위로, 유행, 융합, 은퇴, 의견, 의무, 이별, 이승, 이혼, 인기, 인내,
인생, 인연, 일류, 입사, 자랑, 자몽, 자살, 자연, 자장가, 자화상,
잔소리, 잠, 장마, 장점, 재미, 재회, 저녁, 저승, 저장, 저축, 저항,
적자, 절망, 젊음, 정리, 존경, 종교, 죄, 주름살, 준비, 중독, 증오,
지식, 지옥, 집착, 짜증, 짝사랑, 착각, 참여, 채찍, 천국, 천재, 청춘,
청탁, 초대, 초롱, 초보, 촛불, 추억, 추월, 출근, 출발, 출생, 춤, 충고,
침묵, 칭찬, 카네이션, 칼, 칼륨, 칼타령, 커피향, 컵, 코끼리울음,
코스모스꽃, 콧털, 콩, 콩향, 키움, 타인, 타협, 탈선, 탈영, 탈옥,
탈출, 탑, 태엽, 태클, 터널, 토론, 통, 특종, 파격, 파도, 파란, 파문,
파산, 파업, 파직, 편견, 평균, 평등, 평화, 포기, 포섭, 포옹, 포용,
포위, 폭력, 핑계, 하늘, 하품, 한계, 한숨, 함박꽃, 함박눈, 함성,
해안선, 행복, 행운, 향기, 허공, 혁명, 현실, 확신, 확장, 환생,
휘파람, 후유증, 휴일, 흔적, 흥미, 희망, 힘 …

ㅎ

한가한, 한적한, 향긋한, 허벅한, 헐렁한, 험악한, 현명한, 호리한,

혼잡한, 화난, 화창한, 확고한, 확실한, 환한, 활발한, 황홀한,

훈훈한, 휑한, 흡족한, 희귀한 …

예 ㅎ + ㅎ = 향긋한 (행복, 희망, 힘, 하늘 …)

· ㅎ + ㄱ = 한가한 (기다림, 기도, 기쁨, 기억력 …)

· ㅎ + ㄴ = 한적한 (낭만, 낮, 낮잠, 냄새 …)

· ㅎ + ㄷ = 함박한 (동작, 동정, 두목, 달 …)

· ㅎ + ㅁ = 해맑은 (믿음, 밀물, 마음, 마침표 …)

· ㅎ + ㅂ = 향긋한 (밤, 방심, 방황, 배려 …)

· ㅎ + ㅅ = 허벅한 (손해, 수명, 순간, 쉼표 …)

· ㅎ + ㅇ = 허접한 (인내, 인생, 인연, 일류 …)

- ㅎ + ㅈ = 헐렁한 (저장, 저축, 저항, 적자 …)

- ㅎ + ㅊ = 험난한 (초대, 초롱, 초보, 촛불 …)

- ㅎ + ㅋ = 험악한 (키움, 카네이션, 칼, 칼륨 …)

- ㅎ + ㅌ = 현명한 (터널, 토론, 통, 특종 …)

- ㅎ + ㅍ = 형형한 (포기, 포섭, 포옹, 포용 포위 …)

가을, 갈등, 갈증, 감기, 감동, 거짓말, 거품, 걱정, 겨울, 결혼, 겸손, 계절, 고독, 고립, 고백, 구름, 권력, 권태, 그늘, 극락, 기다림, 기도, 기쁨, 기억력, 기적, 꽃, 꿈, 나눔, 나이, 낙서, 낙원, 난리, 날씨, 낭만, 낮, 낮잠, 냄새, 노동, 노래, 노력, 노을, 논쟁, 뇌물, 느낌표, 늙음, 능력, 능선, 단점, 달, 달맞이꽃, 달빛, 도덕, 도박, 도전, 독립, 두통, 단점, 덩굴손, 동굴, 동백꽃, 동심, 동작, 동정, 두목, 마음, 마침표, 만족, 망상, 매력, 멀미, 멋, 메아리, 명중, 모순, 몸부림, 무지개, 무효, 문장, 문제, 문학, 물결, 물소리, 물음표, 미련, 미신, 미움, 믿음, 밀물, 바람, 바람결, 바람 소리, 바보, 박수, 반성, 반주, 밝음, 밤, 방심, 방황, 배려, 배웅, 법, 변화, 별빛, 복권, 복수, 봄, 봉사, 부자, 부작용, 부채, 부탁, 분노, 분수, 불신, 불안, 불운, 불편, 불평, 불행, 불효, 비관, 비교, 비극, 비밀, 빈곤, 빗소리, 사랑, 사망, 사직,

사치, 상식, 상징, 생각, 생명, 생활, 설마, 성장, 세뇌, 세월, 소나기,

소문, 소외, 소질, 속도, 손해, 수명, 순간, 쉼표, 스트레스, 슬럼프,

슬픔, 습관, 시간, 실력, 썰물, 가난, 아지랑이, 아침, 아픔, 악연,

안개, 안심, 안전, 안정, 알림, 압도, 애국, 약속, 약혼, 양반, 양심,

어둠, 여름, 여백, 여유, 연애, 열정, 영원, 예술, 오만, 오전, 오후,

외로움, 외면, 요약, 욕심, 우정, 우주, 운명, 운수, 울음, 웃음, 위기,

위로, 유행, 융합, 은퇴, 의견, 의무, 이별, 이승, 이혼, 인기, 인내,

인생, 인연, 일류, 입사, 자랑, 자몽, 자살, 자연, 자장가, 자화상,

잔소리, 잠, 장마, 장점, 재미, 재회, 저녁, 저승, 저장, 저축, 저항,

적자, 절망, 젊음, 정리, 존경, 종교, 죄, 주름살, 준비, 중독, 증오,

지식, 지옥, 집착, 짜증, 짝사랑, 착각, 참여, 채찍, 천국, 천재, 청춘,

청탁, 초대, 초롱, 초보, 촛불, 추억, 추월, 출근, 출발, 출생, 춤, 충고,

침묵, 칭찬, 카네이션, 칼, 칼륨, 칼타령, 커피향, 컵, 코끼리울음,

코스모스꽃, 콧털, 콩, 콩향, 키움, 타인, 타협, 탈선, 탈영, 탈옥,

탈출, 탑, 태엽, 태클, 터널, 토론, 통, 특종, 파격, 파도, 파란, 파문,

파산, 파업, 파직, 편견, 평균, 평등, 평화, 포기, 포섭, 포옹, 포용,

포위, 폭력, 핑계, 하늘, 하품, 한계, 한숨, 함박꽃, 함박눈, 함성,

해안선, 행복, 행운, 향기, 허공, 혁명, 현실, 확신, 확장, 환생,

휘파람, 후유증, 휴일, 흔적, 흥미, 희망, 힘 …